CB067054

Copyright © Rodrigo Santos.

Todos os direitos desta edição reservados
à MV Serviços e Editora Ltda.

REVISÃO
Marília Gonçalves

ILUSTRAÇÕES
Vitor Castro

PROJETO GRÁFICO E DIAGRAMAÇÃO
Patrícia Oliveira

CIP-BRASIL. CATALOGAÇÃO NA PUBLICAÇÃO
SINDICATO NACIONAL DOS EDITORES DE LIVROS, RJ
Elaborado por Leandra Felix da Cruz – CRB 7/6135

S238m

    Santos, Rodrigo, 1976
        Macumba / Rodrigo Santos. - [2. ed]. - Rio de Janeiro: Mórula, 2019.
        288 p. ; 21 cm.

        ISBN 978-85-65679-97-8

        1. Romance brasileiro. I. Título.

19-59851   CDD: 869.3
                            CDU: 82-31(81)

Rua Teotônio Regadas 26 sala 904
20021_360 _ Lapa _ Rio de Janeiro _ RJ
www.morula.com.br _ contato@morula.com.br
morulaeditorial   morula_editorial

MACUMBA
RODRIGO SANTOS

mórula
EDITORIAL

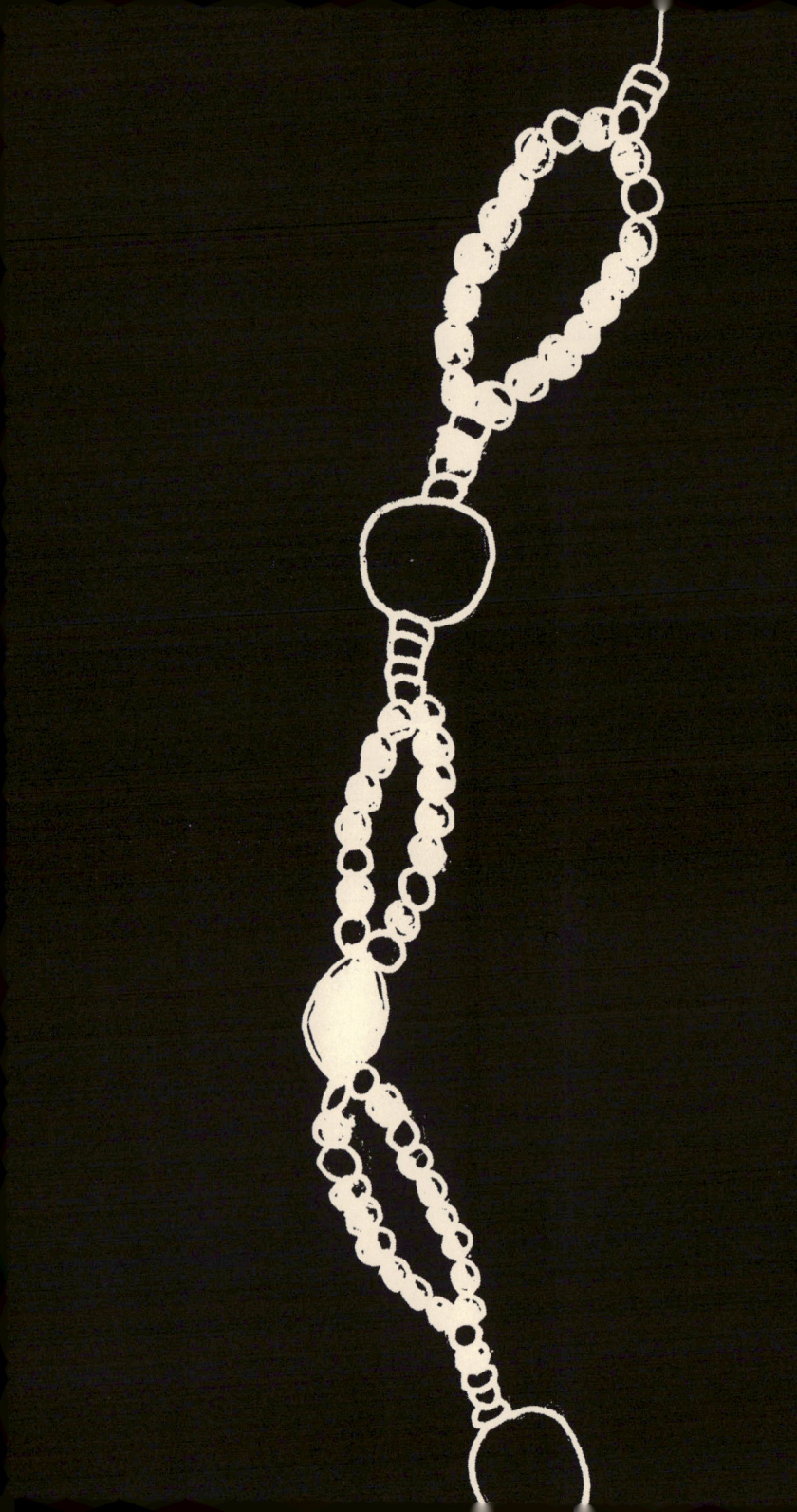

VOU BOTAR MEU NOME NO MACUMBA

Conheci o Rodrigo Santos na esquina de um ano-encruzilhada: 2012. Ele tinha chegado à FLUPP Pensa junto com um bonde de São Gonçalo, com a chancela de serem realizadores de uma das ações poéticas mais longevas e mais inventivas do Rio (e, portanto, do país): o Sarau Noite na Taverna, que o grupo tinha inaugurado em 2003.

Já naquele ano — 2012 —, Rodrigo me disse que trabalhava num romance. Em nossas conversas, uma identificação imediata, apesar dos abismos que poderiam nos separar. A paixão pela Literatura, por certo tipo de Literatura, por certos gêneros musicais e seus artistas, pelo futebol, corridas de rua, cervejas artesanais e quetais. Uma dessas identificações foi a fé nas religiosidades trazidas de África. O Candomblé, a Umbanda, o batuque, enfim, tudo isso a que o vulgo resume numa palavra: macumba. E, não por acaso, era esse o título do livro.

Foi um privilégio acompanhar o "sofrimento" do Rodrigo ao longo da gestação do *Macumba*. A pesquisa empenhada, as incansáveis revisões, a disciplina para escrever todo (ou quase todo) santo dia, as dúvidas e incertezas que acompanham qualquer escritor ao longo da narrativa — e que agora mesmo me incomodam com a questão de manter ou não este início, manter ou não este parágrafo, seguir ou não com esta digressão. No final, quando li a primeira versão deste livro talvez tenha ficado quase tão realizado quanto o autor. Este é um romance pra ser lido de uma sentada só, em casa, na fila do banco, no ônibus ou metrô, indo ou voltando do trabalho.

A história de Akèdjè e Ramiro — o primeiro, líder espiritual africano num passado distante; o segundo, um detetive da Polícia Civil no presente — nos conduz por caminhos complexos de definição de nossa sociedade e nossa humanidade. Akèdjè era, em seu tempo, importante baba do povo Ketu, que viria a originar, no Brasil, uma das nações do Candomblé; Ramiro, por sua vez, aparece no romance como policial, evangélico, competente e circunspecto. Histórias de ontem e de hoje se sucedem a cada capítulo, mediadas pelos personagens que as representam.

Até se encontrarem no tempo-espaço atual, produzindo um conflito de proporções épicas. Ramiro e Akèdjè são personagens-espelho, um no passado, outro no presente. Ambos imbuídos de uma missão, sendo ou não plenamente conscientes dela. Os dois farão uma jornada de perda e de descoberta, ambas ligadas pelos fios de Ifá. Um deles perde o amor, a fé, a autoconfiança e adquire um ódio mortal que sobreviverá à própria morte. O outro preencherá lacunas importantes de sua vida justamente a partir do amor — e as personagens femininas terão um papel destacado na narrativa, especialmente Vanessa, filha de santo que influirá decisivamente na trama —, da fé e da autoconfiança adquirida pela descoberta de si mesmo.

Uma das dificuldades em fazer esse prefácio é não resistir a dar vários "avisos de spoiler". Por isso, atenho-me a generalidades e até a fatores externos à história. (Leia lá e depois me agradeça por essa decisão). Um desses fatores diz respeito ao título do livro. Admito que fiquei em dúvida se sugeria ou não que se mudasse o título. Afinal, vivemos em tempos difíceis, em que o preconceito com as religiosidades de origem africana vicejam como cogumelos depois da chuva. Botar logo na capa do livro o título Macumba poderia prejudicar a apreciação nas prateleiras das livrarias. Cheguei a comentar essa preocupação com o autor, mas ele estava decidido. E fiquei feliz com a decisão. Exatamente em tempos adversos é que se torna mais preciso e precioso que afirmemos as palavras que nos significam.

Nos "multicionários" e "multipédias" por aí, macumba é definida de muitas formas, como instrumento musical ou sinônimo de cultos afro-brasileiros. Mas, Luiz Antônio Simas apresenta uma definição de que gosto mais e que capturei na sua página do Facebook: "A expressão 'macumba' vem muito provavelmente do quicongo 'kumba'; feiticeiro (o prefixo 'm', no quicongo, forma o plural). Kumba também designa os encantadores das palavras; poetas. Macumba seria, então, a terra dos poetas do feitiço; os encantadores de corpos e palavras que podem fustigar e atazanar a razão intransigente e propor maneiras plurais de reexistência e descacetamento urgente, pela radicalidade do encanto, em meio às doenças geradas pela retidão castradora do mundo como experiência singular de morte."

Um dos aspectos que me chamou a atenção no romance de Rodrigo Santos é que, sem qualquer dano à fluidez da história e sem cair na armadilha de querer catequizar seus leitores, ele é, muitas vezes, didático, uma vez que explica para o leitor preceitos, métodos, mitos, liturgias das religiões afro — da macumba — de forma simples, dialógica e afirmativa. Ao mesmo tempo, não demoniza outras crenças e religiosidades (ou a falta delas). Mais uma vez, como diria Simas, "o macumbeiro reconhece a plenitude da beleza, da sofisticação e da alteridade entre as gentes".

Por fim, arrisco-me a dizer que Rodrigo traz para o romance contemporâneo uma informação da mais alta importância. Incorpora às narrativas contemporâneas a mitologia, o complexo de crenças, a visão de mundo herdada (e, não raro, escamoteada) da África. Sem tecer comparações, *Macumba* vem juntar-se à obra de Alberto Mussa, Nei Lopes, o próprio Simas, entre outros, nessa tarefa urgente de repensar nosso mundo, nossa sociedade, nossa cidade. Ainda mais porque, de 2012 pra cá, muita coisa mudou. Naquela encruzilhada lá, o país parece ter pegado um retorno, para voltar ao pior dos passados. Mas, a gente foi em frente, em busca do melhor dos futuros. E este romance representa isso, ir em frente. Se eu fosse você, ia logo ler o livro. Eu já estou feliz de ter posto meu nome no *Macumba*. Asè.

Prefácio de **ECIO SALLES**, fundador da Flup, para a primeira edição de *Macumba*, lançada em 2016

*"Quem é ateu e viu milagres como eu
Sabe que os deuses sem Deus
Não cessam de brotar,
nem cansam de esperar"*

[CAETANO VELOSO]

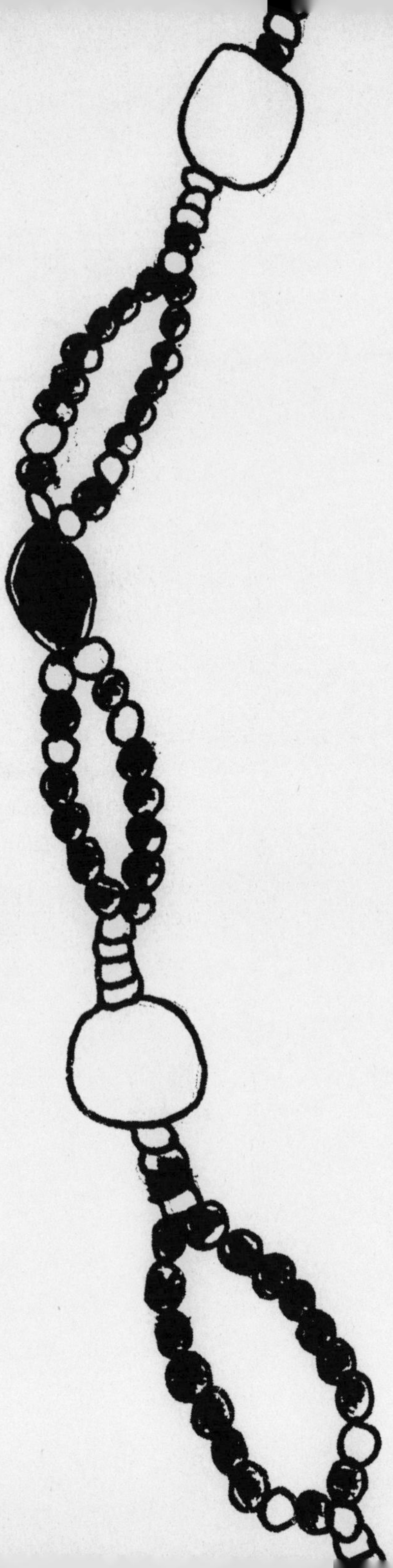

*Dedico este livro à minha tia Rita,
e a todo Povo do Axé. Saravá!*

[ANTES]

Ramiro tinha cinco anos quando sua tia o levou a um centro de macumba pela primeira vez. Apesar da pouca idade, aquela foi uma impressão que nunca saiu de sua cabeça. Lembrava-se nitidamente das cores, da explosão de alegria e do batuque.

Várias pessoas dançavam em roda, e no centro dessa roda outras pessoas fantasiadas rodavam e sacudiam seus corpos ao som dos hipnóticos tambores. Risadas altas, quase histéricas, e gritos em uma língua estranha ponteavam a música, e todos cantavam e batiam palmas. Parecia uma grande festa, e Ramiro não queria ficar de fora.

Após algum tempo, um dos adultos fantasiados começou a se contorcer e gemer. Rapidamente, outros dois foram ajudá-lo, enquanto outros fantasiados agiam da mesma forma. Aquilo assustou um pouco o garoto, que achou que eles estavam passando mal. Então, um homem vestido de marrom curvou-se quase até o chão, e começou a bater em seu próprio peito. Um outro, vestido de vermelho e branco, estufava o peito e apontava um dedo para o céu. Mas Ramiro sentiu medo mesmo foi de um moço que vestia uma roupa de palha e andava soturnamente, agitando um chocalho. Aqueles que estavam em volta começaram a girar mais rápido, e, apesar de achar a dança muito bonita, o menino então começou a ficar realmente com medo. Sua tia, percebendo isso, afastou-o da roda e levou-o para caminhar no quintal (Ah! Mas ele queria ficar, apesar do medo...).

Era um lugar estranho, aquele. Apesar de toda a alegria, as paredes das construções estavam em tijolos, e as valas e os animais corriam livremente, pobremente. Quero fazer xixi, e a tia o levou para um banheiro sujo, afastado da casa principal. Ramiro não conseguia entender aquele lugar, diferente de sua própria casa, onde tudo era limpo e organizado.

Ao voltarem para o centro da festa, alguém chamou sua tia, e ela, ao fazer menção de deixá-lo para trás, ouviu que era para levar o "curumim". Ramiro percebeu que era com ele e se sentiu importante.

Entraram em uma pequena sala, onde, abaixado, estava um negro, com a barba e os cabelos brancos, e falava de uma maneira muito engraçada, que fez Ramiro começar a rir, diferente de sua tia, que parecia preocupada. O velho então ofereceu um negócio para Ramiro beber, em uma cuia engraçada, mas antes que Ramiro pudesse pegar sua tia puxou seu braço e saiu dali aceleradamente, indignada.

Quando chegou em casa, Ramiro apenas ouviu a tia discutindo com a mãe. Não conseguia entender, mas era algo de santo, de salvar, que a mãe não queria nem ouvir. A discussão terminou com a sua tia batendo a porta, e sua mãe abraçando-o e dizendo que "meu filho ninguém leva para essas coisas". Ramiro não entendeu, achou que a mãe não queria que a tia o levasse mais para aquelas festas, com aquela música e aquele pessoal engraçado.

A partir daí, Ramiro e sua mãe passaram a frequentar a igreja evangélica perto de sua casa, e a criança cresceu dentro dos ensinamentos do Evangelho de Nosso Senhor Jesus Cristo.

[ONTEM]

Era alta madrugada, mas Akèdjè não conseguia repousar. Sentia o cheiro da tempestade que vinha de longe, conseguia ouvir os passos pesados na terra de Ifá. Seus filhos dormiam em paz, tranquilos, mas Akèdjè já soubera das guerras antes das notícias chegarem da costa. Tempos difíceis estavam chegando, era o que diziam os espíritos. Era preciso estar preparado.

Era chamado por vários nomes pelos filhos de sua tribo, mas o que mais gostava era Adúpé, que significava "obrigado". Era amado por todos e fazia tudo que estava ao seu alcance para ajudar. Sabia os caminhos dos ventos e as trilhas da mata, conhecia as folhas que curavam, apaziguava febres, ajudava crianças a virem ao mundo. Conversava com os ègun, aconselhava os vivos, plantava no Orun e colhia no Aiyé.

Pensava nisso, enquanto orava pelos seus. O ventre de sua mulher já se inchava novamente, e ele não precisava dos orixás para saber que sua semente era boa e que geraria mais um varão para a tribo, talvez aquele que herdasse o seu poder. Seus outros filhos estavam encaminhados nas artes da guerra, e nenhum se interessava pelo velho culto. Ser o grande sacerdote da aldeia exigia muita concentração e abnegação, e os seus temiam não serem capazes.

Mas a guerra se aproximava, e com ela talvez o fim do equilíbrio entre os homens de sua tribo e a natureza tão farta à sua volta. Akèdjè entendia os caminhos do Pai, a harmonia entre as forças do mundo e as forças dos homens. Não tinham, em seu povo, palavras para a abundância. Contavam apenas até três, depois disso era fartura. Não precisavam mais que três de nada, e agradeciam à Terra por sua generosidade.

Akèdjè perguntava aos orixás e aos èguns o que seria de seus filhos, mas as respostas haviam cessado. Tudo era espera na planície.

[HOJE] — Taí, chefia, o presunto.
Ramiro desceu da viatura já com o lenço cobrindo a boca e o nariz. Não suportava cheiro de defunto, ainda mais defunto já podre.

Duas crianças que catavam comida no lixão o haviam achado. Sem camisa, apenas com uma calça jeans e sapatos, o finado era negro, aparentando entre 30 e 40 anos (se bem que podia ser mais, o inchaço do corpo escondia as possíveis rugas). Nenhuma identidade, carteira, nada, apenas uma pulseira com o nome "Tenório". Chico dava uma dura nos garotos que acharam o corpo, perguntando se eles não haviam levado nada do defunto, essas coisas. Moleques babacas, entregaram o serviço e ainda ficaram esperando para ver a festa.

E o pior é que parecia mesmo uma festa. A viatura estava estacionada atrás do rabecão da Defesa Civil, e, logo atrás dela, chegara o carro d'O Popular, o jornal mais sangrento do Rio de Janeiro, e dele saltavam Nestor, o fotógrafo, e Arnóbio Presença, cuja presença conseguia sempre irritar Ramiro.

— E aí, irmão, mais um presunto sem nome?

— Arnóbio, por favor... O cara devia ter família, igual a você...

— Porra, se a família dele era igual à minha, ele tá bem melhor agora! — e deu a risada escrachada que só os gordos conseguem dar. — Mas e aí, já sabem alguma coisa do macumbeiro?

— Que macum... — e foi aí que Ramiro percebeu os cordões de contas coloridas no pescoço do homem morto. Guias, era como chamavam os cordões. Cada um indicava a posse de um "santo", como eles chamavam.

— Tá amarrado! — Ramiro deixou escapar a frase que tanto vivia na boca de sua mãe.

— É, irmão, pelo jeito esse aí precisava mesmo de seu Jesus. Tanto santo, tanta guia, e acabou com a boca cheia de formiga. Bota ele pra sair bonito, Nestor. Já tenho até a manchete: "Macumbeiro cantou para subir"! — enquanto Nestor ia procurando o ângulo que melhor mostrasse a boca aberta do defunto, com as moscas pousando nos lábios espessos, já inchados. — Não esquece de pegar o sangue, Nestor! Pega a sangria que essa vai para a primeira página, a co-res! — e Arnóbio cutucou Ramiro, para ver se ele se irritava.

— Que sangue, chefia? Não tem nada aqui.
— Que não tem, seu corno! Já viu desova sem sangue? É igual a festa de crente sem guaraná!

Ramiro se aproximou novamente do defunto. É, não havia sangue, e a cabeça estava virada para o lado normal. De que morrera o macumbeiro?

O médico legista já se preparava para colocar o defunto na bandeja, então Ramiro acenou com a cabeça, dando um sinal de que podia prosseguir com o trabalho.

— Simbora, Nestor! Vamos tomar uma gelada em homenagem ao pai de santo aí, só porque hoje é sexta-feira! Servido, irmão? Uma geladinha só? Jesus não vai ficar puto contigo não! — e arrancou com o carro de reportagem, gargalhando.

Ramiro já estava acostumado com isso. As pessoas "do mundo" não se saciavam de fazer chacota dos evangélicos, principalmente de crentes em posições importantes, como a dele, de inspetor da Polícia Civil.

Tinha agora 36 anos, morava só, com a mãe, em Niterói, cidade ligada ao Rio de Janeiro pela ponte Costa e Silva. Depois daquele longínquo episódio do centro de macumba, sua mãe ficara com medo e começara a frequentar uma igreja evangélica perto da casa onde moravam, e Ramiro crescera em meio a pregações, testemunhos e exorcismos, sempre em nome de Deus. Entrara cedo na Polícia e se tornara um respeitado investigador, descobrindo casos difíceis e colocando atrás das grades importantes criminosos. Dedicou toda a sua vida ao estudo da criminalística, fez cursos de investigações forenses — inclusive no exterior, em plataformas online — e assim conquistou uma boa reputação no meio policial, mesmo não querendo ir para trás de uma escrivaninha para trabalhos burocráticos. "É lá, nas ruas, que eles estão, e é lá que os cidadãos precisam de mim, pela graça do nosso Senhor Jesus Cristo" — dizia, entre risos abafados e comentários jocosos dos colegas e superiores, inclusive a respeito de sua masculinidade. "Não tenho tempo para namorar" — dizia — "na hora certa Jesus colocará alguém em meu caminho".

Dizia com convicção, sem proselitismo ou hipocrisia, porque não tinha dúvidas. Ramiro tinha fé, e nas suas horas vagas ajoelhava-se perante o altar, chorava enquanto cantava os hinos de louvor, mesmo que sua pistola estivesse sob o blazer, pois não podia vacilar, fizera muitos inimigos em sua carreira policial. Sempre resolvia um caso, pois não sossegava enquanto não achava as peças para solucionar o enigma, não ia nem ao templo. Não importava se a vítima era rica ou pobre, se fosse um roubo de milhões ou de centavos, essa era a sua missão, e se orgulhava muito disso. Frequentemente pedia perdão por deixar que o orgulho o dominasse, mas mesmo assim não percebia que era justamente por orgulho que não conseguia descansar enquanto não solucionasse o caso. "Obrigado, Senhor", dizia, e abria um grande sorriso de satisfação e autoestima.

E era nisso que pensava mais tarde naquele dia, com os pés sobre a mesa, comendo um saco de jujubas, quando o delegado entrou na sala com um envelope na mão e fumando seu cigarro fedorento. O delegado Farias fumava aquilo que era chamado no Rio de Janeiro de "me enrola", fumo cru enrolado e apertado como se fosse um cigarro de maconha. O cigarro vivia no canto de sua boca e frequentemente apagava sem que ele desse por conta. Ramiro não sabia o que era pior, o cheiro do maldito quando estava aceso ou a bituca nojenta e babada, grudada, subindo e descendo enquanto falava.

— Então, irmão, o que era aquela ocorrência lá no lixão?
— Homem, negro, aparentando quarenta anos, vestindo apenas uma calça jeans, uns cordões coloridos e uma pulseira com o nome "Tenório", morto há mais ou menos uma semana. *Causa mortis* não identificável ainda, sem sangue ou ferimento aparente.
— Caralho, não pedi um relatório! — Ramiro fez uma cara de reprovação — Opa, desculpa, Ramiro, sempre esqueço que você não gosta de palavrões.
— Não é que eu não goste, só não acho conveniente.
— Tá, tá, tudo bem. Desculpe assim mesmo — "crente chato da porra..." — O que você acha?
— Não sei. Não faço a menor ideia, sinceramente. Teria que ver a *causa mortis* primeiro para começar alguma coisa.
— Taí então. — e jogou o envelope na mesa. — O cara morreu do coração. Ataque cardíaco, fulminante.
— Ataque cardíaco? — Ramiro parecia bastante surpreso, tirando os pés da mesa e curvando o corpo para frente, enquanto folheava os atestados de óbito e da necropsia. — Mas não pode ser...
— Por que não pode ser, Ramiro? Pode acontecer com qualquer um de nós essa porra... Opa, desculpa.
— Não, Farias. O cidadão era muito novo para isso... Além do mais, por que jogariam um cara que morreu de ataque cardíaco no lixão? Isso não faz o menor sentido.
— Bem, é mais barato do que enterrar, não?
— Ah, Farias... Eu tô falando sério... Tem coisa aí.
— Tem nada, Ramiro. Vai para casa, é sexta-feira e já é tarde. Sua mãe deve estar preocupada.
Ramiro levantou, colocou o coldre com a pistola e o blazer.
— Espero que isso não tenha sido uma piada, Farias.
— Não, porra... Claro que... Ah, desculpa de novo, cara.
— Está tudo bem. Até amanhã então. E não se esqueça...
— ..."Jesus Cristo tem uma grande obra para realizar na

minha vida". — As bolsas sob os olhos de Farias lhe davam um ar de sabujo velho, principalmente quando ficava sem graça.

Mas Ramiro não foi para casa. Ligou para sua mãe avisando que ia demorar um pouquinho e pegou a estrada em direção ao bairro onde ficava o lixão em que o corpo fora achado, em Fazenda dos Mineiros. Coitada de sua mãe, idosa, viúva, cujas únicas diversões eram o templo e o trabalho do filho. Sempre se empolgava quando Ramiro contava seus casos policiais para ela, dando gritos de "Ô, glória!" e o tradicional "Sangue de Jesus tem poder!".
   Era uma sobrevivente. Há três anos, descobrira um nódulo em seu seio esquerdo, e o diagnóstico comprovara o que temiam. Em metástase, não havia muito o que fazer, e mesmo depois de ter retirado a mama, as agressivas sessões de tratamento a deixavam mais morta do que viva. Ramiro tinha sempre a impressão de que aquelas terapias eram uma batalha para ver quem morria primeiro, sua mãe ou o tumor. Mas em nenhum momento perdera a fé, e acreditava no milagre da cura. Sessões ininterruptas de vigília em sua igreja, horas e horas ajoelhada — mesmo sofrendo — e, alguns meses depois, quando o cabelo já voltava a nascer, recebera o diagnóstico final: estava curada. O câncer entrara em remissão até desaparecer. O médico ainda emprestara a Ramiro alguns artigos que relatavam a eficiência de orações e fé no tratamento do câncer, algo relacionado a acreditar e não se entregar à doença, mas ali estava mais uma prova de que seu Deus era bom e misericordioso, e o milagre estava na sua frente, para todos que pudessem ver. Sua mãe fora curada em nome do Senhor.
   Ele era um bom filho — a única família que sua mãe ainda possuía, com exceção de sua tia que tinha ido morar no interior e raramente aparecia — e gostava de conversar com ela. Só que o bate papo hoje teria que ficar em segundo plano. Alguma coisa dizia que aquele defunto tinha muito mais para contar.

Deixou o carro na praça e foi dar uma volta. O bairro era em uma região perigosa, de classe baixa, onde as ordens eram ditadas por chefes do narcotráfico. Não queria dar bobeira, por isso evitou demonstrar que era um "verme", como eles chamavam os policiais. Com a bíblia embaixo do braço, não havia como ser confundido com outra coisa.

Comprou um picolé de uva na padaria e ficou observando o movimento. Era quase hora do culto e não tardaria a passar outros cristãos por ali.

— Paz do Senhor, irmão! — disse para o primeiro casal que passou, vestido sobriamente e portando bíblias, como ele.

— Paz do Senhor! — disse o homem.

— Posso acompanhá-los?

— Claro que sim, irmão! É sempre bem-vindo aquele que crê no nosso Senhor Jesus Cristo!

— Ora, obrigado, irmãos. Eu me chamo Ramiro, Ramiro Montenegro.

— É um prazer! Eu sou Carlos, e minha esposa aqui, Conceição.

— Vocês são da...

— Assembleia. Mas estamos indo para um culto na casa de nosso irmãozinho Felipe. Você mora por aqui?

— Não, moro em Niterói... Mas estou trabalhando, mas não quero perder a palavra do Senhor nem a oportunidade de conhecer outros irmãos.

— Vamos, então. Felipe ficará muito feliz com a sua presença. Está de carro?

— Sim, deixei-o ali na praça, perto do posto policial.

— Ah, então tá bom.

No caminho, conversaram alegremente. Carlos e Conceição haviam passado por maus momentos, até que aceitaram Jesus Cristo em suas vidas, e tudo mudou. Carlos largara a bebida e arrumara outro emprego. Sempre ouvindo com atenção e dando "glórias", Ramiro agradecia mentalmente pelo culto estar sendo realizado na casa de um irmão e não no templo. Seria mais fácil para conseguir o que precisava.

O culto foi uma bênção. Felipe e sua família eram muito amáveis, e o Pastor Eliabe falou lindamente sobre a missão dos povos de Deus na terra. No final, quando todos confraternizavam com um cafezinho e bolo de fubá especialmente feito pela esposa de Felipe para o culto, Ramiro conheceu outras pessoas e, quando teve a oportunidade, perguntou o que queria saber.

— Muito bonita a comunidade, irmão Carlos. Tenho certeza que Jesus sorri toda vez que olha aqui para Fazenda.

— Ora, não é nada... Nada é impossível para Deus!

— Sim, sim... Mas e o trabalho de evangelização aqui? Como as pessoas reagem?

— Ora, o coração do ímpio é duro... Mas Jesus tem todas as chaves, irmão! Aleluia!

— Amém, irmão. E o tráfico?

— Eles nos deixam em paz aqui. Não os atrapalhamos, nem eles a nós. Pastor Eliabe evita falar de assuntos relacionados a isso, e Ditinho, o gerente da boca-de-fumo daqui, foi menino nessas ruas, conhece todo mundo, e tem um grande respeito pelo Pastor. Sua mãe mesmo é da nossa igreja.

— É mesmo? Que bênção...

— Sim, está vendo aquela senhora ali, de vestido amarelo? Irmã Benedita! Irmã Benedita! — chamou — Venha conhecer o irmãozinho Ramiro, que veio lá de Niterói!

A pequena senhora se aproximou e uniu-se ao grupo.

— Eu falava pro irmão que não demora muito o jovem Benedito estará aqui dando o testemunho com a gente! — disse Carlos.

— Sangue de Jesus tem poder! Só Ele sabe que este seria o dia mais feliz de minha vida, ver meu Ditinho pregando a palavra do Senhor!

— Amém! — responderam todos que estavam por perto, em coro e em murmúrios.

— É uma pena que ele não seja forte ainda para vencer o diabo... Meu filho é um amor, é o diabo que está levando ele para o crime... Coitadinho... — e uma lágrima surgiu na face de Benedita.

— Calma, irmã, para Jesus nada é impossível... Pelo menos ele não está prestando devoção para o diabo naquele centro, como os outros...

Bingo. Ramiro conseguira o que queria, o assunto brotara sem que precisasse sequer insinuar alguma coisa.

— Então vocês têm uma dessas casas por aqui?

— E onde não tem? O diabo é o senhor desse mundo mesmo, fica atraindo os pobres coitados para lá, para aquele antro de pecado...

— E é aqui perto?

— É, é perto da praça. Vamos, já está ficando tarde, e no caminho eu te mostro.

E assim fez. Despediram-se na praça, com Ramiro prometendo voltar e convidando todos para a sua congregação, no bairro de Santa Rosa, em Niterói. Apesar da distância geográfica e social, eles prometeram ir um dia. Antes de Ramiro partir, Carlos apontou a rua onde ficava o centro, e Ramiro saiu com o carro para o outro lado, apenas para disfarçar.

Tinha que passar lá em frente, tinha que saber onde era. Foi na direção contrária alguns metros e, depois de um tempo hábil para que seus novos amigos se dispersassem, voltou com o carro e seguiu em direção ao centro. Não ia investigar nada, ia apenas olhar, nada mais. Outro dia voltaria com mais calma.

Parou o carro próximo à casa branca, com um grande jarro de barro na frente e duas lanças cruzadas, de onde saía um grande batuque. Lembrou-se da noite em que foi ao centro com a tia, da agitação, da festa. Saiu do carro e ficou olhando lá para dentro e para as pessoas que entravam. Gritos, celebrações, era tudo o que conseguia captar dali. Especulava se, quando viesse investigar, deixaria clara a sua posição de evangélico ou não. Afinal, isso poderia atrapalhar as investigações, criar uma certa barreira entre os macumbeiros e ele.

Tentava achar um jeito, quando uma mulher saiu de lá de dentro e veio em sua direção. Ela era uma gata, pele cor de chocolate ao leite, cabelos encaracolados soltos e vestido de alcinhas, livre. Ramiro ficou sem graça, não somente pela beleza da menina, mas pelo fato de estar ali, bisbilhotando onde não era chamado.

— O Preto Velho quer falar com você, lá dentro.
— Espere, mas eu não conheço nenhum... — mas a mulher já tinha se virado para retornar à casa. Ramiro não pôde deixar de reparar o quanto era bonito e sensual o seu corpo e a sua maneira de andar. Sem saber o que fazer, seguiu-a.

O interior do centro de macumba era exatamente como Ramiro se lembrava. Ainda sem entender, via aquela profusão de gente cantando e dançando como se estivesse em uma festa, brandindo seus corpos como se fossem bonecos, ao som dos tambores hipnóticos. A morena conduziu-o através do salão principal, que culminava em um altar onde várias imagens eram veneradas. Ramiro achou um absurdo que a imagem de Jesus Cristo estivesse ali no meio.

Entraram em um quartinho ao lado do altar, fedendo a cachaça e a cachimbo. A princípio, Ramiro se assustou com a cena.

Sentado em um toquinho de madeira, um homem encurvado fumava cachimbo e bebia vinho em uma cuia de coco. Vestia-se de branco, portava inúmeros daqueles cordões coloridos, ou "guias", e projetava seu braço para cima para apoiar seu corpo em uma bengala. Era um homem de meia idade, mas a Ramiro parecia estar vendo um velho, e as imagens se confundiam. Em pé ao seu lado, um outro homem de branco, também com guias, colocava a mão em seu ombro, e, do outro lado, uma negra enorme vestia saias de babados e rendas na ponta.

— É esse aí, vovô? — perguntou o homem ao "velho", confundindo ainda mais Ramiro. Como aquele homem poderia ser avô do outro, se pareciam ter a mesma idade?

O velho deu uma baforada no cachimbo, levantou o olhar lentamente para Ramiro e deu uma risada curta.

— Riê iê iê iê. É eshe mêmo, shijinfio. Shunchê pode deixá nóis agora.

O homem olhou para Ramiro, chamou a menina e saiu. Ela ia sair também, mas antes o velho falou:

— A morena fromoja fica. — e a menina não saiu do lugar.

— O senhor precisa de alguma coisa, vovô?

— Não, jinfia. Pêto Véio tá bem ashim.

"Então esse era o tal de 'Preto Velho' que a morena havia falado" — pensou Ramiro.

— Então, jinfio, shunchê canshou do deus dos branco? Riê iê iê iê...

— O quê?

— Ele perguntou se você se cansou de seguir o deus dos brancos. — disse a morena. Então agora ele entendeu porque ela ficara ali.

— Como ele sabe disso?

— Pêto Véio shabe de muita coija, jifio. Pêto Véio shabe tamém o que shunchê tá buscano.

— Como assim?

— Ele disse que...

— Não! Eu entendi. — e virou para o Preto Velho — como você sabe o que eu tô buscando?

— O que Pêto Véio pode falar pá shunchê é que shunchê vai pashá muita coija, mash que jinfio num pode si esquechê quem é.

— Como assim quem eu sou? E o que eu vou passar?

— É um pajé pá Pêto Véio rechebê a vijita di shunchê dispois de tanto tempo, jifio. Jifio era um curumim pequeno

ashim e agora virou um perna de calsha deshe tamanhu...
Riê iê iê iê...

— Espera, volta tudo. O que você quer dizer com quem eu sou?

— Riê iê iê iê...

— Espere!

Mas o Preto Velho só ria e pitava o seu cachimbo. Ramiro ainda ia insistir, mas a moça fez sinal para que ele saísse, pois o velho não ia falar mais nada com ele. Porém, na saída, eles ainda ouviram: "Riê iê iê iê... Como dije os home banco, jifio, o pió chégo é aquele qui num qué vê! Riê iê iê iê... Chama aquele ôtro jifio, mosha, pá mó de Pêto Véio shubi..."

— Vamos — ela pegou no braço de Ramiro antes que ele pensasse em voltar e perguntar mais alguma coisa.

Ramiro não estava entendendo nada daquilo tudo. Como aquele cara o conhecia? E como sabia o que ele estava procurando? E Ramiro entendeu muito bem a última frase dele, "o pior cego é aquele que não quer ver"... Estranho, muito estranho.

Foi com a mulher até o lado de fora do salão, onde sentaram em um banquinho próximo, sobre a terra.

— Quem é você? Porque ele me chamou? Como ele me conhece? Como ele sabe que...

— Ei, ei! Calma, rapaz! Assim eu fico confusa! — e sorriu para Ramiro. Lindos dentes, ele pensou. — meu nome é Vanessa, e não sei porque ele te chamou. Ele estava dando consultas, e...

— Ele é médico?

— Ei, de onde você veio? — Vanessa sorriu — Não, não é médico. É que a gente fala assim quando o guia recebe as pessoas.

— Que guia? Você está falando daquele cordão de pedrinhas coloridas?

— Não, aquilo também se chama guia, mas quando eu disse guia quis dizer o espírito incorporado. Ali era o Preto

Velho, um espírito de luz e sabedoria que estava falando com você. Ele começou a dar consulta e mandou chamar você.

— Sangue.... — e parou no meio. Não podia dar bandeira.

— O quê?

— Não, eu quis dizer como ele sabia que eu estava lá fora?

— Não sei. Ele só falou "chama aquele mosho qui tá lá fora encostado no corre-corre".

Ramiro riu de Vanessa imitando o Preto Velho falando.

— Tá... E por que ele fala desse jeito?

— Ih, cara... Você tá por fora mesmo, já vi que você nunca veio numa gira.

— Vim, uma vez, há muito tempo... e desculpe-me, meu nome é Ramiro.

— Nome diferente. E o que é que um moço fino e bonito que nem você faz por estas bandas? Por que você estava lá fora olhando o centro?

Ramiro ficou um pouco encabulado com o elogio. Não estava muito acostumado a conversar com mulheres solteiras e jovens, e o sorriso de Vanessa era envolvente, assim como o seu perfume e o batuque dos tambores lá do lado de dentro do salão.

— Eu estou procurando... um amigo. Sim, um amigo. — Ramiro sorriu da própria improvisação — Ele costumava frequentar este centro... Tenório é o nome dele, um negão...

— Tenório? Tenório de Fatinha?

— Hmmm... Sim, sim! Esse mesmo? Alguém o viu por aqui?

— Não, essa semana ele não apareceu... Mas se bem que semana passada eu não vim, fui no pagode. Vamos perguntar pro Pai Zenão, Tenório deitou pro santo com ele.

— "Deitou pro santo"?

— É, porra. Tu também não sabe de nada, hein, menino? — e deu um tapa de leve no braço de Ramiro, sorrindo. Estava fazendo charme, a moça. — Tenório trabalhava com Pelintra aqui e era filho de santo de Pai Zenão, o dono do terreiro.

Nisso uma voz veio lá de dentro do salão: "Neeessaaaaa! Cadê você, menina?".

— Ih, deixa eu ir. Está na minha hora de ajudar lá. Daqui a pouco a gente se fala. — e deu um beijo estalado no rosto de Ramiro, deixando-o mais sem graça do que já estivera.

Ramiro então entrou, logo depois de Vanessa, para ver se conseguia falar com o tal de Pai Zenão. Foi quando, logo na entrada, encontrou o cara que estava lá dentro como Preto Velho.

— Ei! O que você quis dizer com saber quem eu sou?

— O quê? O que você está dizendo?

— Lá dentro, quando você estava fumando aquele cachimbo...

— Não, meu senhor. Me desculpe. Não me lembro de haver falado contigo. Nem fumar eu fumo. — e saiu, deixando Ramiro falando sozinho.

— Mas era você, você estava lá dentro e...

— Não era ele, ele estava apenas servindo de cavalo para o Preto Velho.

Ramiro virou e viu o Pai Zenão às suas costas. Não gostava que parassem em suas costas, principalmente perto como Pai Zenão estava. Mas a curiosidade foi maior.

— Como assim?

— Mariano estava incorporando uma entidade, chamada Preto Velho, que foi quem te chamou para conversar. Mariano não se lembra de nada, não fuma e não bebe. Ele é apenas um dos veículos para a entrada do Preto Velho no mundo dos vivos, veículo esse chamado de cavalo. Então você é que é o Ramiro que a Vanessa falou, não? O que veio fazer aqui?

— Eu estou procurando um amigo e...

— Que amigo?

— Tenório... Tenório da Fatinha.

— Nunca ouvi falar.

— Mas a Vanessa disse que ele trabalhava aqui...

— Não, aqui nunca trabalhou ninguém com esse nome. Posso ajudar em mais alguma coisa?

Ramiro sabia que ele estava mentindo. Tantos anos na Polícia fazia com que ele reconhecesse uma mentira, ainda mais quando era contada por alguém tão inexperiente em mentir, mas sabia também que não adiantava insistir. Havia, sim, alguma coisa ali, mas forçar a situação não adiantaria de nada. E, pelo jeito, era melhor sair dali rapidinho.

— Não, obrigado. Belo centro você tem aqui. — falou, tentando amenizar um pouco o clima que se criara.

— Obrigado. Ajudamos as pessoas aqui a saírem das ruas. Acolhemos aqueles que precisam, damos comida aos que têm fome.

Ramiro nem ouvia mais. Procurava Vanessa com os olhos.

— ... agora, se o senhor me dá licença, preciso trabalhar. Fique à vontade, senhor Ramiro. Só tome cuidado com as perguntas, não gostamos de polícia por aqui.

Então o Pai Zenão não era tão bobo quanto pensara. Sua máscara caíra, era preciso sair dali rapidinho. Achou Vanessa do outro lado, arrumando umas velas, e atravessou o salão para ir falar com ela, enquanto via Zenão conversando com dois caras muito mal-encarados.

— Vanessa.

— Ah, oi, Ramiro. Falou com Zenão? Essa aqui é minha tia...

— Vanessa, tenho que ir. Você me liga amanhã? — e estendeu um papel com o telefone para a mão da moça.

— Ih, o cara... Mal chega e...

— É sério. Me liga amanhã, preciso muito falar com você.

— Olha, mas vou avisando logo, eu tenho namorado e... Ei! Que cara apressado.

— Mas é bonitinho — disse sua tia — Um pretinho arrumado assim é que eu gostava quando era mais nova...

— Para de safadeza, tia! — e sorriu.

Ramiro já estava entrando no carro quando os dois caras saíram do centro.

— Qual foi, verme?!

Ia ligar o carro e arrancar, mas isso só atrairia mais ainda a atenção dos dois. Decidiu tentar amenizar a situação.

— Pois não? — e virou, para ver que um estava segurando uma pistola, e o outro, um fuzil.

— Qual é o teu caso aqui, rapá?

— Eu vim falar um negócio com Ditinho — lembrou-se do nome do traficante cuja mãe conhecera no culto.

— Então pode começar a falar... — disse o magrinho que estava com o fuzil. Uma criança, pensou Ramiro.

— É que a Dona Benedita pediu para dizer para você não deixar de ir em casa amanhã, que ela vai fazer lasanha, que você gosta.

— O quê? — o rapaz parecia não acreditar — Minha mãe? Como é que você conhece minha mãe, figura?

— É que nos conhecemos em um encontro da Igreja, e, quando ela soube que eu vinha aqui, pediu para te dar este recado. Jesus tem um plano para a sua vida, meu rapaz.

Ditinho parecia constrangido. O outro rapaz parecia querer fazer troça com ele, mas não ousaria sacanear o gerente da boca de fumo. Sem saber o que fazer, Ditinho murmurou um "valeu, valeu, agora mete o pé" e voltou a entrar no centro. Ramiro ligou o carro e saiu dali imediatamente, sentindo o suor frio escorrer por suas costas por haver escapado daquela. "Só que aqui eu não posso voltar nunca mais", ainda pensou, antes de ligar o rádio em uma estação de músicas gospel enquanto pegava a estrada para Niterói.

O batuque era ensurdecedor. As pessoas dançavam em um transe hipnótico, entre tochas e fogueiras. Ramiro, dentro de uma cabana de sapê, estava sentado diante de um velho, negro, de cabelos e barba brancas. Não precisava perguntar, de alguma maneira sabia que aquele era o Preto Velho, o mesmo que ele vira no centro quando era criança e o mesmo que encontrara naquela noite.

— É um prazer estar contigo novamente, rapaz.
— Por que você não está falando estranho, como falou comigo lá no Centro?
— Aqui todos somos iguais e falamos a mesma língua, meu filho.
— Aqui onde? Onde estamos?
— Isso é o menos importante. O que realmente importa é que você tem que fazer o que tem que ser feito, rapaz.
— Mas o que é que tem que ser feito?
— Ir até o final. Não desistir. Essa é sua missão.
— Missão? Desde quando tenho essa missão?
— Desde que você nasceu. Você veio a esse mundo com a força dos seus antepassados, e a luz necessária para abrir os caminhos e vencer as demandas.
— Sangue de Jesus... — Ramiro falou automaticamente.
— Shhh, shhh. Não precisa invocar o deus dos brancos, ele não tem nada com isso. São os seus deuses, os nossos deuses, que te convocam. Esqueça o deus dos brancos, ele está muito ocupado com os deles.
— Mas como esquecer? Eu não sigo a tua religião, Preto Velho.
— Não é a religião que está em jogo. É o equilíbrio, é a sobrevivência dos nossos deuses.
— Mas só há um Deus!
— Você deveria saber que não, garoto.
— Eu não quero missão nenhuma, não quero servir ao Inimigo!
— Você não tem escolha, filho. A missão é que quer você, Ramiro. Agora vá, Preto Velho precisa descansar. Lembre-se: você é quem você é. Não seja o cego por não querer ver.

E Ramiro levantou-se da cama ofegante, suado e nervoso. O que fora aquilo? Um sonho? Não, era real demais para ser um sonho... A lembrança era nítida em sua cabeça: a música, as tochas e o Preto Velho ali, na sua frente.

Foi até a cozinha beber água e viu que o dia estava raiando. Dormira por pouco tempo desde que chegara, mas parecia que havia sido por horas. Por que aquelas coisas do demônio estavam entrando em sua mente? Decidiu ficar orando até sua mãe acordar, então se ofereceria para ir ao templo com ela.

[ONTEM] Os tambores ecoavam pela selva e anunciavam a guerra. As primeiras lembranças de Akèdjè eram de guerra. Parece que as guerras sempre haviam existido no Daomé, irmão contra irmão, mesmo naquela terra abençoada, de comida farta e felicidade plena. Havia começado antes de seus antepassados, todos eles Babas, e perdurava agora ainda. Só que desta vez era diferente. Barulhos estranhos no campo de guerra, os Egba carregavam pedaços de paus de onde saíam fogos que matavam seus irmãos Ketus. Seus avós já usavam suas lanças para caçar e defender seu povo, e as crianças aprendiam seu manejo desde muito cedo. Porém, agora elas eram quase inúteis. Os Egbado apareciam na mata com seus paus de fogo e faziam tombar os melhores guerreiros da tribo. Alguns diziam que era um pacto com o povo de cima, onde o clima era mais quente, chamados Bantus. Mas os orixás haviam dito a Akèdjè que os Egbado estavam mancomunados com os homens pálidos, os homens que vinham de além do mar.

O barulho era demais para Akèdjè. Gritos desordenados, crepitar de chamas e gritos de morte. Akèdjè sentia cada filho seu se esvaindo, e chorava por todos, como o grande pai de sua tribo.

Os guerreiros passavam ao seu lado e pediam a sua proteção. Escapara ileso de outras guerras e emboscadas, sob a proteção de Olorun, e estendia essa proteção a toda a tribo. Não havia guerreiro que fosse para a batalha sem receber a sua bênção, nem integrante da tribo que não o respeitasse ou temesse. Seus poderes, diziam, ultrapassavam os de seu pai e seu avô, também Babas poderosos e temidos. Mas agora ele próprio temia pelo destino de sua tribo. Os Egbado nunca haviam atacado com tanta força, nem em períodos de tempo tão curtos. Akèdjè perguntava aos orixás se aquele seria o fim, e os búzios apenas respondiam que essa era a Sua vontade.

Perdido em orações e evocações, Akèdjè não percebeu que os inimigos haviam rompido as barreiras e entrado na vila. Quando saiu da cabana, recebeu um chute no peito que o jogou para trás. Os invasores pisavam nas crianças, nas pessoas, e nas mandingas de Akèdjè. Mesmo na guerra, feiticeiros como ele eram respeitados, não eram assassinados ou escravizados. As tribos reconheciam o poder dos orixás e respeitavam seus emissários. Mas desta vez havia algo de errado, pensou Akèdjè enquanto era amarrado e via as casas da tribo pegando fogo. E foi olhando para a destruição que viu sua esposa, grávida, ser brutalmente assassinada pelos invasores. Viu a lança atravessando a barriga onde estava seu filho, o sangue e o grito final da mulher que amava. Debateu-se, gritou, mas as pancadas que recebia eram muito fortes, e então Akèdjè se calou e se deixou capturar, porém mentalmente usava de todos os seus poderes para pedir aos orixás que vingassem sua tribo, perguntando ao mesmo tempo porque tanta destruição acontecia com aqueles que lhes eram tão devotos.

Quem tem fé, confia, e o sacerdote tinha fé em suas forças. No desespero, invocou até mesmo os espíritos dos antepassados, os *manes*, chamados de ègun pelas tribos do norte. Chamou, chamou silenciosamente por todos os orixás cujos nomes conhecia, os seus e os dos outros. Tudo à sua volta era destruição. O cheiro de carne queimada e as pancadas recebidas na cabeça pelos ambiciosos invasores o deixavam enjoado, mas Akèdjè tentava manter a sua concentração. Sabia que não seria desamparado. Pediu por chuva, mas a chuva não veio. Pediu por fogo, mas o único fogo era o disparado pelos inimigos e ateado em suas cabanas. Lembrou-se de uma maldição que lhe foi passada por seus antepassados, sob as juras de nunca proferi-la. O Orun espelha o Aiyé, e o mal desejado volta em dobro para seu conjurador. Mas Akèdjè não via outra solução, apenas desejava o fim de toda aquela barbaridade.

Rolou seu corpo ferido para pegar um punhado de terra, que esfarelou em suas mãos amarradas. Quando começou a proferir com dificuldade as palavras sagradas através dos lábios já inchados, não suportou e vomitou. Amarrado, indefeso e sujo, Akèdjè desmaiou antes de completar sua maldição.

[HOJE] Vanessa não ligou durante toda a semana. Ramiro estava preocupado, esperando que aparecesse mais alguma coisa, mas os dias que se seguiram correram tranquilos, com os mesmos crimes corriqueiros de sempre. Na sexta-feira, Ramiro já estava quase dando o caso do macumbeiro como encerrado. Ninguém reclamou o corpo do Tenório (nem mesmo a tal da Fatinha) e o único lugar de onde ele poderia tirar informações sobre o finado estava fechado para ele durante um bom tempo, pois não queria nem imaginar o que o tal Ditinho pensara em fazer com ele quando descobriu que havia sido enganado. Foi quando estava em casa, vendo um missionário pregando na televisão com sua mãe, e o telefone tocou.

— Ramiro?
— Sim, Farias, qual é o galho?
— Vai pro Antônio Pedro, voando. Tem algo lá que pode te interessar.
— Estou indo.

Ramiro se aprontou para sair em menos de cinco minutos. Não gostava de sair desarrumado, ainda mais para assuntos profissionais. Não gostava da imagem criada de que o policial brasileiro era esculachado. Além do mais, sempre achava perfeito o modo como os investigadores de filmes americanos usavam o blazer para esconder a arma. Beijou sua mãe e foi para o Antônio Pedro, um hospital universitário que ficava no centro de Niterói.

— Então, Ferreira, qual é o problema?
— Ué, quem foi que te chamou aqui, Ramiro?

Ferreira era o tipo de policial de que Ramiro não gostava. Desleixado no vestir, no andar e no trato com as pessoas. Não era um cara ruim, apenas displicente. Em tudo o que fazia.

— Farias me ligou. O que temos aqui?
— Vem comigo.

Chegando ao necrotério do hospital, Ferreira levantou o lençol que cobria o defunto.
— Brás. Homem, negro, um pouco mais de quarenta, ataque do coração. Não sei porque você veio, a família foi quem o trouxe, nada de estranho em sua morte.

Enquanto Ferreira falava, Ramiro olhava para o pescoço da vítima. Guias. Umas três, semelhantes às que o tal do Tenório usava.

— E a família, onde está?
— Na sala de espera, esperando a liberação do corpo. Estavam todos na mesma sessão de macumba e... Ei! Irmão filho da puta, me deixa falando sozinho...

Ramiro já havia se dirigido em acelerado para a sala de espera. Outro macumbeiro morto, outro ataque do coração. Aquilo poderia não somente solucionar o outro caso, mas era uma evidência de que algo grande estava acontecendo com esses caras.

Chegando lá, Ramiro usou sua experiência de anos e anos assistindo famílias de vítima e foi direto onde todos choravam e confortavam uma senhora mais velha, que parecia mãe do homem que morrera. Não seria difícil achá-los, porém, pois alguns vestiam branco e a mãe dele ainda trazia a roupa do ritual do qual fazia parte.

— Com licença... Vocês são a família do finado Brás?
— Sim... — respondeu a velha, chorando — algum problema?
— Não, nada de mais, apenas procedimentos de rotina. Meu nome é Ramiro, eu sou inspetor da Civil, e gostaria de fazer algumas perguntas.
— Que tipo de perguntas? — falou o negro alto que estava mais perto da Senhora Brás, com um ar afeminado que assustou Ramiro.
— Nada que vocês já não tenham respondido, apenas quero confirmar algumas informações. Como se deu o óbito?
— Nós estávamos em uma sessão no centro de Pai Quirino,

no Jóquei, com o Brasa trabalhando com os guias, como sempre fazia, às sextas. Recebeu a Vovó, recebeu Padilha, tudo normal. De repente... — e o homem afeminado começou a chorar, junto com a velha. Ramiro concluiu que esse deveria ser o companheiro do defunto. "Coitados, o diabo os leva por caminhos que tanto distam de Deus..." — de repente, Doutor, ele recebeu um guia que ninguém conhecia, que ninguém nunca tinha visto. Tentou falar alguma coisa, mas não conseguiu. Coitado, e logo com o Brás, que já trabalha em centro há tantos anos... Ele tentava e não falava nada. Parecia estar com a língua grande dentro da boca. Com os olhos virados, parecia muito bravo, o guia. E aí o nosso Brasinha caiu durinho no chão, doutor, só vendo. Coitado... — e voltou a chorar.
— Então ele incorporou o troço e morreu?
— Sim, doutor, sim... Aí trouxemos ele para cá...
— Tudo bem. Muito obrigado e meus pêsames.
Ramiro saiu dali intrigado com aquilo. Ora, não era crime nenhum, morrer do coração. Será que foi o que aconteceu com o Tenório? Bem, se foi isso, o crime foi a omissão de socorro e ocultação do corpo, apenas. Aquele tal de Pai Zenão ia ver só... Mas, se isso acontecera com o Tenório, não era coincidência demais? Se ao menos a Vanessa ligasse...

Foi pensando isso que chegou em casa, já quase de madrugada. Sua mãe ainda estava acordada, esperando-o como sempre.
— E então, filho?
— Nada de mais, mãe, pode ir dormir.
— Tem janta no fogão, já vou esquentar para você.
— Mãezinha, você não pode mais ficar acordada assim... Fico preocupado com sua saúde...
— E eu preocupada com você na rua no meio desse monte de bandidos.

— Mas você não pode se cansar... O médico falou...
— Que médico que nada. Eu tenho o médico dos médicos ao meu lado! Nem me venha com papo de doença, porque eu tomei posse dessa bênção e estou curada, em nome de Jesus! Olha só! — e deu uns três pulinhos na sala.
Ramiro riu e se adiantou para abraçar a sua mãe.
— Tá bom, tá bom, abençoada. Glórias ao Senhor por sua cura, mas não vá ficar provocando e pulando igual cabrito aí não.
— Olha o respeito, menino! Vou esquentar a sua comida já já.
— Obrigado, mãe, estou mesmo com fome.
Da cozinha, ela se lembrou e gritou:
— Ah! Uma moça ligou para você! O telefone está aí na mesinha!
Ramiro levantou correndo e viu o nome e o número do telefone celular. Vanessa.
— Alô? Vanessa? — um barulho infernal vinha do fundo, e quase não dava para escutar o outro lado da linha.
— Oi! Quem é?
— Ramiro!
— Quem? — a barulheira parecia um bate-estacas, com alguém gritando alguma coisa no fundo.
— Ramiro! Você ligou para mim!
— Ah, tá! Ramiro... O cara do centro! Eu te liguei para te chamar para vir aqui...
— Onde você está?
— No baile!
— Onde?
— No baile funk! No Castelo das Pedras, aqui no Tamoio! Vem para cá!
— Tá bom!
— Quando tiver chegando me liga! Beijos!
— Beijos. — e desligou o telefone, pensando ainda porque dissera aquele "tá bom".

Se arrumou, e, quando estava saindo, sua mãe começava a botar a janta na mesa.

— Onde você vai a essa hora, meu filho?

— Vou sair.

— Mas você acabou de chegar, nem jantou!

— É que surgiu uma investigação, mãe.

— Come primeiro, meu filho.

— Na volta, mãe, na volta. — e saiu apressado para encontrar-se com Vanessa.

Ramiro dirigiu todo o caminho para São Gonçalo. O baile fanque era realizado em um grande clube poliesportivo no centro da cidade. Antes sede de concorridos bailes de carnaval, o clube demonstrava em sua fachada já ter conhecido dias melhores, parecia acabado — mesmo para uma cidade operária e pobre como São Gonçalo.

A multidão do lado de fora já era algo assustador. Centenas, talvez milhares de pessoas vestindo roupas coloridas e acessórios variados, se acotovelando para entrar no clube. Lá de dentro, vinha um som grave, repetitivo, acompanhado por letras indecentes que faziam apologia ao tráfico, às drogas e ao sexo. Ramiro se sentiu tão deslocado quanto no centro de macumba, mas ainda um pouco mais constrangido pelo contato de seu corpo com os corpos jovens, firmes e bem torneados das meninas que o cercavam para entrar também. Do lado de fora ainda, ligou para Vanessa.

"Oi, Vanessa. Sou eu, Ramiro".

"Oi! Você está onde?"

"Estou entrando!"

"Tá, te espero aqui, estou perto do bar!"

"O quê?"

"Perto do baaaaaar!!!" — e desligou.

Ao entrar no baile, percebeu que o cenário que ele vira lá fora não era nada comparado ao que estava diante de seus olhos. Em um espaço insuficiente, quente, as pessoas suavam e se tocavam, em danças extremamente sexuadas. Adolescentes seminuas — quase crianças — simulavam o ato sexual sob o som de gritos sem harmonia que pregavam toda aquela licenciosidade. Ramiro se sentiu mal, mal mesmo, por estar ali. Mas o seu maior problema não era nem a incompatibilidade de credos, mas talvez o fato de sua curiosidade se aguçar com toda a cena. Já tinha lido sobre isso, tinha ouvido falar, mas nada se comparava ao que via. E a batida, depois que os ouvidos se acostumavam ao estrondo, era até interessante. "Tá amarrado", repreendeu.

Encontrou Vanessa onde ela disse que estaria, perto do balcão de onde os copos saíam em profusão industrial. Vanessa vestia uma calça jeans apertada contra o corpo, delineando suas formas e curvas perfeitas, e um top que mal cobria seus lindos seios, deixando à mostra uma barriguinha ligeiramente saliente e um *piercing* no umbigo. Com a sua pele cor de chocolate, cabelos encaracolados que desciam por suas costas, o rosto levemente pintado e um sorriso aberto que mostrava seus lindos dentes e apertava seus olhos, Vanessa imediatamente fez despertar em Ramiro uma coisa que ele procurava tanto esconder: o homem.

Sem graça e sem tato para lidar com mulheres, ele foi recebido com um abraço daquele corpo suado e um beijo estalado na bochecha.

— Oooi! Pensei que você não viesse!

— É, eu... eu... Eu geralmente não costumo vir a esses lugares...

— Você é louco? Isso aqui é tudo de bom! — disse Vanessa, sorrindo e levantando os braços para dançar, balançando o corpo perto de Ramiro — Vamos, vem dançar!

Ele se deixou conduzir por sua mão pequena, e perfeitamente manicurada. Quando percebeu, estava no meio do salão, junto com toda aquela gente, sacudindo desajeitadamente seu corpo para tentar acompanhar as amigas de

Vanessa. "Jesus amado" — pensou — "mas isso é necessário para a investigação".

Após quase uma hora ali, ele decidiu reunir a coragem para pedir a Vanessa que saíssem. Pegou-a pela mão e se dirigiu a uma varanda ali perto.

— Putz, tá muito bom o baile hoje! Esse DJ arrebenta, é o DJ da rádio!

— Sim, sim. Mas eu queria conversar com você um pouco, e...

— Eu estava pensando que você não fosse mais me chamar! — e, na ponta dos pés, colou seus lábios carnudos na boca de Ramiro, e enfiou sua língua em sua boca.

Assustado, Ramiro a descolou de si quase que com um empurrão.

— O que foi?

— Desculpa, quando chamei você para conversar não era o que eu pretendia...

— Ah, tá... Você é casado, né?

— Não, não sou, e...

— Então qual é o problema?

— Nenhum, nenhum... — Ramiro não sabia onde colocar as mãos, ou mesmo o corpo todo. Ao mesmo tempo que sabia que era errado, era errado estar ali, era errado se divertir em um ambiente tão mundano, queria outra vez sentir o beijo de Vanessa.

Mas a obrigação venceu a vontade, e ele teve que reunir toda a sua convicção para escapar da tentação.

— Olha, sério... Depois a gente fala sobre isso... Não me leve a mal...

— O que foi? Você é viado?

— Não, po! — quase soltou um palavrão, coisa que tanto abominava — É sério, Vanessa. Você disse que tinha algo a falar comigo. É isso?

— Não, não é isso. — disse a morena, muito contrariada, e acendeu um cigarro. — Você é polícia, não é?

— Co... como você sabe?

— Porra, cara, a gente que mora em área braba conhece cana de longe. E tem outra coisa: o Ditinho tá puto contigo, é melhor você não aparecer por aquelas bandas nunca mais.

— Tá, tá... Mas e daí?

— Daí que você apareceu lá, perguntando pelo Tenório... Cara, esse lance do Tenório é a maior merda. Nem sei se vale a pena te contar, só faço isso porque achei uma grande sacanagem o que fizeram com a Fatinha. Fatinha ajudava todo mundo no centro, cansou de fazer faxina ali e cozinhar... Daí o filho dela morre, e neguinho não tem nem a consideração de enterrar o coitado.

— Como ele morreu?

— E eu sei? Ninguém sabe. Tenório trabalhava com um monte de guias, há muitos anos... Era o mais procurado para consultas, dava gosto de ver aquele cara trabalhando com Pelintra. Aí, na sexta-feira, em uma sessão lá no centro, depois de trabalhar com erê, com Caboclo e Preto Velho, Tenório começa a rodar na gira... Rodava como se fosse receber outro guia, e, ora, todo mundo sabe que depois que ele trabalhava com o Velho ele não recebia mais nada. Eu não estava cambonando nesse dia, ajudava com as crianças lá atrás, e só pude ir pra gira no final, quando todos dormiram. Já era umas três horas da manhã, a sessão acabando... Cheguei lá e vi Tenório girando, girando... Até que parou. Parou e, no lugar de receber o guia, abriu os olhos e fez uma expressão que eu nunca mais vou esquecer. — Vanessa parou de contar, com os olhos cheios d'água.

— Que expressão?

— Ah, sei lá, porra. Como se o guia fosse falar, ou melhor, como se algo dentro de Tenório fosse explodir. Isso mesmo. Como se ele fosse pequeno, e algo dentro dele fosse explodir.

— E aí?

— Aí ele olhou pra mim, virou os olhos e caiu duro no chão. Corremos ainda para ele, mas já caiu fedendo.

— Caramba... Ataque fulminante do coração.

— Foi? Deve ter sido, sei lá. Sei que Pai Zenão ficou morrendo de medo daquilo ali, com o defunto de Tenório no meio da gira... Pensou logo na merda que ia dar, polícia e o escambau. Pai Zenão tem uns rolos ali com o Ditinho, não quis arriscar. Chamou os soldados da boca e pediu para eles despacharem o corpo do nego. Fatinha ainda chorou, queria saber o que tinha acontecido com o filho, a gente também, mas não teve conversa. Já viu diálogo com vagabundo? Então... Zenão deu uma grana, ela se mandou de volta para Campos, para a casa da família, e acabou. Ninguém tinha comentado ainda porra nenhuma, o assunto tinha morrido, até você aparecer.

Ramiro não sabia o que dizer. Na verdade, a morte do Tenório não fora crime nenhum, o crime foi a ocultação do cadáver. Um processo simples, um a três anos de reclusão para o Pai Zenão e pronto, caso policial resolvido. Mas o que isso tinha a ver com a morte do outro macumbeiro, o Brás? Por que dois caras morreriam do coração, nas mesmas condições, em menos de uma semana? Não tinha nexo. E ainda tinha o lance do Preto Velho, do sonho... Isso estava muito estranho. O espírito investigador de Ramiro não podia deixar essa passar em branco, não podia simplesmente se contentar em ver o Pai Zenão (que ele esperava que não fosse primário) em reclusão e pronto. Não, ele tinha que saber o que estava acontecendo.

— ... disso? — a voz de Vanessa o fez acordar do devaneio.

— O quê?

— Mas por que você quer saber disso? O cara morreu e pronto. Não foi culpa de ninguém.

— Vanessa, um crime foi cometido. Não, não foi assassinato, mas o simples fato de esconder o corpo já é um crime.

— Puta que pariu... Você não vai dizer que fui eu que contei não, né? Vida de xis nove é muito curta.

— Não, pode ficar tranquila. Não vou envolver você nisso.

— E agora, será que eu mereço um beijo? — e sorriu, de forma sacana.

Ramiro ficou mais uma vez sem ação, e Vanessa partiu para o ataque. Só que, dessa vez, ele correspondeu. Convenceu-se de que era necessário para a investigação, afinal, ela dera todo o inquérito, tudo o que ele precisava. Só não percebeu que ele queria esse beijo, e não só o beijo.

Parou quando sentiu que as coisas saíam do controle, com as unhas de Vanessa por debaixo da camisa arranhando as suas costas, e seu púbis pressionando o quadril da moça.

— Desculpe, desculpe... Tenho que ir.
— Mas já?
— Sim, é tarde, e eu trabalho amanhã...
— E quando a gente vai se ver?
— Ué, mas você não tinha namorado?
— Quem disse? — e sorriu.
— Você mesmo, quando pedi seu telefone lá no centro...
— Já era. Sou uma mulher livre, ninguém me prende.
— Olha que eu sou policial, prendo muita gente...
— Ha ha ha! — Vanessa deu uma risada que fez Ramiro lembrar das risadas das pessoas incorporadas na sessão de macumba que assistira. — Ninguém controla filha de Iansã não, figura!

Ramiro então foi embora, com a imagem de Vanessa sorrindo, o gosto de seu beijo em sua boca e suas últimas palavras: "ninguém controla filha de Iansã". O que ela quis dizer com isso?

Quando chegou em casa o céu já estava claro, e sua mãe dormia. "Coitada" — pensou ele quando viu o prato feito no fogão, frio — "toda uma vida em função de seu filho, e eu ainda a decepciono". O apito do microondas deve tê-la despertado, e encontrou Ramiro sentado à mesa da cozinha.

— Meu filho, está tarde... Dormir de barriga cheia pode atrapalhar seu sono.

— Eu não podia deixar de comer a comidinha que você

fez com tanto carinho, mãe. Desculpa, parece que essa investigação está tomando todo o meu tempo.

Sua mãe se sentou na cadeira oposta e deu um sorriso. Ramiro teve um relance de quanto a sua mãe estava envelhecida e ficou triste. O tratamento parecia ter ressecado sua pele — que sempre fora tão fresca e lisa — e agora as rugas de expressão cavavam sulcos em seu rosto amoroso.

— É coisa grande, meu filho?
— Sim, mãe. Acho que sim.
— Que o Senhor Jesus te proteja de todo o mal.
— Amém, minha mãe. Amém.

Dança. O som dos batuques era frenético, alucinante, ensurdecedor. No meio dos tambores, uma risada cortou o ar como faca. Uma risada que parecia de alegria, misturada com escárnio, uma risada longa e alta. Ramiro procurou a risada, mas apesar de poder ouvi-la perto, não conseguia distinguir de onde vinha. Muita fumaça, luz de tochas e o batuque. Confuso, Ramiro tentou dar um passo e quase tropeçou. Havia pessoas sentadas no chão, no escuro, batendo palmas para acompanhar as batidas dos tambores, as batidas de seu próprio coração.

Percebeu que essas pessoas faziam uma roda, sua visão começava a se acostumar com o escuro. A risada voltou, dessa vez mais alta, e Ramiro pode perceber de onde vinha, vinha do meio da roda. Olhou e viu um vulto.

Ao se aproximar, Ramiro viu o vulto ganhar forma e cor. Uma mulher vestida apenas com uma saia rodopiava no meio da roda, com uma garrafa nas mãos e um charuto na outra. Estava com as costas nuas voltadas para ele, e Ramiro se esforçou mais um pouco para vê-la melhor.

A mulher se virou de repente, com os seios desnudos. Era Vanessa. E não era Vanessa.

— Riaaaaaaaaa rá rá raaaaaaa! Olá, moço bonito.

— Vanessa?

— Riaaaaaa rá rá raaaaaa! — Depois dessa risada, a mulher veio rodopiando para perto dele, e começou a dançar em volta de seu corpo.

Ramiro conseguia sentir os mamilos enrijecidos da mulher tocarem em sua pele, sentia a sua respiração perto de seu rosto, por baixo do cheiro do charuto, da cachaça e da lenha que crepitava nas tochas. A mulher se encostava, se roçava, e ele pôde ainda perceber, enquanto ela girava, que não vestia nada sob a saia. Sentiu as mãos da mulher passearem por seu corpo, e percebeu que estava nu. Ele, Ramiro, estava nu, no meio da roda. Olhou em volta, envergonhado, e viu que as pessoas pareciam não se importar, continuavam batendo palmas ao ritmo dos tambores.

— Vanessa...

— Riaaaaaaaaaaaaaaa rá rá rá rá! Riiiia! Riiia!

Acordou com um salto. Passou as mãos no peito e percebeu que estava de pijamas, e não nu. Mais um sonho. Sua testa porejava de suor, seus batimentos cardíacos acelerados. Olhou pra baixo e viu que havia sujado toda a calça do pijama. "Droga" — pensou. "Droga, droga, DROGA!" — e começou a resmungar baixinho. Isso não acontecia desde sua adolescência. O que sua mãe ia pensar quando visse a calça assim?

Sentado à sua mesa na delegacia, Ramiro não conseguia estabelecer uma linha de raciocínio. O que ligava aquelas mortes? Rabiscava sobre a mesa algumas conexões, mas elas eram fugazes. Jóquei e Fazenda, dois lugares distantes, distintos. Pobreza? Não, pobreza não podia ser a ligação. A única ligação possível era a religião, a macumba. Será que o diabo estava começando a cobrar sua paga, matando os que o adoram? Mas por quê? Por que agora? Sinais do Juízo? Não, senão outros morreriam, o pai da mentira está em todos os lugares, não apenas nos centros de macumba. A única coisa que tinham em comum era a religião e o ataque cardíaco. Conversara com o legista do IML de Tribobó, Tenório não possuía nenhum problema aparente no coração. Pelo que o doutor lhe dissera, pessoas com pressão alta possuíam um lado do coração maior do que o outro, uma pequena hipertrofia devido ao esforço extra que o músculo tinha para bombear o sangue através de artérias entupidas. Mas esse não era o caso do Tenório. E não tinha como saber do Brás, não fora feita uma necropsia naquele corpo, não havia motivos. E se ele pedisse? Não, não tinha base legal nenhuma para exumá-lo, a família nunca deixaria. Não poderia sequer perguntar, incomodar o luto para algo aparentemente sem propósito. E agora? Estava em um mato sem cachorro, sabia que havia algo aí, seu instinto nunca o enganava, mas o quê?

Abaixou a cabeça e começou a orar, esperando que Jesus pudesse lhe mostrar alguma solução. Foi quando a imagem de Vanessa, nua da cintura para cima, com seus seios fartos, de mamilos escurecidos, em contraste com a pele cor de chocolate ao leite, apareceu em sua mente. Tentou afastá-la, mas quanto mais se fechava em si e pedia para que o Senhor afastasse essa tentação, mais a via, dançando, rindo, se encostando em seu corpo.

Levantou-se, com cara de assustado, e foi tomar um café. Aquela seria uma longa semana.

Por mais que tentasse, não conseguiu pensar em outra coisa no decorrer do dia. A todo momento, seus pensamentos voltavam-se à imagem de Vanessa dançando, rindo. Mais de uma vez percebeu-se pensando nisso com prazer, propositalmente, e tratou de afastar a ideia. Mas ela voltava.

Quando chegou em casa, à noite, depois do jantar quase silencioso com sua mãe ("está acontecendo alguma coisa, meu filho?"), decidiu ligar.

— Alô.
— Oi.
— Vanessa?
— Eu mesmo. Tudo bem, Ramiro?
— Ué, como você sabe que...
— Eu gravei seu telefone no meu celular. Liga aqui para casa.
— Ok, me dá o número.
Ligou novamente.
— Oi.
— Oi... Você não morre mais, sabia?
— Eu? Por quê?
— Estava falando em você agora, com minha tia. Sabia que eu sonhei com você esta noite?
Ramiro ficou mudo. Lembrou-se de cada quadro de seu próprio sonho, e sentiu o rosto ficar vermelho e quente.
— Alô, Ramiro?
— Oi, estou aqui.
— Ficou quieto de repente...
— Na-não foi nada, estava... estava vendo um negócio aqui.
— Está ocupado demais para falar comigo, né?
— Não, o que é isso...
— Está sim! Para tia! Minha tia aqui dizendo que você não quer nada comigo. É verdade?
— O quê?
— É verdade que você não quer nada comigo?
— Eu... Eu... Não sei.
— Não sabe? Nossa... No meu sonho você parecia bem saidinho — e deu uma risada. Ramiro percebeu que a risada de Vanessa não se parecia nem um pouco com a risada que ouvira no sonho. Estranho.
— Co-como assim?
— O quê, você quer que eu te conte o sonho?
— Não... Sim, peraí...

— Hahahaha! Nem morta eu conto... Tenho vergonha...
— Vergonha de quê?
— Do sonho, ué. — ele pensou: "Eu também".
Silêncio.
— Ramiro, dá pra parar de fazer o que você está fazendo e me dar atenção, por favor?
— Não... Peraí... Você... Você não gostaria de tomar um sorvete comigo?
— Sorvete! Hahahahhahahha! Não pode ser chope não?
— É que eu não bebo...
— Então, você toma sorvete, e eu bebo chope, que tal?
— Tá... Quando é o melhor dia para você?
— Hmmmmm... Amanhã, pode ser?
— Tá legal. Onde?
— Você que convidou, criatura! Ô menino enrolado...
— No Plaza Shopping então?
— Tá bom. Seis horas?
— Isso.
— Tá combinado então. Um beijo! — e desligou o telefone, deixando Ramiro sem graça do outro lado por ter marcado um encontro.

Vanessa estava linda. Ramiro não tinha o menor trato com as mulheres — nunca teve e não sabia como falar com ela. Encontrou-a na porta do Plaza Shopping, um dos maiores da cidade, perto da estação de barcas que faziam a travessia para o Rio de Janeiro. Ela falava no celular de costas para a rua, e Ramiro ficou envergonhado ao perceber que a reconhecera mesmo assim. Quando ela se virou, ele percebeu: estava apaixonado.

— Oi, gaaaato! — deu três beijinhos, um no canto da boca, e espalhou seu perfume por todo seu rosto.
— Vanessa... Tudo bem?
— Tudo... Vamos subir? Marquei com minha tia aqui

mais tarde, ela tem que pagar umas contas mesmo, daí a gente emenda no chopinho depois.

— Não vou atrapalhar vocês, vou?

— Nada, meu compromisso é com você. Ela deve estar saindo do Rio agora. Até cruzar a ponte... Vou dar sorte se ela conseguir chegar antes do Plaza fechar. Vambora?

Na praça de alimentação, Ramiro esquecera completamente da investigação. Vanessa era divertida, inteligente — mesmo que falasse errado algumas vezes, coisa que Ramiro odiava em outras pessoas — e fez com que a hora passasse muito rápido. Ela bebeu uns três chopes, e ele uns dois sucos da Compão. "Sei não, se você não fosse crente, ainda ia achar que você era meio estranho..." E deu uma gargalhada. Ramiro riu também, mesmo sem saber o porquê. Não gostava de ser chamado de "crente", a palavra vinha sempre carregada de preconceito e estereotipia, mas na boca de Vanessa tudo parecia chocolate. Ele falou um pouco dele, que era evangélico (não entrou em detalhes a respeito, mas mesmo assim ela disse: "sabia!"), morava com a mãe e trabalhava na polícia, sem entrar em muitos pormenores. Ela contou tudo de sua vida: havia feito 30 anos ("Desesperada com esse negócio de fazer 30. Homem envelhece e mulher apodrece, sabia?"), era criada por sua tia desde pequena, e coisas menos importantes. Ramiro não ousava interromper — não sabia como se comportar em situações sociais como essa, não estava acostumado a encontros. Sempre tivera que focar no seu trabalho, em sua religião e em sua mãe, que só tinha a ele neste mundo. De alguma maneira, se identificava com a relação de Vanessa e sua tia, as duas também sozinhas no mundo, encontrando uma família maior na religião. "Na religião errada, tá amarrado", pensou Ramiro, mas sorriu sem graça quando percebeu que Vanessa parara de falar e agora olhava para ele.

— O que foi?

— Você está prestando atenção no que eu estou falando, cara?

— Sim, sim...

— Tá nada. Estava com um ar abobalhado aí... Eu sei que eu sou um filé, mas assim também não, né? Hahahahaha!

Ramiro gostava do som da risada de Vanessa, tão espontânea, tão... humana, sei lá. O que conhecia do ser humano eram os extremos: ou a podridão encontrada em cada caso que investigava, ou o represamento da alegria e da espontaneidade nas relações da igreja. Ele não se lembrava de ler em lugar nenhum da Bíblia que o prazer era pecado, mas as pessoas da igreja sempre riam baixo e pareciam nunca se divertir. O mais engraçado é que o próprio Ramiro nunca havia se tocado de que ele também era assim, até o momento em que Vanessa abria seus lindos lábios e soltava uma gargalhada escandalosa, fazendo com que as pessoas em volta a olhassem de soslaio, com contida reprovação. Ele não se envergonhava disso — logo ele, sempre preocupado com a reação das pessoas ("O cristão tem que dar exemplo, meu filho. Já somos tão malvistos, o mundo espera apenas um deslize nosso para apontar seus dedos sujos e dizer: Olha o crente fazendo coisa errada!" — sua mãe não se cansava de lembrar, desde que era pequeno).

— ... de novo? Me diz então o que você está pensando, agora! — interrompeu intempestivamente Vanessa (como sempre).

— Err... Eu... Eu...

— Ih, ficou sem graça. Fala, bobo. O que é?

— Eu... Eu estava pensando se a gente podia se ver no final de semana ("pelamordedeus, Ramiro, de onde você tirou isso?")

— Sexta agora não dá... Tem sessão.

— Sessão?

— Sim... Vai ter festa no centro de Dona Marisa, lá na Trindade. Vai sair um grupo lá do Pai Zenão, alugamos até van!

— Ahn... Festa no centro...

— Não quer ir conosco não?

Em um instante, o objetivo principal da conversa boiou de volta na mente de Ramiro. Centro. Macumba. Mortes. O problema era que... Bom, como seria participar de uma dessas celebrações demoníacas? Ele sabia que Jesus o perdoaria, era apenas uma investigação; porém, no fundo de seu coração morava a dúvida; sentia que essa ida ao centro, esse envolvimento poderia ser um caminho sem volta. E, pra piorar, Trindade era um bairro no subúrbio do Alcântara, que por sua vez já era outro subúrbio de São Gonçalo. Podia ser perigoso.

— Então, menino, vamos na festa? Ih, olha minha tia aí! — e se levantou para cumprimentá-la. Ramiro também fez o mesmo, e recebeu três beijos estalados na bochecha.

— Prazer, Maria Inês. Então é você que é o Ramiro, o pretinho bonito daquele dia no centro, né? Essa menina agora só fala nisso...

— Para, tia! Ai, que vergonha...

— Muita gentileza sua, Dona Maria...

— Ih, filho! Nem vem com negócio de Dona Maria não...

— Mas é um nome tão bonito, nome da mãe de Jesus...

— Nome de empregada e mulher mandona. Pode chamar de Inês mesmo.

— Está bem, Dona Inês...

— I-Nês! Daqui a pouco eu estou te chamando de Miro e fica tudo certo... — e riu, ao sentar-se à mesa do shopping, já procurando o garçom para pedir um chope.

— Tia, eu estava justamente chamando o Ramiro para a festa de centro que vai ter na sexta-feira, lá na Trindade.

— Mas você não disse que achava que o menino era crente?

— Sei não... Crente ele é, mas se até em Castelo das Pedras ele foi, ué. — disse Vanessa.

Ramiro suspendeu a respiração. Seria uma ótima oportunidade para conhecer melhor o campo de sua investigação. Mas estaria ele pronto para entrar na casa do Inimigo? Como se comportaria? Não sabia o que fazer. Não conseguiria tomar essa decisão assim tão rápido.

— Olha, Vanessa... Eu provavelmente trabalharei na sexta-feira... Vou ter a confirmação até lá, daí ligo para você, ok?

— Mas e a van?

— Não, pode deixar que, se eu for, eu vou no meu carro.

— Até porque não é bom você ficar andando por aquelas bandas lá do Salgueiro não. Ontem eu ouvi o Pai Zenão comentar que tinha ficado bolado contigo. — disse Inês, com naturalidade. — Aliás, o que você foi fazer lá?

Foi a vez de Vanessa intervir e salvar Ramiro.

— Foi me ver, tia. Eu mereço, não mereço?

— Merecer não merece não, mas depois dos trastes que você namorou, até que é bom ver um que presta.

— TIA!

E todos riram na mesa.

— Obrigado por ter me tirado da furada lá com sua tia.

D. Maria Inês andava mais à frente, deixando o casal um pouco para trás, "para dar privacidade aos pombinhos", de acordo com suas próprias palavras. Ramiro se voluntariara para levá-las até o terminal de ônibus, mesmo tendo estacionado o carro no Plaza. "O centro de Niterói está muito perigoso, principalmente à noite", ao que D. Maria Inês respondeu: "mas é um cavalheiro mesmo! Perde esse não, hein, Nessa?"

— Que nada. Já disse para você que vida de xis nove é curta... E minha tia adora uma fofoca. Você ia falar, ela não ia conseguir se segurar, e pronto. Ia dar merda.

— Você sempre morou com ela?

— Não... Fui casada um tempo. Bom, casada não, né. Juntei meus trapos com um carinha e fiquei dois anos com ele. Aí não deu certo, e eu voltei para a casa da Tia Inês.

— Ela é irmã de sua mãe?

— Não... Eu nunca conheci a minha mãe. Ela me abandonou no centro. Foi o maior badauê, a gira acabou, foi todo mundo embora, e aquela criança enrolada em uma manta azul não era de ninguém. Minha tia foi a primeira a me pegar — achou que eu era um menino pela cor da manta. Ela disse que eu sorri e ela se derreteu. Daí resolveu me criar.
— Mas ela te adotou?
— Não, eu era muito pequena, quase recém-nascida. Foi fácil arrumar a papelada. Ela me registrou como sua filha, mas sempre falou comigo quem eu era e me ensinou a chamá-la de tia, mesmo sendo a única mãe que conheci. Você pergunta para caramba, hein?
— É que me interesso por você... — Ramiro falou, com uma espontaneidade e sinceridade que deixaram até ele mesmo espantado, e Vanessa abaixou a cabeça, envergonhada.
— Bonita história... Ela deve ser uma pessoa muito boa. — Emendou, para quebrar o constrangimento.
— É sim, sempre cuidou das crianças do centro na hora da gira. Fazia pipoca, refresco, inventava brincadeiras... Eu tive muita sorte. — e sorriu mais uma vez, o sorriso mais bonito que Ramiro já conhecera.
— Chegamos, crianças. Dá tchau pro moço e vamos embora.
— Não é perigoso você ir sozinho não, Ramiro?
— Não, estou bem protegido.
— O cara é polícia, Nessa. Qualquer coisa ele senta o dedo. Vamos que se a gente perder esse 517, só amanhã. — falou D. Maria Inês. — Tchau, Miro!
— É verdade... Nosso ônibus demora muito...
— Eu me ofereci para levar vocês lá...
— Nada disso. Fica vivo que você vale mais. — e corou.
Ramiro não sabia o que fazer com o desconfortável silêncio, mas Vanessa sim. Adiantou-se para ele, pegou em suas mãos e o beijou. Foi um beijo diferente do que

eles trocaram no baile, mais carinhoso, mais lento (e mais molhado também, Ramiro não pôde deixar de notar).

— Tchau... Você me liga?

— Li-ligo sim, pode deixar. — respondeu, ainda meio zonzo.

— Liga pra eu saber se você vai no centro com a gente ou não.

— Tá bom, até sexta eu te ligo.

— Beijos... — disse Vanessa, soltando lentamente as mãos de Ramiro.

— B... Beijos. — Ramiro ficou parado na entrada do Terminal de Niterói, vendo ainda D. Maria Inês acenar lá de dentro, e depois voltou para pegar o carro e ir para casa.

[ONTEM] No meio da imundície, Akèdjè orava. Era um dos menos feridos, amontoados no fundo da pequena nau que flutuava sobre as águas do oceano. Mas para onde se virasse, o que via — e ouvia, e cheirava, e tocava — era apenas morte e gemidos de sofrimento.

Não sabia mais dizer há quantos dias estava ali. Deixara-se capturar pelos inimigos e fora conduzido para longe de sua aldeia. Amarrados, como gado, ele e seus irmãos marcharam ainda por dias até a beira do mar. Muitos não resistiram e morreram no caminho, de fome, sede ou sangrando na beira da estrada. Aqueles que fraquejavam eram chicoteados, e mais de um pereceu na mão de seus algozes para servir de exemplo para os outros.

Alguns ainda tinham força para gritar por seu nome, em meio àquela confusão mórbida. "Adúpé! Ajude seu povo!" Outros ainda clamavam: "Baba, por que tanta desgraça caiu sobre nossa gente? Onde estão os deuses, Baba?" E Akèdjè chorava silenciosamente, repetindo para si a mesma pergunta. Mas ele tinha que se mostrar forte, aquela gente era a sua gente e confiava nele. Muitos ali ele próprio trouxera ao mundo, sob as bênçãos da Mãe de todos.

— Acalmem-se, meus filhos. Os nossos deuses olham por nós. Tudo isso acabará em breve, e seremos vitoriosos. — dizia, tentando transparecer uma convicção que já não sabia se possuía. Não perdera a fé, é verdade, mas também sabia que os caminhos dos orixás eram tortuosos e seu entendimento vedado aos seres humanos. Confiava ainda, mas já não sabia por quanto tempo conseguiria aguentar o jugo e intimamente cobrava dos orixás a sua proteção.

Mesmo quando chegaram à costa e foram aprisionados junto com centenas de outros homens e mulheres vindos dos mais diferentes lugares — alguns se olhando com ódio, o mesmo ódio com que olhavam para os homens pálidos, pois mesmo cativos não esqueciam as ancestrais querelas de seus antepassados —, Akèdjè rezava. Tentava curar febres, estancar ferimentos, aplacar corações.

Agora, jogado ali no porão imundo, rodeado por outros moribundos de várias tribos — não apenas mais os seus filhos —, essa cobrança começava a se transformar em raiva. Por que os orixás permitiam tanto sofrimento, tanta desgraça para seu povo? Alguns expiravam e à noite eram jogados na água, para servirem de comida aos peixes. Não seriam velados pelos seus nem descansariam sob a terra de seus ancestrais. Seus espíritos vagariam atormentados e nunca encontrariam porto. Mães raquíticas tentavam dar o seio murcho a bebês mortos, velhos sábios se viam reduzidos a troncos secos e podres; o cheiro de fezes, sangue e urina tomava todo o ambiente abafado, e, no calar da noite, ao sentir um líquido quente e pegajoso escorrer por sob seu dorso, já não se podia dizer qual era.

A travessia durou uma eternidade, Akèdjè resistiu, agora mais pelo ódio que pela fé. Resistiu à fome, ao frio noturno e ao calor abafado do dia; aos miasmas pestilentos, à disenteria, ao abandono. Quando foi colocar-se de pé novamente, sentiu as pernas fraquejarem e caiu, se apoiando nas paredes e em outros irmãos, de sua tribo ou não, mas negros como ele, diferentes dos malvados homens brancos que conduziam a nau.

Chegara ao seu destino, e, acorrentado, foi levado para o mercado para ser vendido a outros homens que seriam donos de sua força de trabalho e sua vida.

Foi a primeira vez que Akèdjè tentou fugir.

[HOJE] O resto da semana não foi tão agradável quanto o encontro com Vanessa. Ramiro não conseguia reunir provas suficientes para incriminar Pai Zenão pela ocultação de cadáver do Tenório, e a morte do Brás não tinha nem dado inquérito, a família sequer desconfiara. Mas desconfiaria de quê? Em cima de sua mesa, papéis amarelos com cola na ponta faziam um pequeno mosaico no canto esquerdo. "Brás — coração", dizia um; "Tenório — coração — Pai Zenão?" dizia outro. Em uma pequena xerox preta e branca do mapa do município de São Gonçalo, os dois pontos feitos à caneta hidrográfica vermelha também não davam nenhuma pista.

Mas não podia ser apenas coincidência. O instinto de Ramiro dizia que alguma ligação aquelas mortes possuíam... Além da macumba. "Se fosse bom, era BOA-cumba, e não MÁ-cumba", costumava falar sua mãe. Taí, de onde vinha esse nome? Ramiro não sabia dizer. Na verdade, sentia-se perdido, vagando por campos tão diferentes quanto novos em sua vida. O contato com a macumba e Vanessa.

Já tivera namoradas — poucas, mas nada que pudesse ser chamado de relacionamento. Paquerou algumas meninas na escola, tinha namoradinhas na igreja quando era adolescente, mas sempre soubera conter seus instintos e focar em suas prioridades: sua mãe e sua vontade de ser policial. Agora apareceu Vanessa, e Ramiro não sabia o que fazer. Apenas tinha medo que isso atrapalhasse a sua investigação. Já não sabia se queria ir ao centro na sexta-feira para conhecer um pouco mais sobre o funcionamento das "giras" (como Vanessa chamava as sessões de macumba) ou sobre o funcionamento de seu próprio coração.

Ao mesmo tempo, Ramiro tinha medo. Por mais que tentasse se enganar, tinha consciência de que estaria indo para uma celebração ao demônio. Já presenciara várias vezes o mal que estes espíritos malignos podem fazer na vida de uma pessoa e, em mais de uma ocasião, auxiliou o Pastor a retirar o diabo do corpo de um irmão. Não conhecia histórias de sucesso relacionadas ao diabo e suas manifestações: todas terminavam mal. Os próprios centros que já vira na vida evidenciavam a derrota em suas estruturas: barracões mal-acabados, sem reboco ou laje, quase sempre localizados em bairros pobres e perigosos. Jesus estava ao seu lado e protegia seu caminho do mal. Mas e se fosse ele a procurar a casa do Inimigo, por vontade própria?

Não podia dizer ao Pastor, não podia conversar com a mãe nem se achava íntimo assim de Vanessa para compartilhar com ela tais pensamentos. Dois pontos vermelhos no mapa, alguns *post-its* colados na mesa, duas famílias chorando e vários sacos de jujuba vazios no lixo da delegacia. Era tudo o que Ramiro tinha, e a sexta-feira chegou mais rápido do que ele queria. Era o dia em que teria que decidir se iria ao centro ver Vanessa e a macumba ou se iria para casa e levaria sua mãe ao culto.

Eram quase quatro horas da tarde quando o Delegado Farias saiu de sua sala e decidiu por ele.

— Vambora, irmão, que o kissuco ferveu lá na Favela do Caniçal!

— No Caniçal? Mas isso é lá em Piratininga!

— Então, é por isso que a gente tem que correr! Bora que o Ferreira já partiu! — falou Farias, metendo a pistola no coldre que trazia no peito e a PT automática raspada no cós da calça.

Durante o trajeto, Farias foi colocando a diligência a par da situação: um policial federal havia sido assassinado dentro da favela, e a Polícia Militar não conseguia subir. Mesmo com os entendimentos e negociações, os bandidos não queriam devolver o corpo. Parece que o Federal tinha arrumado um tumulto lá em cima, e encheram ele de tiros. Com o barulho, o destacamento da PM lotado no DPO das proximidades foi chamado e recebido à bala. As relações do tráfico com a polícia já não andavam harmoniosas — propina de menos, violência demais — e estouraram com essa morte.

A Favela do Caniçal era uma das mais violentas da Região Oceânica de Niterói, um balneário outrora calmo, com as mais belas praias da cidade. Originalmente habitada por pescadores, a região foi povoada por condomínios de luxo devido à beleza de suas praias, e esses condomínios de luxo trouxeram consigo um batalhão de diaristas, porteiros, zeladores e outros trabalhadores de manutenção que precisavam morar em algum lugar. Foi o início da formação de pequenas comunidades, que rapidamente se transformaram em favelas. Inferninho, Jacaré, Esperança, Cafubá eram apenas algumas delas — encravadas em morros ainda bastante arborizados, cheios de esconderijos para traficantes em fuga. O tráfico crescia bancado pelos filhos dos mesmos ricos que colonizaram a antiga vila de pescadores, e a pressão só aumentava, explodindo de vez em quando — como agora.

A viatura teve dificuldade para chegar à favela, já que o trânsito estava parado na descida da Estrada da Cachoeira e da Francisco da Cruz Nunes, avenida larga que levava às praias. Os tiros atravessavam as estradas, chegando até mesmo no Hospital Municipal que ficava em frente a uma das entradas do Caniçal, onde Ramiro e seu grupo desembarcaram para receber as diretrizes.

— Porra, que bom que vocês chegaram! — foram recebidos pelo Ferreira, que estava em uma investigação no local e chegou primeiro. — O babaca do Federal tá lá em cima, o gerente amarrou o defunto na moto e tá arrastando pela rua, dando tiros pro alto.

— Mas o que esse cara estava fazendo lá em cima?

— Pó. O mané subiu o morro para comprar pó, meteu-lhe a venta, bebeu na birosca de graça, arrumou confusão com moradores... No final, ainda se achou no direito de achacar a boca de fumo.

— Pediu... E agora?

— Agora fudeu. O moleque assumiu a boca há pouco tempo e quer mostrar força para a comunidade. Os PM chegaram e estão trocando até agora, sem conseguir avançar. O tráfico mandou todo mundo pra rua, e qualquer incursão coloca em risco os civis.

— Que merda... Alguma sugestão, irmão?

Ramiro olhava os pequenos pontos luminosos da munição com traçante que cruzava o céu, já se despedindo da claridade do dia. "O pior" — pensava ele — "não é que todos tenham arma, é que não saibam atirar". Os soldados do tráfico atiravam a esmo, para cima, apenas para exibir poder de fogo.

— Acorda, Ramiro.

— Pois não, chefe?

— Quem tem chefe é índio. E aí, o que você sugere?

— Quantas entradas tem a favela?

— Três — o Ferreira respondeu — essa aqui onde a gente tá, a da próxima rua ao lado da concessionária da Renault e uma lá na frente, já na entrada do Cafubá. Tem gente nossa e dos militares nas três.

— E por trás da favela? — perguntou Farias.

— Só mato. Nem tem como entrar.

De repente, a gritaria voltou, e os tiros voltaram a atingir o cimento das construções próximas. Os que ficam sob fogo cruzado não descrevem as balas, não dá para ver a trajetória, apenas onde elas pegam: reboco, chão, carne mole... Pequenas explosões perto de você, bem-vindo à guerra.

"Bota a cara, verme!" ou então "Vai invadir não, é tudo nosso!", gritavam os bandidos. Correria nas ruas, as pessoas não podiam voltar para as suas casas e se escondiam como podiam. Crianças, velhos, uma mãe com carrinho de bebê, todo mundo tentava se entocar de alguma forma. Um PM respondia o fogo, apenas para conter um possível avanço, mas sem objetividade.

— Irmão, a hora é essa. Se o seu Deus tem uma obra na tua vida, manda ele adiantar um muro aí! — gritou Ferreira, quase debaixo do carro.

Ramiro estava agachado ao lado da roda, mão na pistola, preocupado com os tiros, porém também em não sujar a roupa. Sua mãe lavava aquele blazer na mão, não queria se enfiar debaixo de motor de carro velho nenhum.

À beira da estrada principal havia várias concessionárias, quase todas de carros importados. Franceses e alemães enfileirados no caminho dos novos senhores do mundo, a preços convidativos — apenas para quem era senhor do mundo. "Não há como não se sentir humilhado assim. O cidadão trabalha o dia inteiro na obra, chega em casa e a primeira coisa que vê são esses carrões de luxo".

Um tiro pipocou em cima da viatura e fez Ramiro acordar.

— Bora, irmão! Abaixa aí, caralho!

— Ferreira, não tem como você usar linguajar de gente não? Parece que tá falando com suas mulheres da vida...

— Ah, então foda-se, toma um tiro aí, seu fresco. Ai, porra! Essa passou perto!

Ramiro deitou no chão — com pena do blazer — e voltou a observar a entrada da favela, imaginando um jeito de entrar.

Em uma das concessionárias havia uma torre, com a marca da montadora lá em cima. Do outro lado, a uns 300 metros, um guindaste imenso, desses de montar carro alegórico, erguia um carro em uma plataforma para anunciar a grande venda do final de semana. Ramiro então teve uma ideia.

— Ferreira, será que os PM têm atirador de elite no local?

— Devem ter... Mas não tem BOPE aqui desse lado da Baía de Guanabara não, irmão. Só no Rio.

— Não é preciso uma tropa de elite, só um bom atirador.

Esperaram os tiros se acalmarem um pouco para terem com o comandante do destacamento militar.

— Atirador de elite? Vocês estão de sacanagem? — respondeu o Tenente Julio, no comando dos militares. — Como é que vocês vão acertar o cara daqui?

Ramiro então explicou seu plano. Desceriam o carro que estava no guindaste, e o atirador ficaria dentro dele. Lá de cima talvez conseguissem um bom alvo para o gerente, que continuava rodando com a moto e dando tiros pro alto. Do outro lado, na torre de propaganda, outro policial subiria e daria vários tiros intercalados, com munição traçante, para chamar a atenção e desviar o foco do carro. "Tomara que o carro seja blindado", ainda pensou, pois não era difícil, já que o foco das concessionárias da região eram os empresários bem-sucedidos. O atirador teria apenas uma ou duas chances, antes que os traficantes percebessem e enchessem o carro de balas.

— É, pode funcionar. Tu não é burro não, hein, inspetor? — falou o Tenente Julio. — Ô Menezes, chega aqui! O Menezes é nosso matador de elite. Fica cagando regra de que nunca perdeu um tiro, vamos ver agora. Vem cá logo, Menezes, porra!

O guindaste descia o carro lentamente e parecia não chamar a atenção. Ao lado dos policiais militares que preparavam seus fuzis, Ramiro testava o rádio. Tinha sido dado a ele o comando de toda a operação "mata-pombo", como o Farias a chamara, mesmo a contragosto do amigo.

— Intercala as traçantes sem cadência, para confundir mais. — falou para o policial que ficaria na torre. A munição traçante brilha no escuro, riscando o céu para auxiliar o atirador na direção do alvo. Uma disposição assimétrica, de uma bala traçante para três normais, depois outra traçante e dez normais faria com que os traficantes não soubessem exatamente quantos eram os atiradores. — Menezes, você é tão bom quanto o Julio falou que era?

— Melhor ainda, chefia. Nunca perdi um tiro!

— Então é melhor você não perder esse. Os vidros do carro são filmados, só abra na hora em que eu mandar.

O gerente está de moto, arrastando o cadáver do policial federal. Quando ele meter a cara e você conseguir um padrão de movimento, atire e avise assim que ele cair. Seus soldados vão ficar um pouco confusos, e nessa hora a gente entra.

— Copiei, chefia. Mas e se eles atirarem no carro?

— Fica tranquilo que ele deve ser blindado, é comum nessa região.

— E se não for?

— Confia em Jesus. Aliás, vamos fazer uma oração antes de começarmos?

O Menezes tinha sido evangélico também, nem achou estranho, mas o outro policial (o cabo Noronha) ficou extremamente constrangido. Mesmo assim, deram as mãos e oraram, Ramiro pedindo para que o Senhor guiasse a mão de Menezes, e desviasse a mão dos bandidos. "Amém? Então vamos começar."

Os policiais do chão começaram uma nova investida, prontamente respondida pelos marginais. O maior perigo deste início de operação era que os bandidos percebessem o carro e o Noronha subindo, mas parece que a troca de tiros camuflou os dois.

"Ramiro, Menezes em posição."

"Ok, aguarde instruções. Não abra os vidros."

"Nem precisa, dá para ver a favela daqui."

"Ramiro, Noronha em posição."

— Tudo pronto, os rapazes já chegaram lá. Posicionem os homens para a investida final. Assim que o gerente cair, a gente tem que entrar de bicho.

— Irmão, se essa porra der certo, vou te dar uma semana de folga! — riu-se Farias.

— Ok, senhores. Vamos preparar a festa. Ao meu sinal, inspetor Ramiro. E parabéns por sua argúcia.

Ramiro não conseguia se conter de orgulho — seu pecado mais recorrente e banal. Mas podia dar certo, sentia-se iluminado, como se a ideia tivesse sido soprada por um anjo do Senhor.

— Beleza. Showtime!

"Noronha, comece o banho de chumbo".

Lá de baixo, começou-se a ouvir o "tá tá tá tá" seco e intermitente do fuzil. As balas voavam, riscando o céu de vermelho em intervalos irregulares. Os soldados do tráfico então mudaram o alvo e começaram a responder. Mesmo sabendo que a viga de aço central da torre era forte, Ramiro ficou com medo de algum dos tiros acertarem o Noronha. Mas tudo estava indo bem, os projéteis iluminados continuavam a voar para dentro da favela.

"Menezes, pode abrir o vidro."

"Já abri, chefia, e já tenho o filho da puta no visual."

"Menezes, disciplina no circuito. Você consegue um tiro claro?"

"Ainda não, ele aparece e some por detrás dos barracos. Assim que ele virar a rua eu acerto."

"Ok, tiro liberado. Mas não erre, Menezes. Não erre!"

Pela fonia, entrava a risada de Noronha.

"HAHAHAH! Já derrubei uns três aqui, chefia! Só na brincadeira!"

"Noronha! Leve a sério seu trabalho! Algum tiro pegou na torre?"

"Só na placa... Ai, CARALHO!"

— Ramiro, acertaram o cara da torre! — gritou Farias.

"Menezes, é AGORA!"

"Já já ele entra no visual... PRONTO!"

O estampido seco vindo do outro lado da concessionária chamou a atenção e todos prenderam a respiração. Menezes havia atirado.

"PUTAQUEOPARIU! ERREI!"

O tiro de Menezes acertara a moto. Os traficantes ainda estavam procurando de onde viera, e o gerente quicava sobre o veículo, gritava, mas não conseguia sair do lugar. Então o segundo tiro deu para os atiradores da favela a localização de Menezes, e eles encheram o carro de bala.

"Menezes? Menezes? Responde, Menezes!?"

Houve um silêncio que não durou mais do que dois segundos, enquanto os policiais, preparados para invadir, viam o carro balançar no guindaste com os tiros dados pelos bandidos.

De repente, abriu o rádio de Ramiro.

"HAHAHAHAHA! O carro não é blindado não, chefia! ... tá comendo aqui!"

"Menezes! A ligação está cortando!"

"O puto queria fugir com a moto, mas.... ele dava o tranco e a moto ... "

"Menezes, você me escuta? Conseguiu matar o infeliz?"

"... no meio do motor! O segundo foi no meio da testa do maldito!"

"Como você está?"

"... no fundo do carro... Passou um ... mas foi longe..."

"Confirma a morte do gerente da boca, Menezes?"

"... da Silva! Caiu do lado do outro... tá... diabo!"

"Ok, segura as pontas aí."

— O pombo morreu, pode invadir.

"Vambora! Vamos invadir!" — gritavam ao mesmo tempo o Farias e o Tenente Julio. Os policiais do solo começaram sua parte. Enquanto uma equipe formava um paredão com tiros de cobertura, outra subia pelas vielas. Os bandidos até que tentaram dar combate, mas não sabiam se atiravam na torre, no carro ou se se defendiam dos tiros que vinham do asfalto, logo começaram a fugir. Era uma questão de tempo até tomarem a favela.

"Noronha, como estão as coisas aí?"

"Beleza, chefia. Uma dor do caralho, o tiro pegou no ombro, de raspão, mas arrancou um naco."

"Você consegue descer daí sozinho?"
"E você consegue um helicóptero para me tirar daqui? Tô zoando, vai ser foda, mas eu desço sim. E chefia..."
"Diga."
"Parabéns, tu é foda."
"Menezes, você me copia?"
"Manda o guindaste não me descer daqui não, estou devendo uma caixa pro Tenente Julio por ter errado o primeiro tiro!"
"Beleza, então está tudo bem. Já vamos te tirar daí."
"Nãããããão!" — e Ramiro ainda conseguiu ouvir os risos do Sargento Menezes quando tirou o fone do ouvido.
— Parabéns, irmão. Você é o cara mesmo.
— Eu não, Farias. Jesus me iluminou...
— Que seja, mas essa a gente ganhou. — e apertou a mão de Ramiro.

O resto da operação correu tranquilamente. Sem o gerente, os soldados correram. Alguns rumaram para o matagal que há por detrás da favela e conseguiram fugir. Doze foram capturados, três em estado grave e mais seis mortos. O corpo do policial federal foi resgatado, e a cara do gerente da boca sairia na primeira página d'O Popular do dia seguinte, um garoto de dezessete anos, com tarja nos olhos e um lado da cabeça estourado por um tiro de fuzil. Já eram quase 2 horas da manhã quando Ramiro pegou o celular no bolso, e viu sete chamadas não atendidas, todas de Vanessa.

— Vanessa?
— Oi, Ramiro...
— Você está chorando? Sua voz está estranha...
— Não, não, já parei. Cadê você, menino? Estou tentando te ligar há um tempão!

— Estava em uma operação importante... O que aconteceu?
— Era para você ter vindo... Morreu mais um.
— Mais um o quê?
— Mais um companheiro de axé... Do mesmo jeito... Você pode vir até aqui? Está muito longe?
— Estou em Niterói, mas dá para chegar aí. O corpo ainda está no centro?
— Tá, tá sim. Estamos esperando a perícia.
— Ok, estou indo para aí. Trindade, não é?
— É.
— Quando chegar perto da praça eu te ligo para você me confirmar o endereço.

Ramiro desligou o telefone e se culpou por não ter ido. Era a chance de ver *in loco* mais uma morte. A morte que confirmava suas suspeitas de que algo importante estava acontecendo. Duas mortes parecidas tudo bem, mas três mortes já formavam um padrão. Ele estava certo, novamente.

— Farias, segura as pontas aí que surgiu uma emergência.
— Vai lá, irmão. Teu trabalho aqui já foi feito, agora a gente deixa a faxina com os PM. Por falar nisso, acho que o Tenente Julio queria falar contigo.
— Depois ligo para ele, até segunda!
— Vai lá! — "O irmão é sinistro mesmo... Esse papo de Jesus deve ser mesmo sério..."

[ONTEM] Akèdjè estava mais uma vez amarrado ao tronco. Era a segunda vez que tentara fugir, e agora eles não tinham mais piedade. O feitor batia com ódio, e cada vez que o chicote rasgava a pele fina de suas costas, já quase sem carne devido à fome e às privações a que era submetido, Akèdjè trincava os dentes com força e amaldiçoava seus antepassados e seus deuses.

Na primeira vez, correra assim que chegara ao mercado. Estava no primeiro lote a ser vendido, composto apenas de homens com força para trabalhar. Ao primeiro descuido de seu capataz, correra para o meio da multidão, ainda com as correntes. Mas Akèdjè não era um guerreiro e logo foi capturado por milicianos locais. Não foi vendido naquele dia, os senhores brancos não queriam lidar com escravizados fujões — como Akèdjè pôde aprender naquela noite, sob a violência do capataz do mercador. No dia seguinte, já alquebrado e sem forças para resistir, foi colocado à venda junto com os velhos e as crianças e comprado por um gordo senhor, cercado de outros infelizes já escravizados.

Arrastado para a fazenda, acorrentado a outros com a mesma sina, o que Akèdjè sentia mais falta era de sua fé. Gostaria de poder acreditar que seus deuses o salvariam, que a qualquer momento a natureza se revoltaria a seu favor e varreria seus inimigos. Mas aquela era uma terra estranha, sem deuses ou justiça para os seus. Sequer conseguiria pronunciar as palavras sagradas através dos lábios inchados. Perdera alguns dentes e quebrara outros, e o gosto de sangue se misturava ao de terra e bosta de cavalo por todo o trajeto.

Por algum tempo, decidiu apenas observar e aprender. Em tudo havia oportunidade de aprendizado, diziam os antigos, e ele já percebera que não seria fácil fugir dali. Via rostos negros como o dele afundados em resignação e cansaço, sem o brio de outrora. Via homens mais fortes do que ele subjugados, mulheres sem vontade de viver. Não era um guerreiro, então deveria usar as armas que possuía: sua capacidade de aprender e sua inteligência.

Trabalhando na lavoura, obedecia aos seus algozes pela simples conveniência. Esperava o momento certo em que voltaria para casa. Ainda não descobrira como, mas sabia a direção do mar imenso. Começava a ver aquele sofrimento como provação e chegava a pensar, à beira do mar, em pedir à Mãe que o levasse de volta, pois, qualquer que fosse a lição (humildade, obediência, paciência), ele já havia aprendido. Mas, em seu peito já não acreditava que Iemanjá ou qualquer outro orixá o pudesse ajudar. Estava sozinho e acharia o caminho de volta assim mesmo.

Passava os dias imaginando a sua fuga. Depositado em um barracão de estrutura precária, com escravizados de outras tribos, outras etnias tão diferentes da sua, irmanados apenas pela cor da pele, Akèdjè a tudo observava. Aprendera os ofícios que lhes eram exigidos com tranquilidade, fingia servidão, apenas para estudar a melhor forma de se fazer mar.

Da segunda vez em que tentou a fuga, Akèdjè já estava restabelecido. À noite, quando todos os outros irmãos (mesmo os irmãos de raças inimigas) dormiam, Akèdjè esgueirou-se para fora do barracão de convivência e partiu, mato adentro, em busca da liberdade.

Não foi muito longe, os cães o acharam quando ainda corria. Foi derrubado por uma mordida na parte posterior da coxa, e os outros caíram por cima dele. Um mordera sua orelha; o outro, a sua bochecha. Braços, pernas e tronco também foram atingidos, e Akèdjè ouvia seus captores rindo e aguardando antes de tirarem os animais de cima dele, como se gozassem do momento.

Akèdjè pediu pelo Senhor da Justiça, pela Senhora das Matas e mesmo pelo Rei da Guerra, mas nenhum deles o valeu, e mais uma vez era arrastado para curar suas feridas no escuro, sem auxílio nem proteção, apenas pus e sangue apodrecido.

Demorou muitas luas para que se recuperasse. Vigiado de perto, marcado como perigoso, precisou redobrar os esforços para tirar de si a desconfiança. Começou tratando dos cães — os mesmo que o morderam — e estendeu seus conhecimentos. Akèdjè possuía um dom natural com os animais, via-os como parte da rede da vida, não apenas como meros instrumentos, e os cuidava com carinho e respeito de irmão. Parecia poder falar com os cães, cavalos e bois. Os pequenos cabritos o seguiam como a um pai, e Akèdje foi galgando posições dentro daquela estrutura cruel, onde muitos realizavam o trabalho pesado e poucos possuíam ofício. Um dia, quando um dos cavalos se enfureceu, foi Akèdjè quem salvou o filho do Senhor de Engenho de ser pisoteado. O garoto tentara montar o cavalo, que aceitou a sela sem rebeldia. Quando subiu, a primeira coisa que fez foi descer o chicote no lombo do animal. Era um garanhão até manso, em condições normais, mas ficou bravo quando recebeu a primeira chicotada. Jogou seu inábil cavaleiro no chão, e, escoiceando e mordendo em torno do rapaz, tirava a coragem de todos que o queriam acalmar.

Sob os olhos da Sinhá, que gritava desesperada por seu filho, Akèdjè se aproximou com calma. O garanhão babava e exibia os dentes, porém, quando seus olhos cruzaram com os do Baba, alguma conexão se estabeleceu. Ainda bufava e cavucava o chão com a pata dianteira direita, mas não mais pulava, e Akèdjè pode chegar perto. Alisou a cara do bicho, falando palavras em sua língua nativa, sorrindo para o animal. O cavalo movia a cabeça para os lados, fazia barulhos estranhos com a boca, mas parecia estar ouvindo o feiticeiro.

Akèdjè fez sinal para que tirassem o menino, enquanto o bicho ia se acalmando, até se deixar conduzir pelo bridão que trazia no pescoço, até o estábulo. Quando o feiticeiro voltou, foi recebido com alegria pela Sinhá, que deu-lhe uma refeição, sobras do almoço na Casa Grande. Esfuziante, com o garoto chorando ainda de medo em seu colo, estabeleceu que Akèdjè ia ser o responsável por todos os animais, principalmente os cavalos de uso da família.

"Estou no caminho certo", pensou o africano. Conquistar a confiança da mulher do Senhor de Engenho era um passo importante para a sua liberdade. Mesmo não deixando de notar o olhar invejoso do capataz, escravizado como ele, que via outro ganhar as graças da Sinhá — ainda mais sendo esse outro um fujão que lhe dera tanto trabalho.

[HOJE] — Ainda bem que você chegou! — Vanessa se atirou nos braços de Ramiro assim que o viu.

O detetive havia dirigido por quase quarenta minutos para chegar ao local do centro, que ficava em um bairro afastado, na periferia de São Gonçalo. Já era tarde, e, depois dos acontecimentos no Caniçal, ele estava cansado. Mas nem pensava em dormir, viera dirigindo sem sequer ligar o rádio para que isso não atrapalhasse seus pensamentos.

"Terceira morte, mesmo local, mesma causa. Mesmo teatro de operações, mortos durante este culto demoníaco. O que pode ser? A comida? Mas como analisar a comida servida, sem um mandato? Se fosse a comida, todos estariam envenenados... Precisaria aprender mais sobre os ritos."

— Você está bem, Vanessa?

— Agora estou... Mas fiquei preocupada. Antes de começar a sessão, tive uma sensação ruim, quase te liguei, achei que era contigo. Mas daí começaram os trabalhos, e eu me distraí com a gira. De repente, a Mãe Jurema, que nunca entra na roda, se levantou e começou a rodar junto com os outros filhos de santo. As palmas ficaram mais fortes, todo mundo achou estranho mas bonito ver a Mãe de Santo girar.

— Peraí, então dessa vez foi uma mulher?

— Foi, foi Mãe Jurema. Ela rodou, rodou, e de repente parou. Foi para o meio do terreiro e começou a se contorcer. Eu logo fiquei aflita, lembrei da história do Tenório... Acho que ninguém percebeu. O povo batendo palma, cantando, e Mãe Jurema se contorcendo. Mas dessa vez foi diferente... Foi horrível... — os olhos de Vanessa se encheram de lágrimas, e ela apertou a mão de Ramiro.

Estavam na porta do centro, Ramiro a tinha levado um pouco mais para perto de seu carro, longe da confusão e das luzes vermelhas e azuis refletindo no muro branco e nos curiosos.

— Diferente como, Vanessa?

— Ela falou. Ou tentou falar. Com Tenório foi assim, mas ele morreu sem conseguir soltar um pio. Mãe Jurema não, ela fazia careta, como se estivesse engasgada, e fosse vomitar, sei lá. De repente, do nada, ela gritou. — Vanessa passou as costas da mão sobre os olhos e deu uma fungada. — Deu um grito que eu nunca ouvi, Ramiro! Uma coisa sofrida, desesperada, mas ao mesmo tempo com raiva. Muito ruim, ouvir isso...

— E então? Ela falou alguma coisa?

— Não... Nem preciso dizer que o grito parou a sessão, né? Gritando, ela caiu de joelhos, arranhando o pescoço... Mas a saia atrapalhou, e Mãe Jurema não conseguiu ficar ajoelhada, deitou de lado igual um neném, puxando e repuxando o pescoço, o grito morrendo na garganta... Ai, que coisa horrorosa... — terminou, soluçando.

Ramiro não sabia o que fazer e a abraçou. Seu cabelo cheirava a incenso de defumador, fumaça de charuto e dendê... Mas também à pimenta doce e perfume. Ela soluçava em seu peito, e ele, instintivamente, alisava sua cabeça. Podia não ter muita experiência com relacionamentos amorosos, porém consolara muitas vezes o choro de sua mãe, principalmente após a doença. Sua mãe era uma mulher forte, mas os contínuos tratamentos para extirpar o tumor maligno a deixaram alquebrada e sensível, e Ramiro passara muitas noites com sua cabeça assim, no ombro, e seus soluços sentidos em seu peito. Só que a mãe não tinha aquele cheiro, o cheiro de pimenta doce que agora o perturbava, e Ramiro decidiu afastar Vanessa, mesmo contra a vontade de seu corpo.

— Você pode me levar até lá?

— Vamos sim... Chegou uma patrulhinha, e os policiais estão lá guardando o corpo, mas perícia aqui demora muito.

Entraram no centro para ver o corpo de Mãe Jurema. D. Maria Inês deu um abraço forte em Ramiro e perguntou se ele havia comido alguma coisa. Sua preocupação maternal lembrou o policial de uma de suas suspeitas: a comida.

— Comi, comi sim, Dona Inês. Comi algumas jujubas...
— E jujuba é comida, menino? Um homem desse tamanho, como é que fica em pé? Vamos ali na cozinha que eu faço um pratinho para você...
— Depois, Dona Maria Inês. Depois eu vou.
— INÊS! Para com esse negócio de dona, não sou dona de nada. Nem do meu nariz. Ou pode chamar de Tia Inês também, nem ligo.
— Tá bom, Tia Inês. — Ramiro riu. D. Maria Inês era uma boa pessoa. Começava a ficar confuso: como tantas boas pessoas podiam adorar o diabo? Maria Inês cuidava de todo mundo, criara Vanessa como se fosse sua... Isso é o mal? Ou o bem? "O bem emana de Deus, e do conhecimento das palavras de Jesus", dizia o pastor. Mas essas pessoas conheciam Jesus e praticavam o bem. Por que estavam nessa religião das trevas? O diabo era ardiloso, às vezes o que parecia o bem era o mal... Mas aí Ramiro via o sorriso de Dona Maria Inês e ficava novamente confuso. "Não é a hora de pensar nisso", abandonou a ideia e foi ver o corpo.
— Boa noite, senhores. Inspetor Ramiro, Divisão de Homicídios.
— Boa noite, companheiro. Mas não foi homicídio, a mãe de santo morreu do coração.
— É, é uma pena. Posso dar uma olhada no corpo?
— Bom... Pode, pode. Mas não mexe muito nele não, deixa pronto para a perícia.
— Sem problemas. Obrigado.
Ramiro se abaixou e puxou o lençol. A única diferença para os outros corpos era a expressão da defunta. Parecia ter visto o próprio demônio antes de morrer, um esgar de desespero se gravara em sua face, com as pontas da boca voltadas para baixo e os olhos arregalados. Ramiro abaixou as pálpebras e voltou a cobri-la com o lençol.
— Ela sofreu bastante, pelo visto. — comentou ao voltar para perto de Vanessa e Maria Inês.

— Ai, Jurema era um amor... Não merecia isso. — D. Maria Inês conhecia a mãe de santo há muitos anos e tinha por ela grande carinho.

— Ninguém merece, tia. Ninguém merece. — Vanessa, já recomposta, tentava dar alguma força para a sua tia.

— Vamos comer, menino? Você deve estar morrendo de fome!

Foram até a cozinha, onde Ramiro encontrou um batalhão em movimento. Independente do que acontecia lá fora, panelas e travessas eram movidas, e pratos enchidos por várias filhas e filhos de santo. O cheiro de dendê era forte, e o falatório, alto.

— Olha, a gente tem salada de feijão "furadinho", arroz, xinxim de galinha, galo cozido, lentilha, cabrito...

— Cabrito?

— Sim, e ainda porco, e várias frutas. Vai querer o quê, seu moço?

Ramiro ficou confuso com tanta comida, seu estômago embrulhou com o dendê. Assim, preferiu fazer um prato de frutas.

— Fruta? Menino, você é mesmo estranho! — riu-se D. Maria Inês quando viu.

— É, não estou acostumado com tanta comida... Tanto dendê.

— Ih, eu preferia um acarajé, mas hoje nem teve. — falou Vanessa.

— Todos comem a mesma comida?

— Sim, são as comidas usadas no ritual.

Ramiro quase cuspiu o pedaço de abacaxi.

— Como assim?

— Cada orixá tem sua comida. Os animais são sacrificados em oferenda... Mas aí não dá para jogar fora, né? Então no final da gira todos comem do mesmo bocado.

— Então aquele cabrito...

— Para Exu. O galo para Ogum, o porco para Omolu... E por aí vai.

— E as frutas?

— As frutas são para... Ai! — D. Maria Inês soltou, de repente, assustada com o beliscão que sua sobrinha lhe dera sem que Ramiro percebesse.

— ... para todo mundo, cara. As frutas são pra gente ficar beliscando. — mentiu Vanessa, sabendo que se falasse para Ramiro que as frutas eram de Oxóssi, ele não comeria.

— Ah, tá... — pegando uma manga.

Ramiro aguardou a perícia junto com as mulheres, mas não esperaria pelo resultado. Sabia, pelas descrições de Vanessa, que a morte seria semelhante às outras. Sem assassinos ou motivos plausíveis para se abrir um inquérito. Tinha certeza de que havia ligação entre as mortes, mas seria difícil abrir um caso só com isso. Ele tentaria, acreditava que tinha alguma moral com o Delegado Farias, principalmente depois do sucesso da operação realizada na Região Oceânica.

Ofereceu carona, mas Vanessa o lembrou novamente de que não era bem-vindo na região e de que já haviam pagado a van. "Paguei ida e volta, ué. Nem quero saber quem morreu, quero ir para casa".

Na hora da despedida, Ramiro deu dois beijos e os recebeu de volta, estalados, de D. Maria Inês.

— Quando chegar em casa, come alguma coisa, menino.

— Tá bom, Dona Maria Inês.

— TIA Inês. Você gosta de peixe?

— Gosto...

— Pede para Vanessa te levar lá em casa domingo, vou fazer um peixe lá. E, modéstia à parte, meu peixe com molho de camarão ninguém faz! Vou cedinho lá na Praia da Luz, pego o melhor que os meninos trouxerem...

— Tia, para! Você nem sabe se o menino tem compromisso...
— Só estou convidando! O que tem de mal nisso?
Ramiro riu.
— Tudo bem, Dona Maria Inês. Se der, eu apareço sim.
— Viu, boba. Ô André, não sai com essa van sem a gente não, hein? — e a senhora foi andando acelerado em direção à van que as levaria de volta.
Um desconfortável silêncio se instaurou entre Ramiro e Vanessa. Ela olhava para o chão, consultava o celular, e ele mexia sem graça nos bolsos.
— É...
— É... — falaram ao mesmo tempo e caíram na gargalhada.
— Então.... — disse ela. — Você vai comer o peixe da Tia Inês no domingo? Olha que vale a pena, hein?
— Vamos ver... Se der, eu vou sim. E se não incomodar, é claro.
— Tudo bem... Ramiro, posso te fazer uma pergunta, sério?
— Claro...
— Você é casado?
— Eu?
— É, você. Se você for casado, me avisa logo... É melhor, assim não fico te esperando...
— Não, não sou. Mas por que você pergunta isso?
— Ah, você é cheio de esquisitices... Agora a tia te chamou para almoçar no domingo, e você vai ver ainda... Isso é papo de homem casado.
— Não, não sou. É que moro com minha mãe, ela já é idosa, precisa de mim... E tenho meu trabalho, e outras atividades... Eu não tenho motivos para mentir pra você, Vanessa.
— Jura?
— E preciso jurar? Tudo bem. — Ramiro assumiu uma postura mais séria. — Senhorita Vanessa, eu juro que não

sou casado, e, se for possível, irei comer o peixe da sua tia no domingo...
— Seu bobo! — Vanessa riu. — Sério, não mente para mim não... Eu me sinto bem perto de você, e... — abaixou a cabeça.
— E o quê? — Ramiro perguntou, meio sem graça.
— Me dá um beijo?
A pergunta deixou-o sem ação. Queria beijá-la, lembrava do cheiro de pimenta doce em seus cabelos, lembrava do beijo roubado no Terminal de Niterói... Não sabia se devia... E beijou. Aproximou sua cabeça da dela, quando ela fechou os olhos e entreabriu os lábios convidativamente. Quando encontraram com os seus, tudo pareceu mudar. A língua molhada de Vanessa assustava Ramiro, mas o instinto era mais forte, e ele se entregou àquele beijo, tão esperado e tão temido.
Separaram-se alguns minutos depois, olhando-se nos olhos, com a expressão de incredulidade. Fizeram-se alguns segundos de silêncio, fixando a eternidade, que Vanessa teve coragem de quebrar.
— Te vejo domingo?
— Sim... Talvez, vou ver... — Ramiro gaguejava.
— Então tá. Beijo, Preto. — e deu mais um estalinho em Ramiro, que ficou parado enquanto a via se dirigir em direção à van.

Ramiro dirigiu até sua casa pensando em Vanessa. Conseguia sentir a textura de seus lábios, o seu cheiro de pimenta, o seu olhar. Tentava se convencer de que iria à peixada da D. Maria Inês no domingo porque queria conhecer um pouco mais sobre aquela religião — seja qual fosse o nome dela —, mas sabia que o motivo maior seria revê-la.
Chegou em casa de madrugada, encontrou um prato feito ao lado do microondas, mas nem o tocou. Deitou-se com as

mãos por detrás da nuca e pensou no beijo até adormecer. Precisava estudar, tinha que saber mais sobre os ritos e celebrações daquele culto para tentar compreender algum padrão nas mortes. Mas precisava ver Vanessa, precisava daquele beijo. E foi com essa ideia na cabeça que adormeceu, sem se dar conta.

Acordou tarde no sábado, a mãe abrindo as cortinas do quarto. "Já passa de dez horas, meu filho. Estou saindo para uma reunião na igreja, o café já até esfriou."

— Bom dia, mãe... Por que você deixou que eu dormisse até tarde?

— Você chegou quase de manhã, garoto. E você merece, olha aqui. — e jogou um jornal em cima da cama.

Era tudo o que Ramiro não queria, publicidade. A primeira página d'O Popular trazia a foto do traficante morto ao lado da moto, em segundo plano, o corpo do policial federal, exatamente como previra. A manchete era espalhafatosa — como tudo naquele jornal — e ainda trazia o nome dele. Nas páginas centrais, uma foto do Menezes segurando o fuzil, sorridente, e algumas palavras do Delegado Farias, creditando a ele o sucesso da operação. "Pelo menos o Arnóbio não conseguiu foto minha pra botar nesse pasquim", pensou. A reportagem descrevia o plano e ainda tinha uma ilustração mostrando o posicionamento dos dois atiradores.

— Só com muita oração, meu filho. Por que você não me avisou?

— E eu ia avisar, mãe? É meu trabalho, mas não posso te deixar preocupada à toa.

— Que à toa? Meu filho debaixo de tiros de bandido é à toa? Sangue de Jesus tem poder!

— Amém, mãe. Que horas é essa reunião? Vou contigo.

Ramiro decidiu que merecia um dia distante de toda essa enrolação e perto dos seus. Sua mãe ficava toda feliz em exibi-lo para as senhoras da igreja, hoje era dia de festa, com a cozinha improvisada do lado de fora, as cozinheiras fazendo estrogonofe, arroz e servindo em pratinhos de papel salpicados de batata palha. Ramiro logo se engajou no comitê de recepção aos irmãos de outras igrejas e esqueceu da macumba, do Caniçal, das mortes... Mas não de Vanessa.

De vez em quando sua mãe o olhava lá de dentro da cozinha e abria um sorriso. Gostava de vê-la assim, cheia de entusiasmo. Nem parecia que há tão pouco tempo temera por sua morte. Foi um sábado feliz, e Ramiro agradeceu em voz alta no culto da noite pela vida que levava.

Mais tarde, no banho, lembrou-se de Vanessa. Amanhã era o dia da peixada na casa da D. Maria Inês. Ramiro precisava entender como as coisas funcionavam antes de iniciar a investigação. Como o diabo estava matando aquelas pessoas? O que ele podia fazer para evitar? Sabia muito pouco sobre a religião que chamavam Macumba, talvez Vanessa e sua tia pudessem ajudá-lo.

Deu um beijo em sua mãe, que assistia a um programa de televisão na sala, e foi para seu quarto. Dormiu minutos após largar seu corpo cansado na cama.

A princípio Ramiro via apenas os próprios pés, um à frente do outro, em procissão contínua. Ao levantar a vista, uma planície agreste, cortada por uma estrada que ia até o horizonte — onde seus pés caminhavam. O clima seco ardia suas narinas, e o calor do sol vermelho a refletir no chão criava miragens destorcidas.

Andou por muitas horas (horas de sonho), até ver ao longe uma estrada transversal que cortava o caminho daquela em que estava. Chegando mais perto, percebeu que não conseguia ver além dela — sabia que seu caminho seguia, mas não dava para ver depois disso. Até que viu o Homem.

Negro, alto e sem camisa, a definição de seus músculos sobressaía na pele suada. Vestindo apenas uma calça de algodão cru amarrada à cintura, estava sentado em posição de lótus, com as pernas cruzadas, e flutuava a um metro do chão. Em uma mão, um charuto rústico; em outra, um bastão com algumas cabaças e búzios amarrados. No chão, a seu lado, um galo preto estava amarrado por uma das patas em um graveto enfiado na terra, e lentamente repetia o perímetro da circunferência que lhe era permitida.

O Homem deu uma baforada no charuto e falou:
— Boa noite, moço. Está um pouco longe de casa, não acha?
— Boa noite... Quem é você?
— Você sabe quem é VOCÊ?
— Meu nome é Ramiro, e...
— Seu nome não me diz nada. Conheço sua alma e seus caminhos. E sei que todos eles o trazem aqui, nesta encruzilhada.
— Mas o caminho que eu vim era único.
— Nenhum caminho é único, todos se bifurcam e se cruzam.

Ramiro olhou para trás e viu uma repetição de encruzilhadas semelhantes à que estavam parados, estendendo-se até o horizonte.
— Você não olhou para o lado em nenhum momento, então não olhe para trás.
— E para frente?
— Para frente o caminho é novo e vai ser construído a cada passo.
— Mas quem é você, afinal?
— Eu sou o Senhor das Encruzilhadas, o Mestre dos Caminhos, aquele que vence as demandas. Eu sou o falo ereto que rompe a terra, o aríete que destrói os portões e dá entrada ao invasor. Sou o Guardador da casa de meu Pai, e a Ele só se chega passando por mim. Eu sou Exu.

O galo parou. De alguma maneira, Ramiro sentiu o horizonte piscar e a terra suspirar sob seus pés.
— Você é o diabo!

— Para de caô. — Exu sacudiu a mão que segurava o charuto, como se espantasse uma mosca. — Não tenho nada com essa figura alegórica inventada pela religião de vocês.

— Você é Satã, demônio, encosto que se apossa das almas dos filhos de Deus!

— Você está dando nomes de pessoas diferentes a seu devaneio. Esqueça isso tudo, eu sou o orixá mensageiro. E não me aposso de nada, apenas pego o que é meu. Ninguém morre me devendo, e quem deve paga.

— Mas as pessoas...

— Você já devia saber que as pessoas são covardes e idiotas. Mas esse não é o assunto que me trouxe aqui.

— Tá amarrado...

— Chega! — Exu jogou o charuto em brasa no chão. Ao atingir o solo, gerou uma pequena fileira de fogo ralo que seguiu por um caminho molhado até construir uma parede de chamas de meio metro, revelando o desenho de uma estrela de cinco pontas em torno dos dois. — Você está em minha casa, aprenda a ter bons modos!

Ramiro não conseguia se mexer. De alguma maneira, sabia que era sonho, mas sua percepção o fazia pressentir o risco assim mesmo. As labaredas quase o tocavam, conseguia sentir-lhes o calor, e os olhos de Exu brilhavam. Ele desceu e tocou os pés no solo, fazendo com que as paredes de chama se reduzissem e se tornassem um simples riscado no chão, como feito em brasas.

— Como pode o Pai depositar as esperanças em você? Você pode ter nascido forte, mas essa religião dos brancos afinou o seu sangue. Eu preferia um outro jeito de lidar com essa situação, mas, como vocês dizem, seja feita a vontade Dele.

— Que situação? — ser chamado de fraco trouxe um pouco de brio à tona do perturbado Ramiro. — Eu não pedi nada, sou chamado aqui e agora você quer me insultar?

— Ah, então o garoto tem colhões! Ria rá rá ráaa!

— Fale agora! — ordenou.

— ESCUTA AQUI! Baixa a crista. Há um fino véu de pano da Costa entre meu respeito e meu ódio, e por enquanto você não tem nenhum dos dois. Você veio aqui porque quer conhecer um pouco mais sobre o nosso mundo, não é mesmo? Pois bem... Atrás de mim estão os caminhos que o levarão ao Grande Orixá, o Criador do Mundo. Mas eu sou o encarregado de guardar seus caminhos, e os que por aqui desejam passar devem me agradar. O que tens para oferecer?

— Não tenho nada para te dar, Demônio!

— Xê, menino... Deixe de chamar a quem o assunto não diz respeito. Você quer ou não passar e adentrar no reino do Pai?

O galo voltou a andar em círculos, com a pata amarrada.

— Eu só quero aprender mais, conhecer, saber.

— Então passe. — ao dizer isso, o pentagrama se apagou, e o caminho à frente se revelou. Assemelhava-se à savana, com árvores isoladas. Ao longe, Ramiro parecia divisar alguns animais pastando, mas não tinha certeza.

— África?

— África é em toda parte. África é onde um de nós estiver. Como o adulto evoca em suas lembranças o seu berço e o colo de sua mãe, sentindo-se seguro, assim podemos também estar em África.

— Mas e a oferenda? Já disse que não tenho nada a te oferecer, nem quero.

— Não se preocupe. Eu já peguei o que é meu.

O galo cantou no sonho, e Ramiro acordou mais uma vez em sua cama, suado e arfante. Levantou-se ainda assustado e foi à cozinha beber um copo d'água. Ao passar pelo quarto de sua mãe, ouviu um gemido, e não sabia se ainda sonhava.

— Mãe? — falou baixinho, à porta do quarto.

— Filho... — ela se virou, e Ramiro pode ver a expressão de dor em seu rosto.

[ONTEM] As coisas pareciam melhorar para Akèdjè, e a esperança retornava ao seu coração aos poucos, lutando com o ódio que sentia.

Por algum tempo, servira diretamente à Sinhá. Brincava com seu filho, o pequeno Diogo, tratava de seus animais com carinho e assim era tratado. Até mesmo o Senhor de Engenho, Dom Antônio, parecia querer bem a ele. Demorou para conquistar a confiança de seus algozes, mas agora já dormia em uma cabana separada, mais próxima à Casa Grande, longe da imundície da senzala; almoçava com os escravizados domésticos e andava sem grilhões. Aquilo apenas aumentava o ódio de Tião, o feitor. Subserviente a seus donos, usava apenas seu nome católico, como se isso o fizesse branco. Fora Tião quem capturara Akèdjè quando da ocasião da segunda fuga. Negro forte e malicioso, maltratava os outros escravizados a mando de D. Antônio ou não, e, sob a desculpa de manter a obediência, era exagerado no uso de violência, sendo mesmo chamada a sua atenção por parte de seus donos. Tião se comprazia em fazer maldades e tinha sobre si as graças de Sinhá antes de Akèdjè salvar seu filho do cavalo bravo.

— Um dia te pego, negro safado. Sei que você está só fingindo. — murmurava entredentes para Akèdjè, quando longe dos brancos.

Aos poucos, Akèdjè foi ficando popular entre seus irmãos. Intercedia junto à Sinhá pelos outros, fazia unguentos curativos e contava histórias. Espalhou-se rapidamente sua fama de grande Baba em África, e todos o respeitavam. Akèdjè só não rezava mais, não acreditava nas palavras.

Com o tempo, começou a ser designado para pequenas tarefas fora dos domínios de D. Antônio: levar recados e cartas para outras plantações e, eventualmente, ir ao mercado. Foi onde ouviu falar dos quilombos.

Os quilombos eram comunidades formadas por africanos que conseguiam fugir de seus senhores, e sua localização era secreta mesmo entre os escravizados. Lá, conseguiam viver em harmonia, realizando seus cultos e costumes, confiantes de que um dia voltariam para casa, ou tornariam "casa" aquela terra estranha.

Akèdjè ouvira falar dos quilombos pela primeira vez através de Rafiki, um bantu que estava há muito tempo no Brasil. O velho comentara com tristeza que não tinha mais forças para fugir, senão iria para um quilombo.

— Mas o que são quilombos, avô?

— Os pretos que fogem se unem em nova família, mato adentro. Quando cheguei, isso era impossível, os índios não deixavam. Agora, estou velho demais para isso...

— E onde fica essa família?

— Ah, meu filho... Ninguém sabe. — desconversou o velho, porém Akèdjè sabia reconhecer a mentira. Como não queria levantar suspeitas, vestiu-se mais uma vez da paciência que a tanto custo aprendera a usar. Mas guardou a informação.

Estabeleceu um forte vínculo com o ancião, trocando conversas sobre ervas e paisagens da terra mãe sempre que ia ao mercado. Na quinta vez em que se encontraram, o velho tornou a falar no assunto e revelou a Akèdjè um precioso segredo. De vez em quando, um africano refugiado em uma dessas comunidades, com o nome de Pupa, estabelecia contato, para conseguir produtos que lá não havia, e Rafiki ajudava no contrabando. Era um quilombo pequeno, mas bem protegido por morros de pedra e escondido nas matas.

— Você pode me apresentar a esse irmão Pupa, meu avô?

— Ele não vem até aqui. Encontramo-nos no meio da mata a cada lua, e trocamos as mercadorias. Quem marca esse encontro é um nativo, chamado de Piatã. Um dia eu o apresento a você, jovem. Mas não coloque minhocas em sua cabeça. Você serve a uma boa família, não é maltratado como os outros... Seja leal e um dia seus filhos poderão ver a liberdade nesta terra, Adúpé.

— Esta não é minha terra, avô. Meus filhos estão em África.

Mas um filho desta terra estava por vir. Com a convivência com os escravizados domésticos, Akèdjè conhecera Khanysha, uma bela mulher cujo pai fora um nobre em sua tribo, e agora servia na cozinha da Casa Grande. Khanysha e Akèdjè reconheceram um nos olhos do outro a revolta, o ódio e o disfarce. Passaram a se encontrar furtivamente, e agora Khanysha estava esperando uma criança.

A Sinhá fazia planos de casá-los, realizar uma união cristã logo após o batismo dos dois. Tencionava chamá-la de Maria de Nazaré, como a santa de sua devoção, e a Akèdjè de Luís, nome de seu pai. Ficava feliz e até incentivava que os dois ficassem juntos. Mas Akèdjè não queria que seu filho nascesse aqui, queria levar Khanysha para casa e dar a seu filho um nome que contasse a história de seus antepassados, nada desses nomes brancos.

Foi acordado no meio da noite por Tião.

— Levanta, negro safado! A Sinhá quer ver você.

A sala da Casa Grande estava iluminada por inúmeras velas, e, ao lado do altar, a Sinhá intercalava os gemidos de sofrimento com preces aleatórias a seu deus. Era ladeada por Khanysha e mais duas escravas de sua confiança. Virou-se quando ouviu o barulho da entrada de Akèdjè e Tião.

— Luís! Graças a Deus você chegou!

— Ajuda, Sinhá? — Akèdjè não gostava de ser chamado pelo nome dos brancos, nem de sua língua. Mesmo após tanto tempo, usava apenas o suficiente para a comunicação básica e servil a que era submetido. Compreendia o que os brancos falavam com clareza, apenas não queria ceder a mais essa dominação.

— O Diogo, Luís! O Diogo! — e começou a soluçar.

— Akèdjè, o menino está morrendo. — disse Khanysha, em sua língua comum.
— Mas o que posso eu fazer? Todas as criaturas cumprem seu ciclo.
Khanysha olhou de canto de olho para Tião, e Akèdjè não compreendeu até que a Sinhá recuperasse a fala.
— O Tião contou... Falou que você era um grande curandeiro na África... Por favor, Luís, ajude meu Diogo!
— Sinhá... Eu não mais cura. Eu cuida dos bicho.
— Deixa de besteira, seu safado! — disse Tião, pegando-o pelo ombro. — A Sinhá já sabe que você é um grande Baba e pode curar seu filho.
— Luís, cura o meu Diogo... eu sei que é pecado, mas a vida do meu filho é mais importante... Peça aos seus deuses, não me importo, quero só meu filho são...
— Quedê Diogo?
Levado ao quarto da criança, sentiu de imediato que nada poderia ser feito. O cheiro de podridão denunciava o mal, o menino perdia água por todos os buracos do corpo, uma água negra e fétida.
— Não cura, Sinhá.
A mulher caiu no choro de novo, e Tião falou, com meio sorriso no rosto:
— Você não quer curar o menino, Luís?!
— Menino não cura. Pode ajudar, mas não cura.
— Então ajuda, Luís! Ajuda meu filho!
Nos dois dias seguintes, Akèdjè fez tudo o que estava a seu alcance. Com chás e banhos de ervas, sabia que apenas amenizava o sofrimento da criança. Nutria algum afeto pelo rapaz cuja vida salvara uma vez, mas também não se esquecia que havia sido chicoteado por ordem de seu pai, seu dono e algoz.
A Sinhá rezava ao lado da cama e uma vez lhe perguntou:
— Você não reza, Luís?
— Não, Sinhá.

— Mas eu achava que os feiticeiros rezavam para seus deuses...

— Deuses maus, Sinhá.

Podia pedir a Ossaim que lhe mostrasse as ervas adequadas. Podia pedir a Omolu que curasse a criança. Podia proferir as palavras sagradas com que certa feita curara um bebê da mesma maleita com que se deparava agora. Se quisesse, conseguiria até ver os antepassados do menino ao redor da cama e pedir-lhes ajuda. Mas esgotara todos os seus pedidos enquanto era levado amarrado para os porões do barco funesto, e agora sua confiança se transformara em ódio. Que morresse o menino, que morressem todos eles. Seus deuses lhe haviam virado as costas, e só pensava em voltar para a sua terra e dizer isso aos seus.

Na manhã do terceiro dia, Akèdjè foi acordado de seu catre com violência por Tião, após haver passado quase toda a noite em claro ministrando seus banhos curativos.

— Levanta, desgraçado! Agora você vai aprender!

Aos pontapés, foi conduzido ao alpendre da Casa Grande. Todos estavam lá, e a Sinhá vestia preto. Akèdjè percebeu imediatamente que o menino havia morrido, como ele sabia que aconteceria.

— É esse, meu Senhor. — disse a mãe enlutada, sob choro.

— O que você fez com meu filho? — gritou do alto da escada da varanda o gordo fazendeiro, com a voz ligeiramente trêmida.

— Menino doente, nada a fazer.

— Mentira! Tião me contou que você deu vários chás de ervas para ele, e que isso o matou!

Akèdjè percebeu a mentira. Inflamado pela inveja, o mesmo Tião que dissera à Sinhá que o feiticeiro poderia curar seu filho a envenenara com palavras falsas. Pensou em fugir, mas era fortemente agarrado pelos braços. Olhou em busca de Khanysha entre os escravizados domésticos, que choravam a morte de seu sinhozinho, e não a achou.

— Responde, preto maldito! Você matou meu filho?
— Menino morreu doença. Eu ajudar.
— Ah, mas esses animais são assim mesmo! Cecília, onde você estava com a cabeça quando pediu ajuda a esse infeliz? Não sabe que eles apenas esperam uma chance de nos apunhalar pelas costas? Nós tentamos tratar esses bichos como gente, e olha o que recebemos.
— Faz o que com esse desgraçado, Sinhô? — disse Tião, não conseguindo conter seu júbilo.
— Faça com que ele morra sofrendo, sofrendo muito! — e voltou para dentro da casa para cuidar dos preparativos do velório.

Akèdjè pensou em convocar os eguns e destruir toda aquela farsa, mas sua descrença o deixava mais desanimado. Foi acorrentado e levado para o tronco, onde finalmente encontrou Khanysha. Amarrada nua no pau de arara, de sua pele negra já corriam fios de sangue, assim como do meio de suas pernas. Suspensa apenas pelas cordas e grilhões, seu sexo exposto denunciava a crueldade dos capatazes. Os covardes já a haviam pegado antes e se divertiram enquanto a faziam sofrer.

— Agora você vai entender que o único preto que manda aqui sou eu!

Tião espumava enquanto descia o chicote nas costas de Akèdjè. Imensas úlceras se abriam na carne, enquanto o Baba trancava os dentes e olhava para o corpo de sua mulher, pendurado inerte como um pedaço de carne posta para secar ao sol. Quando finalmente estava prestes a desmaiar de dor, lembrou-se do quilombo e de seus planos de fuga. "É a última vez, a última vez" — pensou, antes do mundo se escurecer.

Acordou algumas horas depois, sentindo dor em toda a extensão da pele. Pequenos choques percorriam seu corpo, e os veios abertos em sua carne coçavam. Abriu os olhos e demorou alguns minutos para enxergar alguma coisa, cego pelo sol escaldante. Só então percebeu até aonde fora a crueldade de Tião.

Estava amarrado, de cara para o sol e braços abertos, sobre um formigueiro. Milhares de pontos vermelhos percorriam seu corpo, entravam em suas feridas, sua boca, seu nariz. Entendeu que morreria ali, sangrando, queimado, humilhado.

Ao seu lado, o corpo de Khanysha nem precisara ser amarrado. Jazia inerte, coberta também de formigas, com o ventre murcho e seco.

Em grande dor, decidiu dar fim a todo aquele sofrimento. Imagens da planície africana, de seus filhos, de seu povo. Que seu espírito voltasse para lá. Que pudesse ajudar outros, a mesma ajuda que lhe fora negada por seus deuses. O ódio o fez cerrar os dentes novamente, mas desta vez tinha entre eles a sua própria língua.

Morreu sufocado pelo pedaço de carne morta e a profusão de sangue.

[HOJE] A semana havia sido muito difícil. No domingo mesmo Ramiro levara a sua mãe para o hospital, já temendo pelos resultados dos exames. Já se preparavam para toda a via crúcis que passariam novamente no INCA. Como ela já havia recebido alta, não podiam ir direto ao Hospital do Câncer, teriam que passar por toda a triagem preliminar, por exames em outros hospitais.

Ramiro ouvia sua mãe relatar ao médico todo o sofrimento dos últimos meses: febres altas, dores e mal-estar... Sentia-se ao mesmo tempo traído e decepcionado consigo mesmo. Ela não lhe contara nada disso, sempre dizia estar bem, e ele, preocupado apenas com seu trabalho, não percebera.

Mas, aquela não era hora de culpas ou remorsos. Há muitos anos só tinham um ao outro, e desde criança Ramiro desenvolvera um senso de missão que o acompanhava até na profissão. Sua obstinação — tida muitas vezes por teimosia — vinha justamente dessa vontade e dessa responsabilidade de terminar um trabalho, e sua missão principal na vida era cuidar dela.

Foi só à tarde, no quarto particular do hospital coberto pelo plano de saúde, enquanto esperava os resultados dos exames, que Ramiro se lembrou da peixada na casa da D. Maria Inês.

Vanessa só atendeu na terceira tentativa.

— Oi.

— Oi, Vanessa, tudo bem?

— É, né... — no fundo, conseguiu ainda ouvir a voz de D. Maria Inês: "É o furão?"

— Sua tia deve ter ficado chateada...

— Você está ligando de onde, Ramiro? Da padaria? Largou sua mulher em casa e veio ligar para a boba aqui?

— Estou ligando do hospital, Vanessa. Minha mãe está internada para fazer uns exames, chegamos aqui pela manhã.

— Ah, tá. Sei.

— É sério, Vanessa.

— Tá bom, Ramiro. Agora deixa eu ir ajudar a tia a guardar esse monte de coisa que sobrou aqui.
— Posso te ligar durante a semana?
— Não, é melhor não, Ramiro. Vamos deixar essa história pra lá, depois eu fico aqui com cara de bunda e você com sua esposa aí, todo feliz...
— Vanessa, já disse a você que não sou casado. Vou te ligar durante a semana, e a gente marca de se ver, ok?
— ...
— Eu quero te ver, Nessa. Tenho pensado muito em você. Eu queria ter ido na peixada, mas surgiu esse problema da minha mãe, e...
— Tá bom, menino. Depois a gente conversa. — e desligou o telefone.

— Bom dia, senhores. — disse Ramiro ao entrar na homicídios, onde Farias e Menezes faziam a resenha esportiva do final de semana.
— Bom dia. Ué, dormiu dentro de um brechó, irmão?
— Tá todo amarrotado, barba por fazer... Tem cheiro de mulher na parada! — disse Ferreira, com ironia.
— Ha ha. Muito engraçado, senhores. Tem mulher na parada sim, e é a mais importante do mundo: minha mãe.
— Ih... É o lance do câncer, Ramiro? Câncer é foda...
— Tá amarrado, Farias, o teu palavrão e o câncer. Deus cuida de seus filhos, e mamãe vai sair dessa também.
— Amém, saravá, shalom... E por falar em saravá, como é que anda a história dos macumbeiros?
— Então... Acho que temos um caso. Três mortes suspeitas, sob as mesmas circunstâncias.
— Mas essas pessoas não morreram do coração, Ramiro?
— Morreram, mas não tinham histórico de doenças cardíacas...
— Nenhum deles era criança, irmão — falou Ferreira.

[94]

— E os três morreram durante a celebração de um culto satânico. Isso não conta?

— Ramiro, eu também começo a achar que tem caroço nesse angu. Mas não temos evidências suficientes para abrir um caso... Sem contar com os problemas que arranjaríamos com esse papo de "culto satânico". Você está falando de uma religião com raízes bastante profundas em nossa cultura, com milhões de seguidores.

— A Macumba não é uma religião, é uma mistura de seitas e cultos. Religião só tem uma.

— Para você, Ramiro. Para você.

— Só há uma verdade, Farias.

— Não, e você sabe disso também, você não é bobo. Mas nem vou entrar nesse mérito de discutir religião...

— Religião é igual a time de futebol, cada um escolhe a que achar melhor e torce para ela.

— Cala a boca, Ferreira. Ateu não dá pitaco nesse assunto. — disse rispidamente o delegado — Como eu ia dizendo, o problema nem é de religião, Ramiro. Mexer nisso vai agitar a mídia, e a gente vai ficar na linha de tiro. Você tem ideia de quanta gente nesse país frequenta centros de macumba? De quantos artistas, repórteres e políticos dizem amém na Igreja de manhã e saravá à noite? Falar que as pessoas estão morrendo nos centros vai causar um alvoroço sem tamanho no Rio de Janeiro.

— Mas Farias...

— Sem mais, irmão. Eu autorizo a continuação da sua investigação, mas por enquanto não vamos jogar essa merda no ventilador, não.

— E se mais alguém morrer?

— Bom... É um risco que a gente vai ter que correr, não é?

Ramiro saiu indignado da delegacia, com a desculpa de que ia comprar jujubas. Entendia a posição do Delegado

Farias, realmente não havia um caso consistente. Apresentar o quê para o Ministério Público? Mandar fechar os centros de macumba? O seu posicionamento religioso nesta situação só atrapalharia, logo as pessoas associariam tudo como uma perseguição de fé.

Mas alguma coisa estava acontecendo, e Ramiro decidiu que a melhor saída seria conhecer os desmandos do inimigo. Teria que jogar no campo dele e conhecer as regras ajudaria.

Mandou uma mensagem para o celular de Vanessa: "Sei que você está chateada, mas quero muito te ver. Beijo, Ramiro".

Agora era esperar. Esperar pela resposta, esperar por evidências, esperar que mais alguém morresse.

[ONTEM] Akèdjè tentou abrir os olhos e não conseguiu. Sentia dores em todo o seu corpo, mas não conseguia determinar onde começava ou terminava.

Em sua cabeça, parecia que dormira por dias e, agora, lentamente começava a recobrar os sentidos. Queria abrir os olhos e não conseguia. Tentou mexer os dedos do pé — como fazia quando não conseguia sair do transe letárgico, ainda em África — e mais uma vez nada mudou.

"Estou morto, finalmente" — pensou. "Não posso abrir os olhos, porque não tenho mais olhos. Mas posso ver". Ao dizer isso, foi como se todo o seu ser fossem olhos, e o bombardeio de imagens e luzes fez com que se fechasse mais uma vez. Tentou perceber a extensão de seu corpo e notou que ele ia apenas até onde a sua consciência se mantivesse coesa. Seus pensamentos o mantinham íntegro em sua identidade de vida, enquanto seu ódio o mantinha preso à terra. Agora Akèdjè era um ègun, um espírito desencarnado. Um espírito com um propósito.

Buscou imagens de conforto em sua lembrança: a planície onde se criara, os animais com quem convivia em harmonia, seus filhos, seus pais... Sua preparação como feiticeiro, feita por seu avô, o maior Baba de toda a região — antes dele. A primeira vez em que se sentiu na presença da divindade, a luz de...

Sentiu uma violenta sacudida que o fez se abrir para a visão. Estava na terra estranha, e via ao mesmo tempo o movimento do Aiyé e as almas vagando pelo Orun. A fazenda onde fora cativo agora estava maior, cortada por estradas e carroças. Mas seus irmãos ainda estavam presos em correntes — ainda que alguns deles já circulassem livremente, em roupas de branco. Via isso através de uma névoa semovente que não conseguiu identificar a princípio. Era uma névoa carregada, como nuvens prestes a inundar o mundo. Essas nuvens pareciam sussurrar em seus ouvidos (não eram mais ouvidos, Akèdjè ouvia com todo o ser). Mais atento, conseguiu distinguir as vozes: eram orações, lamentos, gemidos... A nuvem era composta de èguns, como ele. Desencarnados, sofridos, presos ao Orun.

Em pensar em descer, sentiu-se na altura do solo. Pensando em si como vivo, reuniu-se em um formato aproximadamente humano e deslocou-se entre os vivos, percebendo a sua movimentação.

Parecia ver, pela primeira vez, o funcionamento do mundo. Linhas rubras envolviam todos os seres e os iluminava. Alguns objetos pareciam brilhar mais que outros, e essas linhas eram transmitidas ininterruptamente, em maior ou menor intensidade. Akèdjè agora conseguia vislumbrar as linhas de axé, a força vital que emanava da Terra e que podia ser transmitida através do toque. Passou por si uma mulher encarnada segurando uma criança, e ele pôde ver a energia dourada fluir dos dedos da mãe para o infante, enquanto acariciava seu rosto. Plantas, animais, coisas, tudo tinha axé. Se ainda possuísse olhos, Akèdjè teria chorado de felicidade perante o descortinamento de tanto poder e beleza.

— Adúpé? É você?

Akèdjè se virou, e perto dele um outro ègun se aproximava, lamurioso. A visão fez com que percebesse a presença de outros èguns, e por ele era percebido.

— Adúpé, ajuda seu povo!

— Adúpé, meus filhos... Meus filhos precisam...

— Baba, sou eu...

As vozes pareciam se multiplicar, e a nuvem tomava a forma de seres em farrapos, pedintes, aleijados. Akèdjè podia sentir a dor em suas almas, o sofrimento com que haviam passado para a eternidade. Foi envolvido por todas aquelas súplicas, todo aquele desespero...

— Akèdjè!

— Adúpé!
— Pai!
Não suportando a dor que recebia de seus irmãos desencarnados, Akèdjè fechou os olhos da alma.

[HOJE] — Mãe... Você deveria ter me contado.
— Meu filho... Eu não queria preocupá-lo... Você, com tantas coisas a fazer...
— Mas, mãe, a principal coisa que eu tenho a fazer é cuidar da senhora... O que o médico falou?
— Que ainda é cedo para saber... Mas eu sei, filho. A doença voltou.
— Os médicos pediram para você ficar aqui esta noite para observação, e amanhã de manhã a gente vai pra casa. Assim que os resultados ficarem prontos, nós vamos ao INCA, mãe. Vai dar tudo certo, você vai ver.
— Eu sei que vai dar tudo certo, querido. Nós temos Jesus ao nosso lado, ele nunca desampara os seus.

Ramiro se emocionava com a confiança da mãe. No quarto do hospital, assistiam juntos à novela e conversavam sobre amenidades para disfarçar a ansiedade.

— O Pastor Humberto veio aqui hoje, sabia?
— Ah, veio?
— Sim, ele e as irmãs Sara e Bernardete. Trouxeram até um bolinho de fubá, daquele que eu adoro...
— Mãe!
— Eu sei, eu sei... Comi só um pedacinho e dei o resto para a enfermeira. Estou um pouco enjoada...
— Quer que eu chame alguém?
— Não, não estou enjoada agora. Até estou um cadinho, mas nada que eu não possa aguentar. E você, meu filho, como foi seu dia?
— Foi bom, mãe. O de sempre.
— Fugindo de tiros?
— Não, mãe... Você sabe que meu serviço não é fugir de tiros todo dia. Na maior parte do tempo, fico na delegacia, comendo minhas jujubas e investigando os casos.
— Você e esse negócio de jujubas. E os dentes?
— Estão ótimos, mãe, não se preocupe.

O barulho da mensagem chegando no celular interrompeu a conversa.

— Vai lá, filho, você tem mais o que fazer.

— Pode deixar, mãe. Vou ficar mais um pouquinho aqui com a senhora.

— Não, vai que estou bem. A TV daqui pega o canal que a gente gosta, e eu vou assistir àquele programa de debates do pastor e pegar no sono.

— Não vá dormir muito tarde, mãe. — Ramiro deu um beijo no rosto da mãe e se levantou. — e também não coma demais, pode te fazer mal.

— Pode deixar, meu filho. Cuidado aí na rua, tá? Vai com Jesus.

— A paz do Senhor, mãe. Até amanhã. Qualquer coisa, me liga.

— Tá bom...

Quando saiu do quarto, Ramiro viu a mensagem. "Estou em casa. Liga para cá". Vanessa.

— Oi, Vanessa. É o Ramiro.

— Tudo bem? — Ela respondeu jovialmente, mas com uma voz estranha.

— Está comendo?

— Jantando. E sua mãe?

— Está melhor... Estou saindo do hospital agora. Ia te chamar para comer uma pizza, mas você já está jantando...

— É, ainda tem muito peixe aqui.

— Vanessa, me desculpa por ontem...

— Não, sem problemas. Eu é que tenho que parar de esperar as coisas dos outros.

— Para de bobeira. Quando eu posso te ver?

— Ué, agora.

— Agora?

— É. Vem aqui em casa.

— Mas Vanessa...

— Não pode, né? Já imaginava.

— Não posso por causa daquele dia, do lance do Ditinho... Você sabe disso.
— Ah, tá. Sei sim. Então tá bom, Ramiro. Um dia desses aí a gente se esbarra.
— Não, Vanessa, peraí...
— Tchau, beijo. Te cuida. — e desligou o telefone.

Sem pensar duas vezes, Ramiro pegou o carro e rumou para São Gonçalo, atrás de Vanessa.

[ONTEM] O batuque acordou Akèdjè de seu sono voluntário. Sons de madeira contra madeira, cânticos em língua-mãe a ecoar através das brumas espessas do Aiyé. Abriu seus olhos — todos os olhos de sua alma de ègun — e desceu à terra. Sem perceber, aprendera a ignorar os outros èguns e suas súplicas. Ainda ficava maravilhado com os movimentos das linhas de axé e aprendera quase imediatamente a distinguir os encarnados dos desencarnados.

Descera a rés do chão e se encaminhava para o local de onde vinha o batuque. Era noite, e os encarnados quase todos dormiam. No fundo da mata, em uma clareira a algumas horas de caminhada da senzala, seus irmãos negros se reuniam e entoavam cânticos de sua terra natal. Akèdjè se aproximou e, juntamente com outros èguns, ficou a observar de longe.

O que parecia apenas ser uma celebração começou a se desvelar ante Akèdjè. Sua presença ali — e a dos outros irmãos desencarnados — não era apenas um acidente. Os vivos cantavam e batiam e chamavam, chamavam por aqueles que já haviam ido, e chamavam por seus deuses.

Alguns dos celebrantes brilhavam, eram vetores e armazenadores do axé. Eram os canalizadores da energia do mundo e mensageiros do Aiyé. Akèdjè já fora um deles, preparados desde crianças para servirem de ponte entre os mundos. Entre os vivos e os mortos, entre os humanos e os deuses.

A simples lembrança dos deuses fez com que Akèdjè perdesse a concentração e se dispersasse por um breve momento. Aqueles deuses, adorados e convocados pelos vivos, fizeram com que ele e seu povo fosse capturado. Permitiram que ele, Akèdjè, que sempre servira com lealdade aos desígnios e caprichos dos orixás, fosse levado de sua terra para ser humilhado e escravizado pelo homem branco, a tantas luas de casa.

O ódio que o dispersara o fizera se reunir novamente, mais forte, agora com contornos humanos definidos, os mesmos que tivera em vida. Dirigiu seu espírito para o centro da roda e tentou contatar o mestre de cerimônias, o feiticeiro que mais se destacava com seu brilho em meio aos outros, envolto por todo aquele axé. Tentou então falar em seus ouvidos, pegar em seus braços e lhe dizer a verdade.

Porém, nada adiantou. O babalorixá que presidia a cerimônia continuava a evocar os espíritos dos antepassados, cantava músicas para os orixás, e a voz de Akèdjè não alcançava os seus poderes. Queria gritar, dizer a todos o quanto estavam enganados, que os deuses se importavam apenas com seus próprios caprichos, e atendiam apenas aos pedidos que convinham a seus interesses mesquinhos. Mas era inútil. Akèdjè gritava, mas não era ouvido. Todo o seu conhecimento e força obtidos em vida não funcionavam aqui. Todos eram iguais, no mundo dos mortos. Ou quase.

Antes que a luz cegasse a todos os èguns, veio o barulho. Um pulsar que vibrava e fazia tremeluzir cada espírito, encarnado ou desencarnado, presente na celebração. Uma batida compassada, como se o mundo se tornasse um grande coração, e pulsasse além de seus limites físicos. Então veio a luz, e a presença que parecia tomar todos os limites da capoeira. Irradiações de puro amor se espalhavam pela nuvem cinza e densa, e as vozes dos èguns se calavam, assim como as dos vivos.

Akèdjè observava com seus olhos da alma abertos. Se ainda possuísse um cenho, ele estaria franzido, e as rugas em torno de sua boca abririam valas de tensão. Um orixá, um de seus deuses, começava a tomar forma e se manifestar ali, e apenas Akèdjè não se deixava envolver pela sensação de calma e resignação que dominava os outros naquele momento. Ainda conseguiu ver um rosto, que se virou para ele e sorriu, mas deixou que o ódio o dominasse, piscou e sumiu na escuridão.

Agora seu propósito estava claro: não admitiria que seus deuses, falsos e mesquinhos, tivessem alguma influência naquela terra. Destruiria a crença em cada coração, mesmo dos que a traziam de herança de seus antepassados africanos. A depender de Akèdjè, aquela história acabava ali, nele. Para isso, precisaria ser forte a ponto de conseguir se comunicar com os vivos. De conseguir convencê-los da grande farsa. De conseguir destruir os deuses que o abandonaram.

[HOJE] "Estou na praça do Mutuá, não posso ir até aí. Você vem? Ramiro".

No meio do caminho, na Rodovia Niterói-Manilha, Ramiro percebera a loucura que estava fazendo. Em tantos anos na polícia, nunca se expusera a uma emboscada. Vira amigos morrerem das formas mais estúpidas possíveis, por pura displicência. Não seria agora — principalmente agora, que sua mãe precisava tanto dele novamente — que se colocaria em risco. "E por causa de uma mulher!", pensou, imediatamente sentindo o cheiro de pimenta doce que emanava dos cabelos de Vanessa.

Não queria que ela ficasse chateada com ele, tentava se convencer de que ela era fundamental para a investigação, apenas isso, mas já começava a se contentar com a verdade: gostava dela. Gostava do seu cheiro, de sua risada, da forma despreocupada e leve com que ela lidava com a vida. Queria estar com ela outra vez, vê-la, ouvir seu riso. Mas não podia dar as caras naquele lugar novamente, e, mesmo se sua consciência do perigo tivesse tirado férias, não sabia onde era exatamente a casa de Vanessa.

Decidiu então que a esperaria no meio do caminho. O bairro do Mutuá ficava a uns 15 minutos (de ônibus) de onde Vanessa morava, e era um lugar neutro. Tranquilo, como as praças do interior, com seus pipoqueiros e crianças jogando bola. Era o local perfeito, em sua visão, para um encontro.

Demorou dois guaravitas e um saco de pipocas até que o telefone apitasse denunciando a resposta da mensagem. "vc é maluco, me espera aí".

Ramiro ficou dando voltas na praça, displicentemente. Se bebesse, poderia ter esperado em um bar insuspeitamente, mas nunca se permitira a tais excessos do mundo ("o crente tem que dar exemplo", dizia a sua mãe), então caminhava devagar, a tudo observando. Viu a Igreja Católica que ficava na praça ("Idolatria e cristianismo superficial, os católicos pensam que Deus mora em uma edificação construída pelas mãos do homem"), a Escola Estadual Ismael Branco, com seus muros e grades que a assemelhavam a uma prisão, e o velho prédio que lembrava um armazém e que fora, de acordo com o pipoqueiro, um cinema. "São Gonçalo já teve onze cinemas! Um aqui, um na Venda da Cruz, um no Porto Novo, um na Zé Garoto, o Cinema Floresta, em Santa Catarina...", e a lista era grande.

Ramiro viu Vanessa descer do ônibus quando estava passando perto da pista de skate, onde dois adolescentes ralavam seus cotovelos e joelhos por vontade própria. Ela vestia uma calça jeans, camisa de malha e tênis de corrida; cabelos presos por um rabo de cavalo, e nenhuma maquiagem. Estava linda.

— Oi, Vanessa. Desculpa, mas é perigoso eu ir à sua comunidade depois do que aconteceu...

— Ainda bem que você não foi. O bicho tá pegando lá dentro.

— Que bom que você veio. Eu estava preocupado que você não quisesse mais me ver e achasse que eu estava mentindo sobre o lance de ser casado, por isso não podia sair de casa, então peguei o carro e vim pelo menos até aqui, e...

— Ah, cala a boca, Preto, e me dá um beijo, vai? — Vanessa se adiantou para Ramiro e eles trocaram um beijo que deixou os dois sem fôlego. Quando finalmente soltaram as bocas, começaram a rir.

— E sua mãe, como está? — perguntou Vanessa, assim que conseguiu recuperar a respiração normal.

— Um pouco triste... Na verdade, estamos, né?

— O que ela tem?

— Minha mãe teve câncer, teve que retirar um seio... Então, agora, qualquer coisinha a gente fica preocupado.

— Meu Deus... Coitada...

— É... Mas ela está até levando bem.

— É o que você acha, né?

— Provavelmente sim... Mas minha mãe é uma mulher forte, se prende na fé, e em nome de Jesus vai se curar.
— Ramiro... Você se importa que eu peça por ela lá no centro?

Ramiro se viu em uma encruzilhada. Da metáfora estabelecida, lembrou-se do sonho com Exu. Seria pecado permitir que outra pessoa pedisse a seus deuses pela saúde de sua mãe? E se você mesmo considerasse esses deuses como diabos, e todo o culto a eles como uma artimanha do Satanás?

Tudo bem, e se sua mãe ficasse curada? Quais os limites reais da devoção? Ele não poderia impedir Vanessa de pedir, poderia? Vanessa era uma pessoa boa, sua tia também... Será que Deus escutaria suas súplicas, mesmo se direcionadas a um dos disfarces do Inimigo? Lembrou-se das palavras do Preto Velho para si, quando em sonho lhe dissera que só havia um Deus. "Você sabe que não, garoto". Sabia mesmo? Afinal, o que sabia?

— Ramiro? Tá pensando na morte da bezerra, meu filho?
— Não, não... E pode, pode pedir sim. Eu agradeço.
-Tá bom então.

Ramiro ficou em silêncio por um momento, e tomou coragem de perguntar.

— Vanessa, deixa eu te perguntar uma coisa... Como é que funciona a sua religião?
— Como assim?
— Você me disse que ia pedir por minha mãe no centro... Como é isso? Você vai orar, vai pedir para alguém, vai ter que matar algum bicho...?
— Não, nada de matar bicho. — e riu. — Eu posso pedir a algum guia para que ajude a clarear os caminhos espirituais de sua mãe... Ou fazer algum trabalho para algum orixá, depende.
— De quê?
— De que centro eu for. Eu sou da Umbanda, onde cultuamos os guias. Mas gosto de ir também no Candomblé e no

Omoloko. No Candomblé, o culto é dedicado aos orixás. O Omoloko é meio que uma mistura dos dois.
— E Deus?
— Continua no mesmo lugar de sempre, ué.
— Mas esses orixás e guias...
— Orixás não são deuses. São representações da divindade. Deus é um só, criador. No Candomblé, ele é Olorun, criador do céu e da Terra, cultuado também na Umbanda, às vezes com o nome de Zambi. Outros nomes são citados e têm suas significações: Olodumaré, Olofin... Mas o nome não importa, Deus é um só.
— Mas por que tantos nomes?
— Eles vêm de várias nações africanas... Na verdade, as religiões africanas no Brasil são meio que uma mistura dos cultos dos escravizados que vinham para cá. Minha tia foi à Angola uma vez e falou que o culto lá é muito diferente.
— E o que é Macumba?
— Depende de quem fala. Macumba é uma árvore da África, de onde se tirava a madeira para fazer um instrumento que era tocado nas cerimônias, que também era chamado de macumba. Parece um agogô, só que é de madeira... Eu tenho um lá no centro, depois te mostro. Nós, que praticamos a religião, até usamos o nome "macumba" pra falar das sessões, carinhosamente, tipo "ah, hoje tem macumba", ou "vai rolar uma macumba boa sexta-feira lá no Galo Branco..." Quem é de fora geralmente chama toda manifestação religiosa ligada à África de macumba, quase sempre com preconceito. "Ih, fulano é macumbeiro, cuidado!"

Ramiro riu, porque ele já ouvira isso algumas vezes.
— Eu sou macumbeira, hein, menino! — Vanessa provocou, cutucando o abdômen de Ramiro, que riu e, quando se recuperou, voltou a falar sério.
— Mas e o culto ao diabo?
— Não existe isso de diabo, Preto.
— E os exus e pombagiras?

— São outra coisa. No Candomblé, Exu é um orixá, mensageiro de Oxalá, criador do mundo.
— Mas não é o tal do Olodum que criou o mundo? — interviu Ramiro.
— Não, Olodum era aquele grupo de axé. — e riu da piada, mesmo não sabendo se ele entenderia. — Olorun é o Criador de tudo e deu a Oxalá a missão de criar a Terra. Oxalá é considerado o orixá maior, digamos assim, porque foi o primeiro a ser criado por Olorun, tipo irmão mais velho. O Exu orixá, cultuado no Candomblé, é o mensageiro, ele ficava na encruzilhada recebendo as ofertas para Oxalá. Por conviver diretamente com os humanos, acaba pegando algumas de suas manias e se tornando mais mundano. Na Umbanda, exus e pombagiras são linhas de guias.
— Como assim "linhas de guia"?
— Os guias são espíritos desencarnados que retornam para cumprir missões aqui na Terra. Dependendo do nível de iluminação e evolução, eles se agrupam em uma linha diferente: exu, pombagira, preto velho, caboclo...
— Pombagiras não são os exus femininos?
— São e não são. Eles representam coisas diferentes, mas não o diabo. Assim como o orixá de mesmo nome, adquiriram hábitos mundanos através da convivência com os seres humanos. Bebem, fumam, falam palavrão... Falavam, isso agora está mudando um pouco.
— E isso é coisa de Deus? Fumar, beber, falar palavrão, mulheres com seios nus no meio do culto...
— Epa! Que história é essa? Tem ninguém pagando peitinho no centro não! — Vanessa achava graça do espanto de Ramiro. Aqueles ritos e comportamentos eram tão normais para ela e para ele eram um mundo totalmente novo. Às vezes ela mesma se tocava de que nunca havia pensado nessas explicações que estava dando, aquilo era a sua vida, desde pequena. — Não, são coisas da Terra, e esses espíritos não são deuses, estão apegados à Terra. Por

isso ainda precisam fumar, beber... Levaram para o mundo espiritual seus vícios adquiridos aqui.

— Isso é muito confuso. Você, explicando assim, faz tudo parecer inofensivo, até bonito. Mas eu já ouvi histórias...

— Na tua igreja?

— Não, não só lá. Jornais, revistas... Histórias de cultos satânicos, assassinato de crianças, incorporações demoníacas...

— Então você me avisa onde é isso, para eu passar longe. Tem nada disso na religião que eu frequento e prego não.

— Então ninguém vai ao centro pedir mal para outro?

— Até vai, e tem até centro que faz. Mas não é o certo, Preto. Nos centros em que frequento, se a pessoa for pedir ruindade vai passar vergonha. Tudo o que você pede volta para você, se você pedir o mal, vai receber o mal. Isso eu aprendi desde pequenininha.

— Ué, mas tem centro que faz?

— Sim, assim como tem igreja que rouba, padre que faz coisa feia com criancinha... A culpa não é da religião, é do filho da puta que vai para lá com maldade na cabeça.

Ramiro não percebeu, mas deve ter feito uma careta ao ouvir o palavrão, que fez Vanessa murmurar "desculpa".

— Religião é coisa do homem, Deus não criou religião nenhuma, Ramiro. Se tivesse, não existia tanta religião diferente. Mesmo na igreja que você vai, os fundamentos são os mesmos, mas tem tanta igreja de crente por aí... Assim acontece também na macumba — e riu do uso do termo. — Muitas correntes diferentes, origens diferentes, lugares... Sabia que em Pernambuco os cultos afro são chamados de Xangô, que é um nome de um orixá? Louco isso, mas é do homem.

— E os orixás?

— Ai, Ramiro, você me fez sair de casa a essa hora para ficar te dando aula de macumba, é? Se eu soubesse tinha trazido a Tia Inês, que sabe muito mais do que eu. Daí vocês ficavam aí conversando a noite inteira. — Vanessa fez um muxoxo.

— Não, desculpa... Chamei porque queria te ver. É que eu tenho curiosidade sobre o assunto, sempre vi isso tudo de outra forma, por outro lado. Sempre achei que fosse uma coisa ruim, fui ensinado que tudo era culto ao demônio... Então conheci vocês, vocês são pessoas boas, você e sua tia.
— Você ainda não viu nada, o quanto eu sou boa... — e sorriu lascivamente. — Vamos sair daqui, Preto?
— Para onde?
— Ah, sei lá... Para algum lugar mais tranquilo...
— Mas tá tarde. Você não trabalha amanhã?
— Aff, você é bobo mesmo. Deixa para lá. Me dá outro beijo então. — e se adiantou, com seu cheiro de pimenta e seu beijo molhado. Depois de alguns minutos se beijando, se abraçando, se tocando, Ramiro entendeu o que ela queria dizer, mas era tarde demais para voltar ao tópico.

Ficaram mais um tempo na praça, namorando, então ele esperou com ela no ponto até que viesse seu ônibus e voltou para casa.

[ONTEM] Akèdjè observava e começava a entender melhor o mundo e sua condição de èpade ègun. As linhas de axé, a energia vital do universo, agora se descortinavam para ele como fios no reverso de um tear. Ele as via fluírem naturalmente e aprendia aos poucos que os seres possuíam maior ou menor influência em seu movimento. Alguns conseguiam armazenar o axé, cheios de vitalidade; outros conseguiam transmiti-lo com maior intensidade. Vira curandeiros, médicos e enfermeiros curando pessoas através de simples toque; vira humanos que conseguiam, de alguma forma, absorver o axé de outras pessoas, tornando-as débeis e fortalecendo seu espírito com a energia alheia. Observara homens e mulheres próximos de seu desencarnar, emanando fraca luminosidade com o esgotamento do axé em seus corpos físicos, para depois se transformarem em outro tipo de energia. Alguns èguns ficavam a vagar pelo Orun, como ele, outros fluíam para a calunga grande, além do mar. Nos locais determinados onde os humanos depositavam seus mortos, essa força era muito presente, mas de baixa vibração. A calunga pequena — os cemitérios, como eles chamavam — trazia èguns presos à matéria, por motivos diversos: ódio, vingança, luxúria... Esses espíritos não se conformavam com a sua transformação no ciclo do mundo e queriam voltar para quitar seus débitos e cobrar dividendos de ações passadas. Alguns vivos se aproveitavam dessa vibração, realizavam cerimônias para canalizarem este axé aprisionado e vicioso e fazer o mal a seus inimigos.

Mas nem todos os vivos que dedilhavam as linhas de axé queriam o mal. Akèdjè assistiu a várias celebrações onde o axé era potencializado para o bem. Essas reuniões começavam a tomar forma e conteúdo de religião. Muitos irmãos de África — como ele — tinham vindo para esta terra e trazido suas crenças e rituais. A religião que começava a nascer tinha elementos variados, herdados dos antepassados vindos dos mais diferentes rincões da Terra-Mãe. A influência da religiosidade dos habitantes iniciais deste continente também se fazia presente, e mais de uma vez Akèdjè topou com espíritos desencarnados de indígenas. Os babas aqui eram chamados pajés e manipulavam as energias da natureza com tanta maestria quanto seus irmãos negros.

Akèdje observava e aprendia. Sem sucesso, tentou interromper alguns rituais. Seu espírito ainda era fraco, não conseguia se comunicar com os feiticeiros que presidiam as cerimônias e era sempre varrido por manifestações mais poderosas, conjuradas pela audiência em transe. Com o tempo, entendeu que devia aprender a manipular também as linhas de axé e armazenar essa energia para que seu corpo espiritual fosse forte o suficiente para se comunicar com os encarnados e contar-lhes a verdade. Então descobriu que aqui também se começava a depositar os ebós, ou oferendas.

Era prática comum, em África, deixar oferendas para os seres espirituais, como se eles pudessem comer ou beber. Tal hábito se manteve, e aqueles que traziam em si as crenças antigas depositavam, em pratos de barro, comidas preparadas de acordo com a orientação de seus babas. A religião nova ainda não possuía sistematização ou orientação definida, mas vários de seus aspectos já estavam manifestados, e a oferenda aos espíritos era comum.

Èguns não podiam beber ou comer, mas quando um encarnado fazia uma oferenda, ele carregava esses alimentos com seu próprio axé (Akèdjè pôde ver mais de uma vez esses preparativos), potencializando a energia dos alimentos com sua própria fé e angústia de viver. E os èguns podiam receber esse mana, fortalecendo-se e mantendo-se vivos na eternidade.

O movimento das linhas de axé era mais forte em determinados horários e dias, obedecendo a regras naturais de expansão e retração. Esses momentos já eram percebidos, e neles os encarnados eram orientados a deitar suas oferendas aos deuses e antepassados. Nesses momentos, o clamor e os pedidos eram mais fortes e atraíam também os èguns.

A maior parte das oferendas ainda seguiam a necessidade humana de estar em contato com os antepassados e era depositada nas calungas menores. Os que tinham maior conhecimento — ou compreensão — já se dirigiam a vórtices de axé mais elevados, onde as linhas do mundo se cruzavam e se fortaleciam: cachoeiras, encruzilhadas e a calunga grande, o mar. Porém, a maioria, ainda presa à ancestralidade, escolhia os cemitérios para vetorizar e canalizar o axé que enviavam ao outro mundo.

Akèdjè se sentia atraído pelo fluxo do axé e, depois de suas tentativas de comunicação com o mundo dos vivos, preferia vagar longe das aglomerações humanas e aprender com o mundo natural. Em uma escala diferente, via e aprendia o movimento das linhas mesmo nos animais e plantas. Lentamente, começava a influir nesse axé, retirando mana de algumas plantas e devolvendo à natureza.

Em um certo momento, enquanto estava na mata, Akèdjè presenciou um ebó à beira da cachoeira. Um grupo pequeno de irmãos africanos depositava suas oferendas à beira d´água, entoando cantos para a mãe da água doce. Grãos nativos d´África, ovos e adereços eram colocados à beira da cascata, enquanto três irmãs, vestidas de dourado, rodavam ao som dos cânticos. Akèdjè viu quando o tecido da realidade percebida pelos encarnados se esgarçou e fluiu para a sacerdotisa mais velha. A dança potencializou a emanação e concentração daquele axé e, enquanto ela rodava, a presença ficava mais forte. O ódio do èguntambém aumentou, mas ele ficara de longe, esforçando-se para não fugir ou se dispersar, até que uma lágrima rolou no rosto da irmã mais velha, que olhou para onde ele estava, mesmo à distância. Akèdjè se embrenhou na mata e não viu mais nada da celebração.

Quando voltou, apenas os rastros estavam lá, sinais de que houvera um agrupamento à beira do regato. Era noite alta, e a lua, com seu círculo quase preenchido de luz, banhava de prata as águas da cachoeira, as moringas e os alguidares, pratos de barro onde as comidas eram depositadas. Akèdje chegou mais perto e viu a luminosidade emanada pelas oferendas, diferente da prata da lua. Era o axé, concentrado nas ofertas pelos sacerdotes e participantes do encontro que se dera ali, mais cedo.

O africano estendeu a mão de seu corpo invisível e sentiu uma pequena vibração, tal como uma comichão se ainda tivesse o corpo físico. No contato, uma linha tênue de axé fluía para si, da oferenda, como um filete de água morro abaixo. Concentrou-se, da maneira que aprendera a fazer com as plantas, e o fluxo aumentou, transformando aquela fina corrente em jorro contínuo, até o esgotamento. Akèdjè se sentiu mais forte, mais coeso, mais lúcido. Olhou para a sua mão e por um breve momento não viu através: viu o correr das veias, os finos pelos do dorso, como se o axé contido nas oferendas o tivesse tornado mais forte. Olhou para o alguidar, que deixara de emanar qualquer luminosidade e percebera que ele, Akèdjè, havia transferido a energia para si.

Naquele momento, um felino selvagem rondava por perto, atraído pelo aroma das comidas preparadas para o despacho. De repente, ele levantou a cabeça e olhou diretamente para Akèdjè, reconhecendo a sua presença com um longo e angustiante miado selvagem, seguido de um sibilo de medo e uma fuga veloz pela própria preservação. Foi então que o ègun, que um dia havia sido um dos maiores sacerdotes de seu povo, percebeu como adquirir o poder de que necessitava para realizar a missão que o prendia ao Ayié.

[HOJE] O sonho ainda estava fresco na memória de Ramiro quando ele se sentou à beira da cama e desligou o rádio relógio. O cheiro de mato, o frescor das águas da cascata, a maviosa voz da bela negra de cabelos pretos emaranhados, sentada nas pedras com voz amorosa e ombros nus.

— Se você estivesse ao meu alcance, menino bonito, não me escapava. — dizia ela, desembaraçando os longos cabelos e tirando as folhas secas de seus cachos. — Toda essa força contida merecia uma mulher melhor, mais bonita... Uma de minhas filhas já seria suficiente. Mas você precisa mesmo é de uma filha da outra, impetuosa. Você não é muito de tomar iniciativa, e eu gosto de ser cortejada...

A luz do sol entrava entre as ramagens e refletia em seus balangandãs de ouro e em sua coroa, de onde desciam contas também douradas, cobrindo seu rosto, revelando apenas seus lábios carnudos quando falava e sorria.

— Quem é você?

— Sou aquela por quem você sonha desde menino. Sou a personificação do amor e da beleza, da ambição e da redenção. A mulher entre as mulheres, a esposa amorosa e a mãe gentil. Meu nome... — fez uma pausa, mordendo o lábio inferior como se fosse uma menina envergonhada — ... é Oxum.

— Você é um orixá...

— Sou um deles. A mais bela, mas isso você mesmo pode perceber. — Oxum se olhava em um espelho e ajeitava os cabelos.

— Por que vocês me procuram? — de alguma maneira, Ramiro sabia que aquilo não era um sonho e era um sonho, ao mesmo tempo. Conseguia pensar com clareza e buscar referências anteriores da vida real. — Primeiro foi o Preto Velho... Depois Exu, e agora...

— É Mojubá! É, ele abre os caminhos e faz erro virar acerto... Que bom que você já percebeu alguma coisa, mas falta ainda muito entendimento. Você é muito importante, menino.

— Eu já ouvi essa história, há muito tempo...

— ... o Preto Velho te disse, não foi? Ah, adorei as almas! Então... Cada um de nós tem por objetivo instruir o Seu Moço aí, para que você cumpra uma outra missão, bem maior que a nossa.

Oxum intercalava sua fala macia e sedutora com gestos vaidosos, quase fúteis.

— E que missão é essa, senhora?

— Não sou eu quem vai dizer, bonitão. Apenas vim aqui para conhecer você e ver se você é tão especial como dizem os outros.

— E então? Eu não me acho tão diferente ou especial assim... Nem faço parte da religião de vocês.

— Não é uma questão de religião, apenas. Toda a identidade de um povo está em jogo, e você é tão especial quanto eu sou bonita, querido.

Ramiro parou e olhou para a mata. Não saberia identificar onde estava, parecia uma estância como tantas outras, à beira de um rio pequeno porém feroz, de grande volume de água, ribombando nas pedras da pequena cascata onde Oxum se sentava de pernas juntas, como uma colegial envergonhada.

— O que você vê?

— Um rio.

— E o que esse rio faz, querido?

— Corre...

— Flui. Tudo o que existe flui em alguma direção, como as águas doces deste rio correm em direção ao mar. Essas águas são geradoras de vida e fluxo constante de energia.

— E quem comanda essa energia?

— Todos nós comandamos, Ramiro. Eu sei o que você ia falar, mas não há apenas um deus único, a gerenciar tudo. A criação previu a mecânica do mundo sem intervenção direta do criador. As criaturas fazem parte do todo, e contribuem para o funcionamento harmônico do mecanismo. Quem comanda a energia que flui através desse rio? Eu, a mãe das águas doces. Outros orixás são responsáveis por lugares diversos, físicos ou não, mas a tua força tem papel importante, como a de todas as criaturas. Entre no rio, Ramiro.

— Mas...

— Deixa de ser bobo, menino, não precisa mergulhar. Molhe apenas os pés, aproveite que está descalço.

Pela primeira vez Ramiro teve consciência daquele seu eu no sonho. Olhou e viu seus pés nus na relva. Viu que vestia as roupas de um nobre, carregado de ouro e pratarias. Na cintura, uma bainha de espada, de couro negro, engastada com pedras preciosas.

— Bonito, não? Gosto de você assim, rei... Sua amada também.

— Minha amada? Você está falando de Vanessa?

— Sim, ela é uma boa menina.

— Mas ela não é minha amada... é apenas...

— Ela sempre foi a sua amada. Mas não sou eu quem vai dizer isso, por mais que eu queira. Eu não me meto nos caminhos da outra, e ela não se mete nos meus.

— A outra... Não entendo mais nada...

— Entre no rio, Ramiro.

Ramiro se aproximou por entre as pedras, tomando cuidado para não escorregar na grama molhada sobre barro. Quando chegou à margem, encostou a ponta do pé direito na água.

Foi como se pisasse em um veio aberto de eletricidade, um emaranhado de fios descascados. As águas pinicavam sua pele e de alguma forma pareciam agarrá-lo, lamber seus tornozelos. Ramiro sentiu conectado a uma fonte muito maior de energia, que carregava a sua própria e a bebia de volta, em ciclo voltaico contínuo.

— Mas o que é isso? — perguntou, assustado.

— Axé. O poder ancestral, a força que move as rodas da calha do mundo. Tudo tem axé, majestade, mas nem todos podem vê-lo, sequer senti-lo. Você mesmo não poderá vê-lo depois que sair daqui — e fez um gesto amplo com os braços, deixando Ramiro sem saber se ela falava da mata ou do sonho. — Mas começará a perceber o seu movimento.

O inspetor olhou para baixo, e pode perceber uma fraca luminescência nas águas do riacho. Essa claridade estava em tudo à sua volta, mesmo nas pedras. Olhou para Oxum e viu que ela era uma fonte da luz, emitindo para todos os lados.

— O axé está entranhado em toda a criação. Ele só pode ser transmitido através do toque.

— Mas ele não se esgota?

— Nada se esgota na Natureza. Ele é passado de um ser a outro e pode ser potencializado por fontes mais poderosas, ou rituais.

— Então é isso que é feito nas sessões de macumba?

Oxum fez um biquinho de desaprovação e falou como se repreendesse uma criança levada, com carinho.

— Você ainda diz "macumba" com o olhar dos brancos, meu amor. Está na hora de perder esse medo.

— Desculpa. — disse Ramiro, com sinceridade. — Mas então, os rituais africanos servem para potencializar o axé? Como assim?

— Servem também para isso. A energia pode ser concentrada e multiplicada, através de vários processos. A oração de tua igreja faz isso. As músicas, a dança... você já viu sua amada dançando, Ramiro?

— Não... — respondeu, sem perceber que concordava em Vanessa ser "sua amada".

— Seus volteios e gestos ajudam a tornar mais poderoso o seu axé. Se você pudesse vê-la a rodar com a pombagira, os arcos e redemoinhos de energia que se criam à sua volta... É um axé poderoso. Os gestos dos sacerdotes representando os orixás, suas palavras em língua nativa... Tudo isso serve para purificar e potencializar a energia, que é devolvida pelos babas a seu povo.

Ramiro continuava hipnotizado pelas águas do rio. Sentia agora a energia em todo o seu corpo, como uma bateria carregada. Uma fina camada de luz se erguia de sua pele com a altura de um dedo e, na ponta de seus dedos, ela se esvaía como uma fina fumaça esbranquiçada de um cigarro.

— Agora você tem o conhecimento, minha missão aqui terminou.

— Eu serei visitado novamente por outros orixás? Quem será o próximo?

— Deixa de ser curioso, menino. Pense sobre tudo que você presenciou aqui e prepare-se, tempos difíceis estão a caminho.

— E como eu me prepararei, sem saber quais são as dificuldades a encontrar?

— Aprendendo a ser humilde e a pedir ajuda. Um beijo, querido. A gente ainda vai se encontrar.

Sentado à beira da cama, Ramiro tentava trazer de volta cada momento, cada sensação vivida naquele sonho. Ainda conseguia sentir um leve formigamento em sua pele, como se tivesse tomado um pequeno choque ou subitamente o tempo virasse. No banho, as sensações eram novas e estranhas. Ele tentava ver novamente a luminosidade na água que corria do chuveiro para seu corpo e não conseguia, porém o contato da água com sua pele o fazia relembrar do axé, e o banho pareceu deixá-lo mais desperto, mais... alegre.

Foi até o quarto de sua mãe antes de sair de casa, e viu que ela dormia. "Tempos difíceis estão a caminho" — pensou — "Eu acho que eles já chegaram".

— Vai com Deus, meu filho. — ouviu a mãe sussurrar.

— Amém, mãe. Não volto hoje, estou de plantão.
— Vou orar por você.
— Obrigado, mãe.

— Ué, caiu da cama, irmão?
— Rá rá. Muito engraçado, Ferreira. Você sabe que eu sempre chego cedo para render o plantão.
— E é exatamente por isso que eu gosto de que você me renda. Saio daqui e ainda dá tempo de tomar café em casa com Dona Maria antes de ela sair pro trabalho.
— E como vão as suas crianças, Ferreira?
— O moleque tá foda, só faz merda. Desculpa. A menina está bem, namorando com aquele zerruela da faculdade. Você não pensa em fazer uma família não, irmão?
— Na hora certa Deus vai colocar uma mulher direita no meu caminho.
— O foda é se ele já colocou e você não percebeu.
— Mudando de assunto, como foi o plantão? — Ramiro tentou esconder o seu desconforto, mais com a constatação do que com o palavrão. Ferreira falara por falar, não imaginando o quanto suas palavras faziam sentido.
— Bem tranquilo, só teve uma incursão lá na Fazenda dos Mineiros, os PM estouraram a boca de lá e deixaram uns três caídos, inclusive uma mulher.
— Boca na Fazenda?
— É, pô, lá perto do ponto final. Você acredita que o pai de santo estava de colência com o tráfico e guardava as peças dentro do Centro? Ele é um dos presos.
— Pai Zenão?
— Ué, você conhece pai de santo, irmão? Pensei que teu negócio era pastor...
— Quem está lá?
— Ah, o Daniel ficou com uma viatura, esperando o pessoal da perícia, e duas D-20 dos militares para dar

[122]

cobertura. Eu voltei para te passar o serviço, mas acho que nem tem mais nada lá.

— O Megane tá do lado de fora?

— Tá sim, é aquele com o ar condicionado quebrado. Vai pra lá?

— Sim, agora — disse, pegando as chaves da viatura no claviculário e se dirigindo à porta.

— Posso ir embora, né? Porra, Ramiro!

Ainda ouviu Ferreira gritar de dentro da delegacia, mas nem se deu o trabalho de voltar para responder. Mal entrou no carro e pegou o celular. "Sua chamada está sendo direcionada para a caixa postal e estará sujeita à cobrança após o sinal".

— Droga, atende, Vanessa!

Quando chegou na saída da estrada que dava para o Portão do Rosa, bairro por onde teria de passar para chegar ao local da ocorrência, achou melhor fechar as janelas do carro. Era cedo demais para fazer calor, mas Ramiro suava quando o Megane da Polícia Civil entrou nas estradas de terra. Vanessa não atendia o telefone, e as palavras do Inspetor Ferreira ainda ecoavam em sua cabeça: "e deixaram uns três caídos, inclusive uma mulher".

Mal tirou a chave da ignição e já abria a porta. Viu os dois defuntos na calçada, cobertos por lençóis, a esperar pela perícia, temendo que um deles fosse Vanessa.

— O que aconteceu, Daniel?

Daniel roía as unhas e fumava um cigarro atrás do outro. Policiais experientes ficavam atentos em situações semelhantes, sabendo que a qualquer momento os bandidos podiam dar uns tiros para cima das viaturas (que brilhavam como árvores de Natal com suas sirenes) só de raiva, para assustar. A garotada nova na corporação ficava era nervosa mesmo.

— Os PM vieram dar uma incerta na boca e foram recebidos a tiros. Revidaram, mataram um vapor, um soldado e a mulher que estava com a carga.

— Algum paisano? — era como se referiam àqueles que não estavam envolvidos na guerra do tráfico.

— Não, a mulher correu para dentro do centro de macumba e morreu lá dentro. Daí os PM decidiram dar uma olhada no local e acharam um mocó cheio de arma e pinos de pó.

— Quem foi preso?

— O dono do terreiro, um tal de Zenão.

— E o Ditinho?

— O chefe? Não, esse moleque é esperto, vai ser difícil botar as mãos nele.

— Obrigado, Daniel. E pare de fumar, isso faz mal.

— Sim senhor, inspetor. — disse o rapaz, jogando o cigarro fora pela metade. Se tivesse mais seis meses de polícia teria dado uma resposta, agora era só "sim, senhor".

Ramiro foi em direção ao centro, temendo pelo pior. Esperava que a presença dos dois carros da PM intimidassem os bandidos e ninguém o visse ali, mas sabia que era quase impossível. Vira alguns garotos correndo e se escondendo e algumas cabecinhas por detrás de muros ainda no tijolo. "Esses moleques se vendem ao tráfico por miséria", pensou, "mal sabem que são apenas bucha de canhão, bandido não tem coração e não hesita por um instante em jogar na linha de tiro meninos de dez, onze anos".

Ao chegar, foi direto ao saco preto, que pairava sobre uma poça de sangue. Abaixou, e quando levantou a ponta do saco o telefone tocou.

Vanessa.

— Ooooooooooi, Preto... Bom dia...

— Vanessa, onde você está?

— Em casa, acabei de acordar e vi o celular... Mas tá muito ceeeeedo... — ronronou, se espreguiçando.

— Onde é sua casa? Estou aqui no Centro do Pai Zenão...

— Vixe, menino. Sai daí agora! Se o Ditinho te vê aí...

— É isso que pretendo. Onde é sua casa?

Vanessa e sua tia moravam na rua de trás. Tecnicamente, todo o terreno era dentro do centro, que se instalara ali nos anos 50, fugindo do preconceito religioso que as seitas africanas já sofriam àquela época. Ao chegar, Ramiro se deparou com uma Vanessa descabelada, mal amanhecida, mas com um sorriso radiante no rosto.

— A que devo a honra...?
— Vambora, Nessa. Vocês vão ter que sair daqui.
— Ai, menino, que coisa... Você me aparece do nada, cheio de urgências... Nem tomei café.
— Você não ouviu nada na noite de ontem não?
— Eu não... Fui dormir sonhando com o meu pretinho — e foi se chegando para perto de Ramiro, os seios libertos sob a camisa de malha, a calça de moletom quente ainda da cama e das pernas de Vanessa.
— Não, é sério. — Ramiro a segurou pelos braços, mesmo querendo parar com a preocupação e se deixar levar por aquele abraço.
— Ah, Ramiro... Tiro comeu, mas tá comendo bala quase todo dia aqui. Eu falei contigo ontem, na praça, o bagulho tá doido aqui pra dentro.
— Então, a polícia invadiu aqui, uma mulher correu pra dentro do centro...
— Taninha.
— ... e morreu lá dentro mesmo. Descobriram então que o Pai Zenão escondia drogas no centro...
— Eu sabia! Filho da puta! Desculpa.
— ... e agora vocês têm que sair daqui.
— Sair pra onde, Preto?
— Sei lá, prenderam o Zenão, mas o Ditinho fugiu. Daí para eles ligarem a minha presença aqui com essa batida é um pulo, e vão chegar até você.

Vanessa fez uma cara de quem havia achado alguma coisa perdida.

— Mas, Ramiro... Na boa, de coração...

— Não, não tive nada a ver com isso. Estou trabalhando em outro caso, sou da Homicídios, não tenho nada com droga.

— Desculpa... É que, você sabe, né... — Vanessa parecia constrangida em perguntar, mas não podia deixar de fazê-lo.

— Não, Nessa. Confie em mim. Mas agora a gente tem que sair daqui.

— Mas sair pra onde?

— Você não tem uma amiga que possa te oferecer um lugar pra ficar por um tempo?

— Tenho sim, isso não é problema... E minha tia?

— Onde ela está?

— Tia Inês trabalha de diarista, cada dia está em um lugar... Hoje ela está passando roupa lá no Fonseca, na casa de um sargento da Marinha...

Foi então que Ramiro teve uma ideia.

— Sua tia não tem carteira assinada?

— Nada... Só bico mesmo.

— Então... Liga pra ela, manda recado... Eu vou te dar meu endereço, ela pode ficar lá em casa, e a gente mata dois coelhos com uma cajadada só... Por que você está rindo?

— Desculpa, mas eu só tinha visto essa história de "dois coelhos com uma cajadada" em filme ou desenho, nunca vi ninguém de verdade falando isso.

— Tá, tá bom. — Ramiro riu. Era difícil pra ele não rir da naturalidade de Vanessa. — A minha mãe está doente, e eu vou precisar de alguém para ajudá-la em casa. Eu contrato a sua tia, e ela pode dormir lá em casa, pelo menos enquanto essa história não se resolver. Você acha que ela aceitaria?

— Claro, tem um tempo que ela está procurando um lugar que assinasse a carteira dela. Você vai fazer isso, não vai?

— Claro, tudo dentro da lei.

— Pfff, boba eu. Claro, né? "Tudo dentro da lei" — falou imitando o tom sério de Ramiro e sorriu. — E você não vai matar só dois coelhos, mas pelo menos uns quatro aí, com um cazadada... cajazada... como é mesmo?

— Cajadada.
— E o que é isso?
— Vai, Nessa, vai se arrumar que eu te dou uma carona pra sair daqui.

[ONTEM] Akèdjè viu os rituais de seus antepassados se misturarem a outros naquela terra estranha, compartilhados naquele espaço de miséria e sofrimento contínuo onde todos os seus eram confinados. Velhos e moços, homens e mulheres, todos eram submetidos ao convívio forçado em um depósito humano sem janelas chamado senzala. Ali, reis, sacerdotes, caçadores, guerreiros e agricultores, de nações diferentes — algumas inimigas históricas e ainda em guerra — se viam obrigados a se igualarem (não sem resistência) e acabarem compartilhando o seu parco alimento, suas línguas e seus ritos.

O èɡun conhecia algumas dessas crenças; sabia que alguns povos de África (não conhecia esse nome, aprendera ouvindo os brancos, nunca precisaram dar um nome específico à terra onde viviam desde o início dos tempos) cultuavam apenas seus antepassados (èguns, como ele próprio o era agora). Outros firmavam sua fé nos orixás, entidades que representavam as próprias forças da natureza, personificadas através de reis e rainhas. Os orixás eram tão numerosos como os povos que os cultuavam, e ali se encontravam sob devoções diferentes e eram apresentados e incorporados a uma só voz, mesmo que plural. Akèdjè conhecia alguns dos orixás ali clamados, cujos poderes e histórias ultrapassaram fronteiras. Reconhecia outros, de nome ou modo, e ignorava a maioria. Eram muitos, o povo de África agora cativo em terra estranha.

Akèdjè viu toda essa mistura tomar a forma de cerimônias ritualísticas, realizadas no terreno contíguo à senzala, chamado de terreiro. Presenciou a migração dos calundus para casas de alvenaria, à medida que o flagelo da escravidão ia perdendo sua força, e seus irmãos africanos começavam a se misturar com os brancos. Observava todas aquelas crenças diferentes começarem uma sistematização e uma tentativa de unidade em seus ritos. Via, enfim, renascerem as religiões africanas neste solo. E sentia ódio.

Aqueles mesmos orixás que o haviam abandonado agora eram cultuados e adorados naqueles rituais, como haviam sido outrora. Mais e mais pessoas frequentavam os cultos, emprestando a eles a sua força e seu axé. Akèdjè queria sentir pena, gritar para as pessoas que estavam adorando deuses covardes e caprichosos, mas o que mantinha sua consciência compactada e presa ainda aqui no Orun era o ódio. Passara uma vida inteira dedicada aos deuses de seus ancestrais — e a seus próprios ancestrais — e, quando mais precisara deles, fora abandonado. Sabia que os deuses necessitam da adoração para existir, a crença e o axé dos que acreditam mantêm a divindade, e começava a traçar seu plano final: o de destruir as antigas crenças. Se dependesse dele, não floresceria sequer uma flor africana neste solo, nesta terra maldita para onde haviam sido trazidos amarrados, subjugados, humilhados. Onde estavam os orixás neste momento? Porque a brava Oyá, rainha das tempestades, não havia mandado seus raios e destruído as naus que conduziam os cativos? Por que a Mãe não havia engolido os navios dos brancos com suas ondas antes que eles cruzassem o oceano e aportassem em terras de África? E o guerreiro Ogum, onde estava enquanto seus filhos eram subjugados por armas impuras?

Mas nenhum daqueles irmãos encarnados sabia disso. Se sabiam, não se importavam, naquele momento de sofrimento, apegavam-se apenas à necessidade de crer em algo maior que os confortasse. Perdidos em terra estranha, as celebrações os ligavam de volta a suas culturas, seus pais e avós. Akèdjè tentara avisá-los, mas fora em vão. Não tinha força para se fazer ouvido. Agora, aprendia a retirar o axé das oferendas deixadas pelos irmãos africanos e se sentia mais forte. Uma ou duas vezes conseguira chamar a atenção de alguém, mas nada significativo. Por mais que gritasse, sua voz espiritual não alcançava a carne, conseguia no máximo desconfortar a pessoa.

Agora, quando não se sentia ameaçado, assistia às celebrações realizadas nos templos improvisados de perto. E aprendia, observando èguns como ele tomarem o corpo de sacerdotes humanos e falarem por suas bocas.

Akèdjè podia sentir a força dos outros èguns. Já conhecia a incorporação desde pequeno, já vira outros espíritos falarem através de poderosos babas, mas nunca tinha visto isso do lado de cá onde se encontrava. Através dos movimentos rituais, da dança, da música e das preces proferidas em língua mãe, o humano tornava-se receptivo ao ègun, que se aproximava e começava a repetir os mesmos gestos. Dançava o humano, dançava o ègun, em perfeita sincronia. Então Akèdjè percebeu, com os olhos que tinha agora, como se dava a incorporação. O espírito que ainda habitava o corpo vivo parecia diminuir enquanto o humano rodava e cantava, o transe fazia sua intensidade ir se apagando lentamente, como uma chama que terminava de consumir seu combustível, e ele quase desaparecia. Ao mesmo tempo, o égun se aproximava e ia preenchendo os espaços, se contraindo e se expandindo nos limites do corpo físico, como se vestisse uma roupa feita sob medida, até que a incorporação se completava. Akèdjè olhava e via os dois espíritos ocupando o mesmo corpo. Um, o habitante, uma tênue luminosidade, encolhida, adormecida, dando passagem ao ègun, agora responsável pelos gestos e fala do sacerdote incorporado. Quanto maior a perícia dos envolvidos, tanto do sacerdote quanto do desencarnado, mais completa era a incorporação. Quando o processo era falho (por imperícia de uma das partes — ou das duas), o resultado era uma pantomima esdrúxula, como se o corpo fosse um boneco de palha, sem controle total de seus gestos e voz, apenas rindo e dizendo frases desconexas. Espíritos fracos que tentavam se impor com violência sobre os humanos, e humanos despreparados que invocavam forças maiores que seu entendimento. Porém, quando a incorporação era completa, mesmo a audiência confundia a visão, com os gestos, expressão e voz do ègun se sobrepondo aos do cavalo (como chamavam o sacerdote que recebia a presença dos espíritos desencarnados).

Àkedjè observava e aprendia. Quando a hora chegasse, ele também incorporaria e diria tudo o que deve ser dito.

Tudo aquilo era falso, os deuses, em seu capricho arrogante, não se importavam nem um pouco com os humanos, apenas queriam a devoção cega e as oferendas, carregadas do axé que os mantinham fortes. Isso tinha que acabar.

[HOJE] — Está uma delícia esse macarrão. — disse Ramiro, sentado à mesa da cozinha, jantando com sua mãe.

— Desculpa, meu filho... eu ia fazer uma carne assada, mas não me senti muito bem hoje...

Ramiro sabia que sua mãe estava piorando. Já passara por isso antes, os remédios começavam a lhe dar enjoo, e ela não conseguia cozinhar, logo uma das coisas de que ela mais gostava. Quase nunca fazia esse tipo de comida, um macarrão simples, com carne moída e molho de tomate; se estivesse bem, teria feito uma macarronada pra ninguém botar defeito, com pedaços de bacon no molho e bastante queijo para gratinar melhor ao forno.

— Que nada, mãe... Eu estava mesmo com vontade de comer um macarrãozinho. — e sorriu, pois sabia que mentia, mas era por um bem maior. — Por falar nisso, mãe... Eu consegui uma pessoa para ajudar a senhora aqui em casa.

Em todos esses anos, a mãe nunca aceitara ninguém em sua casa. Tinha o capricho de executar cada tarefa doméstica com perfeição e ainda ajudava na igreja. Ramiro se lembrava de o quanto sofria quando era criança, com os "acabei de passar pano aí!" e "não quero ver copo na pia, a cozinha está limpa!".

— Ajudar em quê, meu filho?
— Nas tarefas de casa...
— Uma empregada, é isso?
— Não bem uma empregada, mãe, apenas...
— Nem pensar, meu filho. Nem pensar!
— Mãe, você não está bem de saúde... Não dá pra arrumar a casa todo dia, fazer comida... Seria bom ter um auxílio, alguém que pudesse limpar os cantos mais difíceis, e fazer as tarefas mais pesadas... Mãe? — Ramiro olhou para a mãe, e ela estava chorando.

— Ai, meu filho...

— Está sentindo alguma coisa, mãe? — levantou-se prontamente e foi até onde ela estava.

— Apenas meu orgulho ferido. — enxugou a lágrima com as costas da mão e tentou sorrir. — Quem diria que um dia eu precisaria de uma empregada para arrumar minha própria casa?

— Puxa, mãe... É só para a senhora não ficar sobrecarregada.

— Eu sei, meu filho, eu sei... Eu só queria poder dizer não, mas temos que aceitar os desígnios do Senhor em nossas vidas. Eu realmente estou me sentindo muito cansada e sei que só vai piorar, com os próximos remédios...

— Mas é para o seu bem, minha mãe — Ramiro a abraçou e beijou seus cabelos. — Tenho fé no Senhor de que você ficará boa novamente, e aí não precisaremos mais de empregada nenhuma.

— Eu também tenho fé, meu filho... porém a oração que o Senhor nos deixou diz "seja feita a Vossa vontade", e não a nossa. Acho que desta vez a vontade dele não é a mesma que a minha...

— Tá amarrado, mãe! Você ainda vai ficar muito tempo aqui conosco...

— Tá bom, filho, tá bom — desconversou. — E quem é essa pessoa que você vai trazer para me ajudar?

— É uma senhora que conheci... — pensou duas vezes antes de falar. — ... em uma investigação. Uma pessoa muito boa, que está precisando de um emprego onde possa dormir porque sua casa está na linha de tiro do tráfico.

— Qual é o nome dela? Ela tem filhos?

— É Dona Maria Inês, e tem uma sobrinha, que cria como filha, mas já é adulta...

— Está bem, filho. Vamos ver se isso dá certo. Mas na minha cozinha ela não mexe, hein?

— Tá bom, mãe, isso aí você se entende com ela. — e sorriu.

A chegada de D. Maria Inês acabou sendo menos problemática do que Ramiro achava que seria. Ele havia conversado com Vanessa, pedido com muito tato para que ela orientasse a Tia para não falar como se conheceram.

"Nessa, minha mãe é evangélica, como eu..."

"Eu sei, eu sei, não é pra tia falar de religião com ela."

"Espero que você não se importe ou fique chateada."

"Ramiro, durante toda a vida, nós nos acostumamos a não falar sobre o assunto. Nossa religião sempre foi motivo de chacota ou intimidação por parte dos outros, e aprendemos a seguir vivenciando a nossa espiritualidade sem fazer alarde disso. Até porque não temos a missão de converter ninguém, pregamos o respeito mútuo — e seria bom se todos pensassem assim."

"Eu nunca havia pensado dessa forma, pensei que as pessoas tivessem orgulho de sua religião..."

"Por quê? Por que se orgulhar de algo que não conquistamos? Religião é coisa íntima, cada um se liga a Deus de sua forma particular, e os outros não têm nada a ver com isso".

"Então vocês não conversam sobre isso com ninguém?"

"Quase nunca, nem entre nós mesmos. Ninguém quer se expor à zoação à toa. Você ficaria surpreso se soubesse quantas pessoas você conhece que são do Candomblé ou da Umbanda..."

"Por falar nisso, Vanessa... Seria bom que sua tia também não falasse como nós nos conhecemos..."

"Pode deixar, preto. Minha tia não é xis nove." — e sorriu.

Ramiro agora sorria ao se lembrar do sorriso de Vanessa, enquanto acomodava D. Maria Inês no terceiro quarto do apartamento. Era pequeno, mas cabia uma cama de solteiro e um armário, o que seria suficiente para o tempo que D. Maria Inês passaria com eles, enquanto as coisas não se acalmavam no Complexo do Salgueiro, como era chamada a zona de guerra urbana onde ficava o bairro em que as duas moravam.

Não foi preciso muitas mudanças, eles deixavam aquele quarto pronto para quando a tia de Ramiro viesse visitá-los, e a cama e o armário, apesar de velhos, ainda estavam de pé. Na noite anterior, após o jantar, Ramiro tirou apenas as bolsas e os livros que ficavam em cima da cama e pôs as roupas de cama que a mãe guardava no armário na parte de cima do duplex de seu próprio quarto.

Enquanto Ramiro colocava lá as bolsas de D. Maria Inês, sua mãe mostrava o resto da casa.

—... só uso Veja, e uma vez por semana gosto de deixar essa pia no cloro, pra tirar as manchas.

— Ah, é melhor mesmo. Mármore manchado fica sempre com cara de sujo, né?

"Até que elas estão se entendendo bem", pensou Ramiro, "eu estava preocupado à toa."

—... o dia inteiro, na estação evangélica. Você se importa em ouvir música gospel? Qual é a sua religião?

Ramiro engoliu em seco quando ouviu a mãe. Tinha que perguntar isso? No mesmo instante, sentiu-se incomodado ao perceber que sempre agira assim também, julgando as pessoas pela religião que professavam, querendo logo saber qual era para avaliar se a pessoa merecia ou não a sua confiança. Agora percebia o quanto isso era errado. Na religião que sempre considerara "do diabo", conhecera duas pessoas muito boas, e lembrou-se de que vira muitos assassinos que se diziam evangélicos durante a sua vida na polícia.

Gelou em pensar na possibilidade de sua mãe não querer que D. Maria Inês trabalhasse lá por ser da Umbanda, o que atrapalharia todos os seus planos e provavelmente colocaria Vanessa e sua tia em risco.

— Não, sem problemas, Dona. Qualquer forma de louvar a Deus é válida, o mundo está mais do que precisado. — disse

D. Maria Inês, com a maior naturalidade do mundo. — Eu mesma já fui em tudo o que é igreja, mas não sigo nenhuma. Procuro fazer o bem, e não sacanear ninguém.

— Ah, que ótimo. Em breve vou levar você lá na minha igreja, você vai adorar!

— Vamos sim, vamos sim — e a conversa seguiu animada, para alívio de Ramiro. D. Maria Inês era mesmo um amor, poupou todas as explicações sobre religião com uma resposta genérica. Lembrou-se novamente de Vanessa falando para ele: "a gente se acostumou a se esconder, Preto". E percebeu o quanto isso era triste.

[ONTEM] Akèdjè aprendia. Sempre fora paciente em vida — a paciência é uma virtude importante quando se é a pessoa a quem todos procuram e de quem todos esperam sensatez. Agora, que tinha todo o tempo do mundo, era mais fácil esperar. Construía lentamente o momento certo, o ataque perfeito à devoção aos deuses de África. A adoração crescia e estendia seus ramos. O culto aos orixás se unificara e agora tomava corpo e forma de religião, chamada pela maioria de seus adeptos de Candomblé. Dos ensinamentos estrangeiros que aplicavam a comunicação entre o Orun e o Aiyé, uma outra comunidade se formava e atendia aos irmãos desencarnados de vibrações mais baixas. Essa prática se desenhava diretamente do culto aos antepassados, praticado em grande parte da Terra Mãe.

Esses nomes pouco significavam para Akèdjè. Tinha vontade de destruir tudo imediatamente, mas percebia que qualquer tentativa seria inútil, fraco assim como estava. Sabia que teria que se fortalecer nas sombras, sem chamar a atenção das forças maiores, chamadas de orixás. Acreditara um dia que nada pudesse ser feito sem a sua vontade ou aquiescência, mas depois dos horrores passados na captura, no navio negreiro e na escravidão, a onipotência de seus deuses havia sido colocada em dúvida. Por isso não se aproximava muito dos cultos do que chamavam Candomblé. Das poucas vezes em que tentara, o medo de ser descoberto e a percepção da grande força das aparições o haviam afastado — em algumas ocasiões, seu espírito chegara a quase se dissipar, ficando em hibernação por meses, como alguns insetos que conhecera em vida. Nos centros de Umbanda, porém, Akèdjè podia se aproximar e observar os rituais. Aprender. Odiar.

Algumas vezes os èguns presentes tentavam interpelá-lo, mas Akèdjè não precisava de muito para afastá-los. Com o tempo, sua absorção de axé melhorava, e a cada dia se sentia mais forte, mais coeso. Seu adormecer — como reconhecia para si os períodos em suspensão — não era mais apenas um desvanecer, e sim um fechar de olhos, semelhante aos encarnados. Quando despertava, não precisava se concentrar para reunir suas forças em coesão, já estava formado, com a mesma aparência que tivera em vida. Quando abordado, conseguia dispersar a unidade dos èguns mais fracos e afastar os mais fortes. Alguns apenas o ignoravam, como se ousassem medir forças, e Akèdjè ficava por ali, em torno dos rituais, aprendendo o funcionamento das incorporações, a potencialização do axé e a esperança dos tolos encarnados, depositando sua fé em deuses e rituais ingratos e traidores.

    Aguardava pacientemente a hora em que estivesse forte o suficiente para interromper o culto e dizer em voz alta tudo aquilo que guardava em si. Destruir de vez as crenças herdadas de África e se vingar de seus antigos senhores. Essa hora não tardaria a chegar.

[HOJE] A calmaria que se instaurou nas semanas subsequentes deixou Ramiro incomodado. Policial experiente, sabia que era raro as coisas melhorarem, apenas alcançavam lentamente seu ponto de ebulição para ferver quando você se distraísse, sujando todo o fogão. Mas a mãe ficava mais debilitada a cada dia, e ele acabava devotando quase todo o seu tempo à assistência.

— Irmão, pega uma licença e vai cuidar da tua mãe, cara.
— dizia Farias, quando o via chegar mais tarde na delegacia.
— Não, Farias, eu recebo pra trabalhar, não pra ficar em casa.
— A situação está calma, Ramiro. A gente pode ficar um tempo sem você aqui.
— E as mortes nos centros?
— Isso não é um caso ainda, irmão. Não há nada consistente, e a promotoria não aceitaria. O que temos aqui é João batendo em Maria, e Maria capando João, ou então traficante matando traficante. O trivial da Homicídios. Vai pra casa, pensa nisso e segunda a gente vê.

Mas Ramiro relutava. A mãe agora tinha quem a ajudasse, mas ele sabia em seu coração que a doença voltara com tudo. À noite, quando jantavam, Ramiro agradeceu em oração a tudo o que o Senhor lhe proporcionava. Após muita insistência, D. Maria Inês aceitara fazer as refeições com eles à mesa, e a mãe já permitia que fizesse alguns quitutes: uma salada, um purê de abóbora ou mesmo um pudim. Ramiro se sentia feliz, mas pediu a Deus que conservasse um pouco mais a sua mãe entre eles.

— Mas você não acredita em milagres, Preto?
Quase todos os dias via Vanessa. Às vezes almoçavam juntos no Centro de Niterói, ou caminhavam pela praia de Icaraí, apenas para ver o tempo passar juntos. Naquela sexta-feira, Ramiro deixara as duas senhoras assistindo

à novela depois do jantar e se encontrou com a moça em alguma praça. "Esse menino está muito esquisito... Acho que está namorando", ouviu sua mãe dizer para D. Maria Inês enquanto se arrumava. "Certo ele, menino novo, bonito... Quem me dera poder estar namorando também!", disse a tia de Vanessa, e as duas riram baixinho.

— Acredito sim, Nessa. Mas tudo neste mundo tem um tempo, e creio que o tempo de minha mãe já esteja se esgotando.

Ela não falava nada, apenas o abraçava. Vanessa se fazia cada vez mais necessária na vida de Ramiro, era um elemento importante de sua felicidade naquele momento. Quando estava com ela, esquecia-se até mesmo do caso policial que os unira. Como podia duas pessoas tão diferentes se apaixonarem? Ele ainda não falava em amor, achava cedo, mas o bem que sentia era novo, não tinha outro nome para dar.

— Fica assim não, menino, vai dar tudo certo. — e o beijou. — Vamos lá pra casa hoje?

— Já falamos sobre isso, meu anjo... Não é a sua casa...

— Cristiane não vai dormir em casa hoje, está de plantão no hospital... E é minha casa sim, quem disse que não? Tem toalha minha molhada na janela, e escova de dentes no banheiro... — disse Vanessa, em tom de falsa indignação.

Ramiro ainda hesitou um pouco, mas queria estar com ela. Queria sentir seu cheiro de perto, ouvir suas risadas, ver seu corpo mais de perto...

— Tá bom. Mas não posso demorar, ok?

— Por que não pode demorar? Ai ai ai, sua mãe está em boas mãos. Eu mando uma mensagem pra Tia Inês aqui no celular e tudo se resolve.

— Não, não precisa. Já sou bem grandinho pra ter outra mãe pra cuidar de mim, uma me basta.

— Então vamos, grandinho. — Vanessa não conseguia disfarçar sua felicidade.

Na casa de Cristiane, a amiga que fornecera abrigo à Vanessa ("Ela já me acolheu outras vezes, um dia te conto", ela disse), se amaram pela primeira vez. Ramiro não era inexperiente, tivera alguns casos — principalmente na juventude — mas se guardara há tanto tempo que Vanessa conduziu toda a dança. Por horas e horas, se entregaram apaixonadamente e adormeceram exaustos, suados, felizes, com os corpos e corações entrelaçados.

Ramiro se sentiu incomodado com a luminosidade excessiva que atravessava o seu sono e abriu os olhos. Ela estava sentada na beira da cama e exalava uma vibração que fez Ramiro arrepiar. Exuberante, majestosa, forte. Iansã?
— Eu mesma. Boa noite, moço.
— Mas... Isso é um sonho, não é?
— E têm sido apenas sonhos, até aqui? — disse Iansã, levantando-se. Vestia um corpete de couro cru sob uma saia vermelha, e panos, também vermelhos, pareciam flutuar e cobrir seu corpo sem tocá-lo, como que em chamas. Tinha um alfanje curvo e um chifre enfiados em seu cinto, e pequenos raios pareciam dançar em volta de sua pele.
— O que você quer? — Ramiro levantou-se da cama, mesmo nu. Vanessa se agarrou a um travesseiro e ao edredom para compensar sua ausência e gemeu alguma coisa.
— Fique tranquilo, ela não acorda. Onde estamos, estamos a sós.
— E onde estamos?
— No mesmo lugar em que você estava antes, e em outro lugar. Uma outra camada de mundo. Você é importante, hein, Preto? — A orixá falou "Preto" com a mesma entonação que Vanessa usava, e Ramiro estremeceu. — Seu nome vem sendo murmurado por muitas bocas por aqui. O seu nome e o do outro.

— Que outro?

— Não era eu quem deveria te avisar isso, rapaz, mas já que você se adiantou e decidiu entrar em meus territórios, se deitando com minha protegida, salto à frente de meu ex-amado para te avisar: a guerra está chegando.

— Que guerra? — Ramiro procurava os olhos de Iansã, mas só via seus lábios protuberantes e rubros se moverem.

— A guerra que irá definir o nosso destino. Aquela para a qual você foi predestinado e escolhido.

— Mas eu não...

— Ah, vem você com esse papo de "não pedi" de novo? Você já faz parte dela, Preto. O mínimo que você tem que fazer é proteger a minha filha, nunca irei te perdoar se alguma coisa acontecer a ela.

— Mas Vanessa disse que não conhecia a sua mãe.

— Não estou falando da ingrata que a colocou no mundo — que inclusive teve a paga merecida. Mas a mim ela conhece muito bem. E deu uma risada que cortou o ar e arrepiou os pelos da nuca de Ramiro, só que não foi de medo.

Ela era linda, tão linda como Oxum, porém sem a meiguice ou a feminilidade quase felina da outra. Suas pernas eram torneadas, com músculos definidos como os de seus braços, por onde desciam seus cabelos negros. Sua pele negra reluzia à fraca luminosidade das fagulhas que a cercavam e pulavam de seu corpo.

— Mas como saberei quem é meu inimigo? — disse Ramiro, piscando e desviando de Iansã seus olhos cobiçosos, envergonhado.

— O nome dele é... — ela falou, mas ele não entendeu. Um telefone chamava em algum lugar, e isso tirou sua atenção.

— Qual?

Com a imagem se desvanecendo, seus lábios pronunciaram mais uma vez o nome de seu inimigo, mas Ramiro não conseguiu entender. Sabia que a partir de agora aquele nome ficaria guardado em sua alma, mas não conseguia lembrar qual era. E o telefone tocando insistentemente o fez acordar.

— Fala, Farias.
— Porra, irmão... Que dificuldade em falar contigo, hein?
— Estava dormindo, delegado.
— Ramiro, nesses anos todos de polícia que a gente trabalha junto eu liguei para você duas vezes apenas durante a madrugada, e você nunca deixou dar mais do que três toques.
— Diz logo o que aconteceu, homem de Deus, não enrola. Eu estava cansado e apaguei, só isso.
— Então tá bom. Vem cá, acho que agora a coisa ficou séria. Tem televisão onde você está?
— Tem sim, qual canal? — disse Ramiro, levantando-se e indo para a sala, não sem antes olhar para Vanessa, que dormia enrodilhada no seu edredom.
— Liga no noticiário, a qualquer momento deve aparecer alguma coisa. Acho que agora temos um caso.

"... e no próximo bloco, tudo sobre a morte do ator Creso Murta em um centro espírita em Icaraí..."
— Como assim? — Ramiro ficou paralisado.
— O carinha morreu da mesma forma que os outros, Ramiro. A diferença é que agora foi em Icaraí, e ele era rico e ator da TV.

Ramiro calou. Ao mesmo tempo que se sentia vitorioso por ter finalmente um caso, sentia tristeza por mais uma morte, que poderia ter sido evitada.

"... ele estava na sessão, quando de repente pareceu que ia receber alguma entidade... virou os olhos e gritou... meu Deus, foi horrível...", dizia chorando a entrevistada.
— Preto?.. — a voz de Vanessa sonolenta chegou antes dela à sala.
— Nessa, morreu mais um.

— Ih, o Creso, que fazia o Genival na novela... Gente... E agora, amor?
— Agora temos o que investigar. Vai estar em todos os jornais amanhã.
— Que coisa horrível...

— Irmão, você não dormiu em casa não, foi? — disse o Ferreira tirando o cigarro da boca assim que Ramiro desceu do carro. — Ou acabou a água em Santa Rosa também?
— Bom dia pra você também, Inspetor.
— Isso aqui tá um inferno, Ramiro. — Ferreira segurava o cigarro com a mão em concha e a brasa virada pra dentro, como um presidiário. — Tem TV, jornal, internet e o escambau.
— Normal, o falecido era famoso.
— Todo dia morre um viado aqui na Amaral Peixoto e ninguém dá bola. É só morrer um viado famoso que o mundo se choca.

Ramiro se esforçava, mas o cheiro do cigarro e os modos do colega de profissão o incomodavam. Tentou abreviar o papo.
— O Farias já chegou?
— Está vindo do IML. Vim aqui pra fora fumar, porque não aguentava mais fugir das perguntas dos repórteres.
— Pelo menos pergunta não causa câncer, né?
— Hmmmm... O irmão hoje está engraçado. Deve ser essa barba por fazer aí. Se eu não te conhecesse, diria que você dormiu na casa de alguma despreparada e veio direto pra cá — e riu da própria piada, fazendo Ramiro afinar os lábios e o olhar. — Tá bom, desculpa, vai. Estou ligado do lance da tua mãe. Como é que ela está?
— Está bem, Ferreira. Vamos trabalhar?
— Eu não. Estou esperando só o Farias chegar pra largar o plantão. Já tive que ir naquele centro ontem fazer a ocorrência, estou exausto.

— Tudo bem então, eu vou entrar. Se quiser, pode ir embora. Eu assumo daqui.

— Porra nenhuma, não vou deixar meu crente predileto com esse povo aí não, você vai acabar iniciando uma guerra santa.

Assim que subiram os três degraus de entrada e cruzaram o portal, estavam cercados por repórteres.

"A polícia já tem algum suspeito?"

"Foi envenenamento?"

"Essa não é a primeira morte, é?"

Ramiro não falou nada, apenas abriu caminho entre os microfones, gravadores e celulares, dando "bom dia", "bom dia" até a sua sala, onde lembrou ter um saco de jujubas na gaveta de sua mesa. Assim que pegou as balas, o telefone tocou.

"Ramiro, bom dia"

— Bom dia, Farias.

"Estou saindo do IML agora e indo praí. Como estão as coisas?"

— A delegacia está lotada de repórteres, todos querendo saber alguma coisa sobre a morte do ator.

"Diga a eles que darei uma coletiva assim que chegar, isso vai deixar você e o Ferreira em paz por um tempo. O Ferreira ainda está aí, né?"

— Sim, está.

"Você está comendo jujubas, cara? Fala de boca cheia não, é feio. Se liga: a morte do Creso foi igual às outras, então temos um caso."

— Uma repórter perguntou se essa havia sido a primeira morte, eles já devem saber de alguma coisa.

"Já, o que vai facilitar a abertura do caso. O secretário de segurança pública ligou pra mim desesperado e adorou saber que não tinha sido a primeira vez. Ele precisa do apoio da mídia pra encobrir as cagadas do Governador... desculpa, os erros de sua gestão, e vai querer jogar pra galera. Quando eu chegar aí, mostre quem é a repórter, porque aí eu dou uma moral pra ela e aproveito pra destrinchar o caso. Você e o Ferreira vão ajustando a sala de reuniões para a coletiva, por favor. Peçam ajuda pro Gabiru, hoje não é dia dele aí, mas eu liguei e mandei ele dar uma força".

— Ok.

Quando olhou o visor pra encerrar a ligação, viu que tinha uma mensagem de Vanessa.

"Preto, já estou com saudades."

Corou. A guerra chegara. Pareceu ouvir a risada de Iansã em seu ouvido. Ou a de Vanessa, já não sabia dizer.

[ONTEM] A sua língua era falada dentro dos terreiros, por homens preparados — como ele mesmo fora um dia — para servir ao além. Akèdjè não precisaria aprender a língua dos brancos se quisesse se comunicar com os sacerdotes. Os orixás se comunicavam através de profecias lidas em búzios e em outras artes divinatórias. Os espíritos dos antepassados incorporavam e davam recados e admoestações. Outros escreviam longas cartas pelas mãos dos médiuns — como eram chamados os encarnados preparados para estabelecer a ligação entre o Orun e o Aiyé. Mas, mesmo de seu lugar discreto, Akèdjè percebia: inúmeras almas ficavam de fora desse processo.

Até nisso os homens brancos desta terra eram soberbos. A ponte entre os mundos era estabelecida apenas entre os médiuns e aqueles a quem eles classificavam de "iluminados". Akèdjè podia vê-los claramente: menos apegados ao Aiyé, à terra, pareciam mais leves e vibravam em frequências maiores, como instrumentos musicais de sons agudos. Esses facilmente entravam em contato com os encarnados e transmitiam suas sábias lições sobre a vida nos dois planos. Mas não eram maioria.

Muitos desencarnam sem a consciência cósmica do todo. Agarram-se à matéria como se fosse a única possibilidade de existência e não percebem que são parte de um sistema muito maior e mais complexo. Seus espíritos carregam o peso da matéria para o além, e o som que emanam é um ruído baixo e grave — ainda que lamuriento. Essas almas ficam vagando, arrastando sua bagagem rente ao chão, e suas tentativas de comunicação são quase todas frustradas, causando sofrimento e isolamento. Quando conseguem, de alguma forma, estabelecer contato, o sofrimento é ainda maior para os encarnados, que, assombrados, acabam repelindo toda e qualquer forma de conhecimento além de suas limitações, chamando a tudo isso de "sobrenatural" — como se a natureza se resumisse apenas à cápsula em que se encontram.

Akèdjè agora podia ver todo esse conhecimento com maior clareza, as palavras e ensinamentos que lhe foram passados sob os pés de macumba, em África. O nome da árvore que dava sombra e era usada para a construção dos instrumentos utilizados nos rituais era agora usado como sinônimo das práticas rituais do velho mundo.

Com o desenvolvimento das religiões ancestrais, esse conhecimento começava a se expandir entre os encarnados, a percepção da grande roda que era a vida em sua completude e de que a morte era apenas uma etapa. Os cultos ganhavam força, e mais homens brancos procuravam a compreensão do mundo que os cercava e se interessavam pela religião dos negros. Os diferentes orixás de África eram cultuados juntos, simbolizando e representando a união forçada pelas senzalas na religião que chamavam de Candomblé, palavra que unia línguas diferentes praticadas por seus irmãos e que queria dizer "Casa da Dança com Atabaques". Akèdjè lembrava que seus ritos nunca tiveram nome — e nem eram considerados religião, como prática separada da vida, pois todo gesto e toda palavra faziam parte do conjunto complexo que é a vida. Mas aqui eles precisavam ser nomeados e diferenciados pelos brancos, como eles mesmos faziam com suas práticas de ligação com o sagrado. O culto aos antepassados, tão típico dos povos do norte da África, aqui começava a aparecer, mas traduzido por uma tradição vinda do outro continente branco, e se misturava ao culto do deus branco morto, filho de uma virgem, a que eles chamavam de catolicismo. Essa prática começava a acontecer e chamava a atenção dos homens brancos que buscavam o contato com os seus entes pranteados pela partida.

No mundo espiritual, a força que emanava de Akèdjè quase sempre assustava os recém-saídos da carne. Os espíritos com grau mais elevado de evolução (sempre medida pela percepção de sua pequenez e compreensão do todo) recebiam seu aviso com respeito, um surdo "me deixe em paz" que ecoava ao seu redor. Os espíritos mais pesados, ao desencarnar, se afastavam com medo mesmo — porque o medo era uma das únicas emoções que os mantinham coesos ao perceberem que haviam entrado no outro mundo, junto com o ódio e a vingança —, mas alguns sempre tentavam se aproximar, com o tempo. Akèdjè os repelia, não queria mais ajudar, fizera isso a vida inteira, confiando estar fazendo sua parte para o mundo, e o que recebera em troca? O desprezo dos deuses e a violação dos homens.

Estava na hora de pôr seu plano em prática. Se ele não começasse agora a destruir a crença nos deuses de África, o axé os tornaria cada vez mais fortes.

Ele precisava incorporar.

[HOJE] Só se falou na morte do ator Creso Murta a semana toda. O ocorrido em um centro de Umbanda trouxe à tona todo o preconceito da sociedade com as religiões de matriz africana no Brasil. As matérias que contavam a vida de Creso ("indicado três vezes ao prêmio de ator do ano", "casado com o diretor Sérgio Lobo", essas coisas) rivalizavam com pregações religiosas e ataques a centros espíritas.

— Espiritualistas, Ramiro. Espíritas são apenas os kardecistas, nós, de matrizes africanas, somos espiritualistas.
— dizia D. Maria Inês cada vez que ele usava o termo.
— E qual é a diferença, Dona Inês? — sua mãe dormia no quarto, dopada pelos remédios que a poupavam da dor, cada dia mais constante. "Esse remédio causa dependência, deve ser usado apenas em momentos extremos", Ramiro se lembrava da advertência do médico. Porém, sabia que o sofrimento da mãe era intenso, justamente porque ele conseguia percebê-lo, mesmo através de seu fingimento para que ele não sofresse também.
— ... o nome.
— Desculpe, não prestei atenção, Dona Inês.
— Pensando na namorada? Olha, vocês dois, hein? Se você fizer minha sobrinha sofrer...
— Não se preocupe, é mais fácil eu sofrer do que ela. — e riu, sem graça.
— Tá bom, eu que não abra meu olho só! Você pode ser bonzinho, menino criado dentro de igreja e tal... mas é homem, e homem é tudo cretino. E quando é que você vai me chamar só de Inês? Assim eu vou acabar te chamando de "Inspetor Ramiro". — Ramiro apenas riu. Gostava das gabolices de Dona Maria Inês, e seu respeito por ela nunca o deixava chamá-la de Inês. — Mas, agora falando sério, só muda o nome. Os kardecistas fazem essa separação, porque não gostam de serem confundidos conosco, os "macumbeiros". Desde o começo da Umbanda já era assim.

— Mas por quê? Qual é a diferença?
— A doutrina espírita veio de fora, da França, e a Umbanda nasceu aqui no Brasil, em São Gonçalo.
— São Gonçalo?
— É. No kardecismo, os médiuns trabalham com espíritos dos antepassados, sábios, médicos... E aí um dia baixou um caboclo e disse que criaria uma religião nova, que acolhesse também os espíritos dos pretos e dos índios. Quem recebeu esse caboclo foi Zélio Fernandino de Moraes, e criou a primeira Tenda de Umbanda em sua própria casa, em Neves. O kardecismo seguiu o caminho dele, e a Umbanda floresceu como deveria ser. Daí eles não gostam que chamem os umbandistas e candomblecistas de "espíritas", para não serem confundidos.

Após um tempo de silêncio pensativo, Ramiro falou:
— Isso não incomoda vocês?
— E por que incomodaria? Quando morre não tem nada desse negócio de branco, preto, rico, pobre... Eles que chamem a religião deles como quiserem. "A casa de meu pai tem muitas moradas", não é o que está escrito lá? Do outro lado não tem religião, nem cor, nem dinheiro.

"O outro lado" era uma ideia que ainda intrigava Ramiro. Desde que se entendia por gente, sabia que, após a morte, não haveria nada até o Juízo Final, quando Jesus voltaria e levaria seus filhos para o céu, deixando os ímpios e maus para que o Inimigo carregasse. Esse sistema de morte e volta o deixava confuso. Então os espíritos habitavam o mesmo espaço que os homens? Até a palavra "encarnado" ele achava estranha, parecia coisa de filme de terror. E o que impedia os espíritos de possuírem as pessoas a seu bel prazer?

— Você e Vanessa também recebem espíritos? — disse.
— Eu trabalhei muito tempo, com vários guias. A Vanessa fez todas as obrigações, mas nunca trabalhou com santo nenhum.
— Esses santos... São os orixás?

— Não, os orixás incorporam, mas não dão consultas. Eles baixam, fazem o seu xirê, que é a dança cerimonial, mas só se comunicam através dos búzios, com a interpretação do Pai de Santo. Os guias são basicamente espíritos que já passaram por essa terra e estão em aprendizado também, assim como nós. Trabalham para ajudar os encarnados e se ajudarem também.

— Ajudar a quê? Eles ganham alguma coisa?

— Ganham conhecimento e evolução.

— A Vanessa me falou uma vez em pombagira... O que é isso?

— As pombagiras são espíritos femininos, que trabalham na linha dos exus. Geralmente, são relacionadas a problemas amorosos, ao desejo.

— Mas essas não evoluem também?

— Sim, evoluem. Tudo evolui, meu filho. As pombagiras têm vários nomes: Maria Padilha, Pombagira Cigana, Maria Mulambo... O que acontece é que não existe apenas um espírito com o nome de Maria Padilha, a Maria Padilha que baixa aqui não é a mesma que baixa em Nova Iguaçu, ou aqui mesmo em outro dia. São inúmeros espíritos que vibram em uma determinada frequência, chamada da "Maria Padilha", e trabalham com esse nome.

— Não entendi, Dona Maria Inês. Então a Maria Padilha é uma legião de espíritos?

— Meu filho, de que cor é o fogo?

— Vermelho.

— E quais são as cores do Mengão?

— Mengão... Ah, tá, o time, Flamengo. Vermelho e preto. Por quê?

— O vermelho do fogo é o mesmo vermelho do manto sagrado do Flamengo?

— Não, são diferentes.

— Mas os dois são vermelhos, não são?

— São...

— Todos os tons dentro do vermelho são chamados de vermelho, não é? É tipo o mostruário da casa de tintas, "daqui até aqui é vermelho", e são vários tipos de vermelho. Existe uma faixa de vibração chamada "Maria Padilha", e todos os espíritos que trabalham nessa faixa são chamados assim. Entendeu?

— Mas têm que ser espíritos femininos, não é?

— E espírito tem sexo, menino? — D. Maria Inês riu.

— Sim, são espíritos com características femininas. O equivalente masculino da Pombagira são os Exus. Exu-Caveira, Zé Pilintra, Sete Encruzilhadas... Esses nomes representam modelos de rua. O Zé Pilintra, por exemplo, é o típico malandro carioca: chapéu panamá, sapato branco, gosta de jogos de azar, mulheres e bebidas.

— E esses também resolvem casos amorosos?

— Os guias não resolvem nada, quem resolve é o ser humano, eles apenas orientam. O Exu e a Pombagira se completam; o Exu é o vigor, e a Pombagira é o desejo. Um sem o outro, dá problema.

— E como esses espíritos entram nas pessoas? É algum tipo de possessão? Por exemplo, eu posso estar distraído e um espírito desses entrar em mim para dar algum recado?

— Não, não é assim, tem toda uma preparação... O médium tem que ser iniciado nos mistérios da religião, cumprir suas obrigações. Tem muita gente que queima o filme, baixa uns exu cachaça por aí, fica passando vergonha, daí as pessoas acham que vão entrar num centro de Umbanda e já vão cair.

— Exu cachaça? Existe esse?

— Não, bobo. É gente que bebe, daí finge estar incorporado pra falar bobagem. Quem segue os preceitos da religião direitinho não cai nessa, o guia não ia fazer você ficar passando vergonha, baixando em boteco e churrasco de família.

As palavras de D. Maria Inês despertavam em Ramiro o desejo natural em saber mais e mais. Tanto conhecimento, tanta história... Ele cresceu ouvindo que tudo isso era coisa do Inimigo, tudo se resumia a ações de demônios, e agora ele ia descobrindo significado para cada ação, para cada elemento.

— Eu não te canso não, D. Maria Inês? É muita curiosidade. — Disse, meio envergonhado.

— Claro que não, meu filho. É bom poder falar de coisas que a gente gosta. Eu só não entro muito em detalhes que são coisas mais específicas, pra quem tá de dentro mesmo, sabe?

— Eu tinha uma visão diferente disso tudo.

— É, a Nessa me disse. Mas você é um menino inteligente, aprende rápido. E o mais importante — ela se levantou, foi até onde ele estava e tocou em seu peito — você é bom.

Pela primeira vez, desde o encontro com Oxum, Ramiro percebeu o axé. Um halo levemente brilhante envolvia o braço direito de D. Maria Inês e fluía por sua mão até chegar em seu peito. O local onde os dedos tocavam sofriam um pequeno choque, quase cócegas, o que lhe dava uma sensação boa, de paz. Ele sorriu e olhou para ela, que sorria também.

— Obrigado... — disse, acanhado.

— Agora eu vou fazer um café, que ninguém é de ferro. Quer um pouco?

— Quero sim. Ainda tem bolo?

— Não, mas eu faço um cuscuz rapidinho, quer?

— Qual cuscuz, aquele branco?

— Não, aquilo é mungunzá. Vou fazer um cuscuz de milharina, igual se faz no Nordeste.

— Nunca comi...

— Sua mãe gostou, ele quentinho, com manteiga... Hmmmmm... Peraí que eu já trago.

[ONTEM] O ègun sentiu o sofrimento antes de ouvir o choro lamurioso dos humanos. A casa humilde ficava no meio de um terral, feita de barro e iluminada por lampiões. Não foi preciso muito para perceber que ali estava sendo velado um defunto familiar.

Akèdjè ouvira histórias, ainda em África, sobre mortos vivos. Lendas de outras terras os chamavam de *nzumbi*, que também era o nome de um de seus deuses, representado por uma serpente. Falavam sobre rituais e poções que mantinham o ègun no corpo sem vida, tornando-o servo do feiticeiro. Outros relatavam ainda a libertação do espírito e a manutenção do corpo enquanto organismo biológico, porém animado apenas pela magia.

O Baba nunca vira um e sempre considerara as lendas como histórias para assustar crianças, só que agora era uma possibilidade. Precisava transmitir sua mensagem aos vivos, e o uso de um corpo sem dono seria menos nocivo que a possessão de um ser humano encarnado.

Ao se aproximar da casa, o sofrimento reverberava em ondas mais intensas, e Akèdjè pôde sentir a tristeza daqueles humanos. "Seu Januário", o falecido, era muito amado, patriarca de uma prole que já se estendia por duas gerações. Construíra sua casa e sua família com o próprio esforço, e ensinara aos seus filhos e netos a retirar o sustento da terra como ele próprio o fizera. Desencarnara já idoso, naquela mesma manhã, e a família velava o corpo na mesa da sala, como era o costume regional.

Akèdjè já imaginava como seria voltar à vida novamente. Abrir os olhos humanos e ver o mundo material, sob cores e texturas menos complexas que as que via agora, porém mais vivas. Mesmo quando encarnado, ele podia enxergar as sombras do Orun, mas agora sentia falta de ser vivo. Passara muito tempo observando e aprendendo e sentia saudades de tocar a grama, cheirar o mato, olhar um tecido e suas fímbrias. O ódio que o mantinha preso ao Aiyé ganhava um novo tom, a esperança de ser vivo de novo.

Atravessou o pequeno grupo que fumava e lamentava à porta da casa, enquanto bebia algo quente para espantar a madrugada, e entrou. Pôde ver a caixa de madeira apertada que os vivos desta terra usavam para guardar seus mortos em cima da mesa, no centro do recinto, e dentro dela o corpo sem vida, vestido com roupas bonitas e um chapéu de palha sobre as mãos. A viúva, sentada ao lado, era consolada por uma de suas netas — a semelhança física e o axé que ligava as duas era muito forte. Rezavam agarradas a uma cruz e contas, símbolo do deus dos brancos — mesmo não sendo brancos. Akèdjè não queria assustar aquelas pessoas, elas não tinham culpa de seu martírio e da traição a que fora submetido. Mas não tinha outro jeito, elas também precisavam saber.

Ao chegar perto do caixão, Akèdjè viu Seu Januário sentado à beira da mesa. Vestia as mesmas roupas do corpo acomodado entre flores na caixa de madeira e tinha as mãos sobrepostas sobre as pernas cruzadas. O susto fez com que Akèdjè emitisse um pulso de energia, que fez o espírito do velho perder o foco por um momento, mas não o afastou.

— O que você quer, meu filho? — disse Seu Januário, calmamente.

Era o primeiro ègun que não fugia do Feiticeiro. Não conversara com ninguém desde o momento de seu desencarne, quando os espíritos perdidos haviam pedido a sua ajuda. A força de seu ódio era venenosa e afastava todos, mesmo no começo, quando ainda não tinha tanto poder. Mas, o espírito recém-desencarnado era sereno e parecia não ter medo dele.

— Suma daqui, humano.

— Não sou mais humano, nem você. O que procura aqui?

— Você não entenderia.

— Se você não falar é que não vou entender mesmo. Só

peço uma coisa: deixe em paz minha família. Eles já estão sofrendo muito com minha partida.

Seu Januário falava com serenidade, e seu espírito era envolvido por um halo levemente brilhante.

— Não quero assustar a sua família, avô. Preciso apenas do seu corpo.

— Pode ficar com ele, não me tem mais serventia. Mas por que um espírito que se libertou da carne deseja voltar?

— Eu preciso voltar, avô. Preciso...

— Filho, você precisa seguir seu caminho. Está pesado, com sentimentos ainda do mundo dos vivos, um mundo que não é mais o seu.

O Feiticeiro sentia o axé daquele espírito antigo se expandindo e pulsando. Então, Seu Januário se levantou, ergueu a mão em sua direção, e Akèdjè se afastou.

— Não toque em mim, avô. Com todo o respeito, afaste-se e não se intrometa nas minhas coisas.

— Você acha que seus negócios são mais importantes que os negócios de todos aqui? A vida segue seu fluxo, rapaz, mesmo na morte. Aceite seu destino e faça girar a roda.

As palavras amorosas de Seu Januário despertaram o ódio em Akèdjè. Estava quase receptivo àquela energia boa que emanava do velho e percebeu que começava a perder a consistência. Não podia desistir, não agora.

— Afaste-se, velho! — e emitiu um pulso de energia em todas as direções. A viúva se sentiu mal e chorou mais alto, quase em uivo, fazendo com que sua neta a levasse dali. Akèdjè pôde perceber que sua emanação de ira tivera efeito em Seu Januário, seu halo agora diminuíra e mudara levemente de cor.

— Eu vou, rapaz. Lutei muito a vida inteira e agora mereço um descanso, ao menos por um momento. Mas vou rezar para que você abra os olhos e deixe de ser o cego que não quer ver.

— Não precisa rezar por mim, avô. Você não tem ninguém para quem rezar. Agora saia!

O espírito de Seu Januário botou a mão sobre o chapéu que estava sobre seu defunto e o colocou na cabeça — ao mesmo tempo que o chapéu ficou no mesmo lugar — e se esvaneceu pela porta da frente. Akèdjè agora estava sozinho com o corpo inerte.

Em vida, aprendera com os antigos sobre a possessão. O ègun entrava no corpo através de um dos principais pontos de energia, localizado no meio dos olhos. Os seres humanos tinham outros pontos, cada um destinado a um tipo de energia, mas este era a porta de entrada do mundo sensitivo. Após entrar, o espírito buscava harmonia com o espírito que habitava o corpo, e dessa relação dependia o ritual de comunicação entre os mundos. E com os mortos, como se daria? Akèdjè saberia agora.

O corpo acondicionado na caixa de madeira e coberto de flores ainda emanava uma surda vibração, como um som que aos poucos se afasta. Os pontos de energia já haviam se apagado, mas Akèdjè sabia por onde entrar. Concentrou todo o seu ser em se comprimir e buscar o espaço determinado, e tudo aconteceu de uma vez. Em um momento, ele estava posicionado ao lado da mesa, olhando para o cadáver de Seu Januário e de repente se viu em um turbilhão luminoso, como se estivesse no meio de um redemoinho de água escura sob a lua. Até que as fagulhas sumiram, e restaram apenas as trevas. Ele havia entrado no corpo.

Uma vez dentro, a primeira coisa que Akèdjè tentou fazer foi abrir os olhos. Inútil. Ele se sabia ali, possuindo aquela matéria, sentia-se expandindo enquanto espírito e preenchendo todos os espaços: suas mãos se esticando até completarem as mãos de Seu Januário, suas pernas, seu tórax. Mas não conseguia se mexer. Fez um movimento brusco para mexer a cabeça, e nada aconteceu. Ele estava morto novamente, aprisionado na carne que já começava a apodrecer.

As horas que se sucederam à malfadada possessão foram tão — ou mais — angustiantes quanto as passadas no navio negreiro, quando de sua captura. Akèdjè ouviu a esposa do falecido retornar à sala e permanecer por toda a madrugada em sua vigília. Quando o dia amanheceu — a luz entrava pela sala e pressionava as pálpebras trancadas e já enrijecidas do cadáver — ouviu mais pessoas chegando, e mais histórias sobre a bondade e a solicitude de Seu Januário. O homem tinha praticamente criado todo o povoado, no meio do mato, ajudando outras famílias que vieram depois dele, fugindo da seca para encontrar uma seca ainda maior na cidade grande: a falta de oportunidades. Muitos daqueles homens deviam favores impagáveis, e alguns secretamente se sentiam aliviados. Akèdjè, preso no corpo em decomposição, tentava inutilmente sair, reverter o processo de possessão. Desesperado, pela primeira vez desacreditava de seu plano, sentia que morrera novamente ali, com o agravante de perceber o mundo dos vivos à sua volta e não poder sequer abrir os olhos.

Ao meio dia, o caixão foi colocado na traseira de uma carroça e levado ao cemitério comunitário, onde eram enterrados os pobres da região. Akèdjè ouviu o sacerdote dos brancos encomendando o corpo, a família chorando, e recebeu a energia vinda das orações, mesmo não sendo para ele. A tampa do caixão se fechou de vez, e o feiticeiro africano sentiu seu corpo ser baixado à sepultura. As pás de terra foram se sucedendo, a luz acabando, e o èqun se desesperou mais de uma vez ao compreender que era enterrado e que nunca mais veria o mundo, seja dos mortos ou dos vivos. Tentava se debater, tentava gritar, mas tudo o que conseguia era ouvir a terra se acomodando por cima de seu caixão e o legando novamente à escuridão.

Passou-se algum tempo para que despertasse, pairando acima da sepultura de Seu Januário. Seu próprio acordar fora para ele uma surpresa, os raios de sol começavam a lamber a grama rala do cemitério, e ele despertava novamente da morte. Mas tudo era aprendizado, e Akèdjè compreendeu que se precisasse incorporar, teria que ser em alguém encarnado.

Saiu da calunga pequena — o cemitério — por instinto, pois sabia que ali não era seu lugar. Não queria ferir os encarnados, eles já tinham a sua cota de sofrimento nessa passagem. Todavia, a necessidade de ser ouvido era bem maior, e, em seu ódio, era a única coisa que lhe importava.

Agora, ele usaria a crença a seu favor.

[HOJE] Ramiro acordou de um sonho estranho. Ele estava em uma colina, e a lua cheia brilhava nas lâminas do capim alto. O lugar parecia deserto, mas ele ouvia várias vozes falando ao mesmo tempo. Vozes chorosas, lamentando algo que ele não entendia bem; vozes calmas, tentando transmitir paz; vozes raivosas, revoltadas. Ao longe, Ramiro percebeu um movimento, alguém se movimentava lentamente e com dificuldade através dos aclives. Quando decidiu caminhar até lá e falar com o estranho, tropeçou em uma pequena construção de alvenaria, parecendo uma caixa. Sobre o cimento, uma cruz branca refletiu a luz da lua, e ele percebeu que estava em um cemitério. Levantou a cabeça e olhou, as cruzes se multiplicavam até o topo do morro, entre o capim alto. Parecia o Cemitério São Miguel, em São Gonçalo, mas também parecia infinito. Seu coração pulou um batimento em seu peito com o presságio ruim.

Correu para tentar alcançar o caminhante noturno. Ele era um pouco mais alto que Ramiro e tinha o corpo coberto de palhas, da cabeça aos pés. Apesar de caminhar devagar, como se tivesse dores em todo o corpo, estava sempre um passo à frente de Ramiro.

— Ei! Quem é você?

Nenhuma resposta. A figura coberta de palha sequer virou a cabeça ou parou de andar, sacudindo um objeto nas mãos que parecia uma pequena vassoura de piaçava.

— Pare, preciso de respostas!

As vozes continuavam e pareciam dirigidas ao ser misterioso. Ele sacudia sua vassourinha para um lado e para o outro, como se abençoasse a todos que o clamavam.

Ramiro corria, mas como em sonhos de criança em que se corre sem sair do lugar, nunca conseguia alcançar o homem. Quando finalmente desistiu e se sentou em um túmulo aberto, o orixá — sem parar nem diminuir sua marcha já lenta — voltou a cabeça, encimada por um chapéu de fibras de palha que lhe cobriam o rosto. Ramiro não podia ver seus olhos, mas sabia que o ser olhava diretamente para ele e sentiu tristeza. Quando acordou, seus próprios olhos ardiam e o travesseiro estava molhado de lágrimas noturnas. Levantou-se correndo com o mau presságio e foi até o quarto da mãe. Mesmo sob efeito dos medicamentos e da dor da enfermidade, ela parecia estar em um sono tranquilo, quase a sorrir.

Aliviado, Ramiro foi até a cozinha preparar o café. O céu ainda não havia clareado, e não queria acordar D. Maria Inês. Seria um dia cheio na delegacia hoje.

— Lúcio Flávio, me diga o que diabos está acontecendo aqui.

Mesmo sendo um homem baixo, o Secretário de Segurança imprimia uma forte presença. Hildebrando Frade era capitão da polícia militar, condenado à reserva remunerada após um tiro de fuzil ter quase dilacerado sua perna direita. Era troncudo, e sua caminhada vacilante poderia até ser cômica para quem o observasse, se não fosse o seu cenho sempre franzido, e a boca em constante esgar de desprezo, ameaçador.

Ramiro comia jujubas, sentado na cadeira que fora puxada para a frente da mesa do delegado, e quase sorriu ao ouvir o Secretário chamar Farias pelo primeiro nome. Já tinha se abancado em sua mesa para a pequena reunião e agora o tratava com essa intimidade. O Delegado e o Secretário eram conhecidos de outros carnavais, Hildebrando tinha sido um bom policial e, depois do acidente, havia galgado seu posto politicamente, fazendo alianças e prometendo concessões. Mas chegara ao poder e aconteceu o que sempre se dá nesses casos: ele agora era o Secretário, com toda a pompa e arrogância que o cargo confere.

— Secretário, há alguns meses o Inspetor Ramiro me procurou para relatar um caso de ocultação de cadáver.

— Ramiro é esse aqui, o que está comendo balas? Ramiro quase engasgou.

— Sim, senhor. É um de nossos melhores inspetores.

— E o que o caso de ocultação de cadáver tem a ver com a morte do artista?

— O corpo foi encontrado no lixão de Itaúna, senhor, — prosseguiu Farias. — o inspetor Ramiro, após investigação, descobriu que o indivíduo havia chegado a óbito após uma sessão de macumba, em um centro próximo, em Fazenda dos Mineiros.

Hildebrando virou sua cabeça atarracada para Ramiro.

— E por que o cara morreu em um centro de macumba e foi jogado no lixão?

— O centro era de Umbanda, senhor. — Ramiro ficou surpreso consigo mesmo em se incomodar por ouvir o Secretário e o Delegado falarem "macumba". — O pai de santo era mancomunado com o tráfico e ficou com medo de atrair atenção para a comunidade.

— É, a maioria desses centros são dentro de territórios ocupados, e a relação de promiscuidade é grande. Mas, então... O cara morreu no centro, jogaram ele no lixão, e você investigou. E daí?

— Senhor, o centro onde morreu o Creso Murta era em Icaraí, uma área nobre.

O Secretário apenas olhou para Ramiro, desagradado com a crítica a seu conhecimento sobre territórios.

— Logo após a morte do Tenório, — continuou Ramiro — um outro corpo deu entrada no Hospital Antônio Pedro, com características semelhantes: adepto do Candomblé, falecido devido a um ataque sofrido durante uma celebração religiosa.

— Lúcio Flávio, você ainda fuma aqueles "me enrola" fedorentos? Me dá um desses aí.

— Pode pegar aí na gaveta à sua direita, Secretário. O cinzeiro também fica aí dentro.

— Porra, você guarda o cinzeiro dentro da gaveta? Deve

ficar tudo fedendo... — começou a enrolar o fumo no papel de seda e se justificou. — estou parando de fumar, a mulher entrou agora numa onda fitness, comida lá em casa não tem mais gosto de nada, e tudo cheio de alpiste. Agora fica implicando com o cigarro, quero ver quando chegar no uísque, o que eu vou fazer. Mas mulher é foda, manda em tudo mesmo. Você é casado, garoto?

— Não, senhor. — Ramiro odiava esse papinho vazio. Que interesse ele tinha nos hábitos alimentares e comportamentais de alguém que não era seu amigo nem nada?

— Um dia você vai saber então. Você é macumbeiro?

— Como?

— Perguntei se você é macumbeiro, rapaz. — Hildebrando passou a língua no papel, para fechar com saliva um cigarro artesanal fino, e Ramiro sentiu nojo.

— Não, senhor. Não sou adepto de nenhuma das religiões que preconceituosamente são chamadas de macumba. Sou cristão.

O Secretário ia acendendo o cigarro e parou no meio, boca aberta e isqueiro aceso.

— Cristão? Então o que te interessou nesse caso?

— É meu trabalho, senhor.

— Não, seu trabalho é investigar crimes. Essas duas pessoas morreram de forma natural, apenas estavam envolvidas em situação esdrúxula.

— Senhor, o Ramiro é aquele inspetor que no Caniçal...

— Não terminei, Lúcio Flávio. Então, rapaz, o que te chamou a atenção nessas mortes?

— Secretário, uma das coisas que aprendi neste ofício e em todos os cursos que fiz foi ficar atento a semelhanças e coincidências. As duas vítimas foram a óbito em circunstâncias muito parecidas e com os mesmos elementos. Minhas suspeitas se confirmaram quando da morte da terceira vítima, a senhora Jurema, no bairro de Trindade, em São Gonçalo.

— E você autorizou essa investigação, Lúcio Flávio?
— Não, senhor. Não achei que havia elementos suficientes para tal. O inspetor buscava informações em seu tempo livre, não deixando nada pegar aqui na delegacia.
— Mas você não falou que confiava no Inspetor Ramiro?
— Sim, mas é que...
— Se confiava, por que não abriu o caso?
— Não, eu... É que... — o delegado Farias gaguejava como uma criança de escola flagrada colando.
— Pois deveria ter autorizado. Garoto, — Hildebrando apontou para Ramiro — gosto da sua atitude. Eu li o seu currículo, vi todos os seus cursos de investigação forense, mas isso não é suficiente. Se eu chegasse aqui e visse um frouxo, deixaria essa investigação para outro, mas você me passou confiança. Quero que você fuce tudo, quero saber antes dos repórteres, viu? A mídia está no cangote do Governador com a morte desse ator famoso, e, como mijada não sobe escada, o chefe está apertando meus bagos por uma solução. A gente tem sempre que estar um passo à frente. Antes da primeira vítima que você descobriu, houve outros?
— Não verifiquei, senhor.
— Pois verifique. Precisamos descobrir um padrão aí. Almoçarei com o Governador esta semana e preciso de respostas.
— Sim, senhor.
O Secretário de Segurança se levantou, amassou o cigarro já apagado no cinzeiro de Farias e se preparou pra sair. Deu um abraço no delegado e apertou a mão de Ramiro.
— Melhoras para a sua mãe, rapaz. E parabéns pela operação lá em Piratininga. Bom trabalho.
— Obrigado. — Ramiro sorriu. Mas, se ele sabia de sua mãe e da operação no Caniçal, por que perguntara sua religião? "Esse cara não é bobo", pensou.
— Lúcio, qualquer coisa liga direto pra mim. E vamos tomar uma cerveja um dia desses lá no Rio. Mas tem que

ser no dia do pilates da Neusa. — e se dirigiu para fora da delegacia, ladeado pelos seus seguranças, que o aguardavam do lado de fora da sala.

— O cara foi com a tua cara, irmão. — Farias quebrou o silêncio que se instaurara após a saída do Secretário. — Desculpa ter duvidado de você. Vamos abrir esse caso o mais cedo possível.

— Sem problemas, delegado. Você apenas fez o que tinha que ser feito. E, sinceramente? Não tínhamos evidência alguma, nem temos ainda.

— É, mas agora temos um defunto famoso e a autorização do Secretário. Vamos trabalhar?

Passaram a tarde procurando casos de óbito ocorridos em centros de Umbanda, Candomblé e semelhantes. Era difícil, casos como esses não entravam em estatísticas de assassinato ou saíam no jornal. As religiões de matriz africana floresciam onde nada chegava, nem igrejas nem Estado, e eram praticadas em sua grande parte por pessoas "descartáveis" — principalmente em seu início.

Ramiro descobriu que o Candomblé e a Umbanda não eram religiões africanas, como sempre pensou, haviam nascido no Brasil, fruto da mistura étnica forçada imposta pela escravidão. O Candomblé reunia várias crenças praticadas pelos mais diversos povos africanos que aqui vieram dar, forçados a conviverem mesmo entre inimigos na senzala. Os senhores de engenho não compravam dois escravizados da mesma tribo — se possível, nem da mesma língua — com medo de insurreição, então o ambiente multicultural da senzala e o sofrimento coletivo favoreciam as trocas de individualidades, como cultos. Cada um contribuía com seu orixá e seus rituais, e o resultado disso tudo acabou sendo o Candomblé.

Ficou particularmente surpreso ao estudar mais sobre a Umbanda, mesmo com a D. Maria Inês já tendo contado que ela nascera em São Gonçalo, sua cidade natal. Um grupo de religiosos, não satisfeitos com o tratamento que era dado aos espíritos menos evoluídos (como eles chamavam) e inspirados por um tal de Caboclo Sete Flechas, havia fundado uma nova religião, que reunía elementos cristãos, influência do Candomblé — mais antigo — e incorporação de espíritos, fruto da crença de alguns povos africanos nos *"manes"*, espíritos de antepassados que auxiliavam os vivos.

Essas religiões, nascidas no seio da escravidão, desenvolveram-se onde o sofrimento era maior, e a igreja católica não alcançava. Os centros eram em becos, favelas ou em descampados, longe do preconceito. O poder da Igreja sempre foi muito forte no Estado brasileiro e, desde o séc. XVIII, oprimia e perseguia os cultos africanos, realizados pelos escravizados. Até bem recente, centros eram fechados e adeptos perseguidos, sob o pretexto de que praticavam "magia negra". "Mas a verdade é que, apesar de serem uma parte importante de nossa cultura, sempre foram religiões de pretos e pobres, sem voz nem poder político, como a igreja católica possui", pensou Ramiro, enquanto examinava jornais e fotolitos da época. Ao mesmo tempo, sentiu-se mal, porque ele mesmo tivera esse olhar até há pouco tempo, de preconceito e ignorância. "Mesmo os cristãos foram perseguidos em sua época e não abstiveram de sua fé", concluiu, melancólico.

No final do dia, Farias foi até a sua mesa.

— Então, irmão, alguma coisa?

— Nada, Farias. Relatos de apreensão, até acusações de magia negra, mas semelhança com as mortes de nossas vítimas...

— Então vai pra casa, cara. Amanhã a gente continua. Eu tenho uma ideia, mas não sei se irá te agradar...

— Diga, Farias.

— Pensei na gente ir a alguns centros e conversar com pessoas mais velhas, para saber se houve algum incidente.

— Por mim, tudo bem.

— Sério? Achei que você fosse ficar incomodado, afinal é contra a sua religião...

— É meu trabalho, Farias. Não tem nada a ver com religião.

De certa forma, Ramiro se sentia a carregar a culpa de todos aqueles que comungavam de seu credo. Por muito tempo, considerara qualquer outra religião que não fosse a sua como obra do Inimigo: Candomblé, Umbanda, Catolicismo, Islamismo... Todas lhe pareciam iguais, destinadas apenas a enganar o ser humano e conduzi-lo ao inferno. Porém, agora se lembrava de que ele mesmo sofria preconceito por ser evangélico e percebia finalmente que o olhar que ele direcionava aos outros podia ser o mesmo olhar que os outros lhe dirigiam. "E alguém que não acreditasse em Jesus Cristo, o que acharia de sua imagem pregada na cruz?" Ramiro, que sempre se incomodara com tal imagem, de vulnerabilidade e sofrimento, agora via a si mesmo com outros olhos.

— Então vamos, irmão, que amanhã é outro dia.

No caminho para casa, lembrou-se do pesadelo da noite passada. Queria encontrar Vanessa para perguntar se era mais um orixá ou algum guia. Lembrava-se vagamente dela ter falado sobre um orixá responsável pela doença e cura, vida e morte. Seria aquele? "Mulu, Olumu, uma coisa assim", sussurrou dentro do carro iluminado apenas pelo painel e pelas luzes dos outros automóveis. Sorriu e não sabia dizer se havia sido por ter dito nomes engraçados, por não se lembrar do nome verdadeiro, ou se fora a lembrança de Vanessa.

— Boa noite, D. Maria Inês. — abriu a porta ainda com sorriso no rosto.

— Oi, meu filho. Bom te ver. Aproveita e chama a sua mãe para jantar, ela se deitou depois da novela da tarde.

— Ela está bem? — perguntou, apreensivo.

— Sim, hoje ela está até mais animadinha. Depois do almoço foi à igreja e comprou um pão doce naquela padaria lá da principal.
— Ela saiu de casa? Isso é bom, glória a Deus.
— Amém. Agora chama ela lá no quarto que eu fiz rocambole de carne.
Estava tudo dando certo, afinal. O caso fora aberto, Vanessa, a mãe, rocambole de carne. O sorriso entalhado em seu rosto só se desfez quando Ramiro tocou o rosto da mãe para acordá-la e percebeu sua pele fria.

[ONTEM] As correntes de energia começavam a mudar seu fluxo e corriam na direção daquele terreiro. Akèdjè havia absorvido axé suficiente nos dias anteriores ao culto e agora emanava uma aura de poder que se expandia para além da forma que assumira no Orun, criando um hiato ao seu redor à medida que se deslocava na direção do centro. Haveria sessão ali, com incorporação, e Akèdjè falaria para seu povo.

No meio do terreiro, o pai de santo fazia uma prece. A fumaça dos defumadores, espalhada entre os encarnados que participavam da cerimônia, ajudava a limpar as energias negativas. De seu lugar privilegiado no esquema das coisas, Akèdjè via a energia neutra dos fumos que se erguiam dos turíbulos tomando o lugar das vibrações mais baixas e mudando a cor do halo que envolvia cada um no ambiente, encarnado ou não. Era normal, nessas ocasiões, que espíritos se reunissem não apenas para trabalhar, mas para receber e beber do axé modificado pelos incensos, cânticos e orações. Alguns tentavam se comunicar sem sucesso — como ele mesmo tentara, no início — e outros ainda recebiam palavras de conforto dos guias após estes desocuparem os cavalos. O Baba observava e esperava o momento da ação. Os rituais eram uma mistura dos ritos praticados em África com as influências das religiões dos brancos. Seus irmãos eram obrigados à conversão e à adoração por seus senhores e escolhiam figuras representativas dos templos desta terra para simbolizarem seus orixás, o que nasceu disso foi uma mistura de crenças e convicções.

Logo após a prece, mais incensos foram queimados, e novos cânticos iniciados. Este era o momento da celebração, em que os cavalos incorporavam os erês, considerados pela maioria da audiência daquela casa como espíritos infantis. Os erês falavam como crianças, comiam e se lambuzavam com doces e brinquedos, e alguns babas em África os consideravam crianças que não tinham chegado a nascer. Mas espíritos não têm idade, e mesmo os que desencarnam crianças retomam sua essência anterior, atemporal. O estado de "erê" do médium era o contato com sua própria criança interior, um estado entre a consciência e a hibernação, a fim de se preparar para a incorporação. Alguns espíritos aproveitavam para "soprar" nos ouvidos do médium palavras direcionadas aos consulentes encarnados, mas naquela noite nada aconteceu. Os cavalos sentaram, bateram palmas, comeram doces e falaram como crianças, mas ninguém foi chamado para dar consulta. Akèdjè podia sentir o medo dos èguns ao seu redor — longe da energia que emanava, mas a observarem aquele espírito cuja força os intimidava. O pai de santo também parecia incomodado, como se pressentisse algo de errado. Era um sacerdote com algum poder, Akèdjè podia perceber, e dava ordens a seus ajudantes para auxiliar na "subida" dos erês e preparar para a chegada dos caboclos. Mas os caboclos não viriam.

Os iniciados, todos vestidos de branco, se dispunham em roda, mulheres de um lado e homens do outro. Os cambonos — iniciados que não entravam em transe mediúnico e auxiliavam os médiuns em suas funções, não apenas como zeladores dos objetos de cada espírito a incorporar, mas também mentalizando para que a corrente de axé fluísse de maneira ordenada e segura — se posicionaram ao lado de seus assistidos, com o charuto e a bebida de cada guia, prontos para exercer seu papel. Os atabaques começaram a tocar os pontos de caboclo — espíritos desta terra nova que abriam caminho na celebração para os pretos velhos, espíritos de sabedoria, ancestrais de África.

A energia rodava e se concentrava nos humanos presentes na roda, mas os caboclos não se aproximavam. Akèdjè lentamente foi se chegando para perto e começou a absorver mais daquele axé, potencializado pela música e pela dança. Os médiuns giravam, amparados por seus cambonos, e estavam prontos para receber seus guias espirituais, e o ègun entrou na roda.

No meio da gira, Akèdjè concentrava as energias preparadas ali. Um médium caiu, e seu cambono percebeu que não era incorporação. Ele havia desmaiado. O pai de santo que comandava a casa cantava mais alto, mesmo sabendo que havia algo errado, para que prevalecesse a cerimônia. Em seu canto, o espírito do feiticeiro africano percebeu sua força, e, quando ele veio para o meio da roda, Akèdjè incorporou.

Era como entrar em uma caverna estreita e lamacenta. A possessão nunca era fácil, e mesmo médiuns e espíritos experientes podiam encontrar dificuldades. Não era uma simples troca de espíritos, como uma muda de roupa a substituir outra, ou água sendo renovada em uma tina de lavar roupa. O médium entrava em um transe em que seu espírito retrocedia — como se encolhesse — a um fundo da cabeça, e o ègun buscava a mesma vibração do cavalo para assim penetrar, inicialmente através do ponto de energia que ficava na testa dos encarnados, um dedo acima do meio dos olhos. Já era um processo complexo quando o médium estava receptivo, era como fazer caber duas almas no mesmo corpo. O ègun entrava e assumia a consciência e os movimentos do cavalo, para poder falar através dele.

As incorporações completas eram difíceis. A vibração perfeita, a submissão total e o domínio do ègun eram fatores diferentes e precisavam harmonizar. Muitas das vezes, o instinto de autopreservação do cavalo em não entrar em estado de hibernação atrapalhava, e a comunicação acabava sendo contaminada com opiniões e atitudes do próprio médium. Em outras, o espírito despreparado mais fazia mal que bem, causando reações nocivas no corpo do iniciado, como uma criança desajeitada que não sabe brincar e acaba danificando seu brinquedo.

Akèdjè agora tomava um corpo que não estava receptivo à sua incorporação. No breve momento percebido pela plateia, uma luta espiritual foi travada. O ègun espremeu-se pelo ponto de energia do pai de santo, empurrando o espírito do encarnado, que percebeu a chegada da incorporação e lutou. A possessão sem a anuência do possuído era violenta e raramente se concretizava devido à força do espírito vivo na carne, poucos casos traziam sucesso para o èguri, quase sempre levando a alma do possuído a um estado semelhante a um coma. Akèdjè forçou o domínio sobre o corpo do pai de santo, que resistiu bravamente, mas se o espírito do feiticeiro já estava pleno de energias antes de entrar no terreiro, agora o poder era destrutivo.

O corpo do pai de santo caiu de joelhos, e Akèdjè sentiu suas mãos tocarem — e sentirem — a terra, mas não conseguiu sequer abrir os olhos. O esforço havia sido muito intenso, e seu poder obliterara a vida do corpo do médium. O èguri foi violentamente arrancado do corpo no momento em que o coração explodiu, e o espírito do pai de santo desencarnou, pois as leis universais não permitiam que um èguri habitasse um corpo sem vida — como Akèdjè já sentira no próprio âmago, quando tentara possuir o corpo de Seu Januário. Seu afastamento foi como um raio no meio de um descampado, e jogou no chão todos os iniciados que compunham a celebração, médiuns e cambonos. Os atabaques silenciaram, e as pessoas da audiência sentiram uma tristeza profunda, que levou quase todos às lágrimas. E isso antes de ver o corpo do pai de santo no chão.

Ao longe, em uma estrada deserta, o espírito de Akèdjè gritou. As emanações de seu grito de ódio foram tão intensas que a quilômetros dali gatos se arrepiaram, cachorros e crianças acordaram uivando no meio da noite.

Ele havia se preparado por muito tempo e estava forte demais. Não tinha o poder de um orixá — o que ele sabia impossível —, mas não era mais um èguri normal. Precisaria buscar agora um médium poderoso, que suportasse receber seu espírito fortalecido e lhe servisse de canal com o Aiyé, com o mundo dos vivos.

Akèdjè gritou de novo, agora de dor, pela lembrança da terra na pele viva dos dedos que ainda por um breve momento foram seus.

[HOJE] No velório, Ramiro estava mais perdido do que triste. Dedicara toda a sua vida a apenas duas coisas: ao trabalho e à mãe. Não conhecera seu pai, e todo o sofrimento que sua mãe passou para criá-lo sozinho se transformou em lealdade — além de amor, é claro, mas este Ramiro sabia que vinha no pacote. Tinha visto muitas coisas bizarras nesses anos de polícia, tinha sido surpreendido muitas vezes pela natureza egoísta e essencialmente ruim do ser humano, mas uma constante não se modificava: o amor de uma mãe por seus filhos. Por mais facínora e cruel que fosse o bandido, no domingo a fila da carceragem era composta por mães. Mas, o amor de Ramiro era uma coisa protetora, uma gratidão por tudo que a mãe fizera para que ele fosse um homem. Cresceu em uma comunidade difícil, estudou em escola pública, nunca teve luxos, mas a mãe sempre se virou em seus trabalhos para que ele seguisse o caminho do bem.

Agora sua mãe estava ali, dentro de uma caixa de madeira e cercada de flores. Uma caixa pequena, dada a debilidade que a doença lhe causou.

— Preto... Vai ficar tudo bem... — Vanessa alisava seu braço. A pequena capela refrigerada do Cemitério do Maruí estava cheia, sua mãe era muito popular na igreja, sempre solícita nas obras sociais e, quando não podia ajudar diretamente, sempre disposta a fazer um quitute ou levar um café para os obreiros.

— Você está sumido da igreja, rapaz. — disse seu Walter, um dos obreiros mais velhos da congregação.

— Muito trabalho, seu Walter, muito trabalho.

— E quem é essa moça bonita do seu lado?

— Ah, essa é minha namorada. — Ramiro estava tão atordoado que nem pensou no que estava falando ao apresentar pela primeira vez Vanessa como sua namorada a uma pessoa fora de seu círculo íntimo. — O nome dela é Vanessa.

— A paz do Senhor, irmã. — disse Walter, depois virando-se para Ramiro. — A sua mãe era uma pessoa muito boa, filho. Certamente está agora junto com Jesus.

— Ah, obrigado. — passou na mente de Ramiro que ela não estava com Jesus, ninguém estava com Jesus, porque de acordo com a Palavra estariam todos esperando o Juízo Final, mas decidiu não comentar nada para não parecer antipático.

— Preto, você quer comer alguma coisa? A gente chegou ainda estava claro, e você não comeu nada. Já são quase dez horas...

— Não tenho fome.

— Vamos para casa então?

— Não posso, tenho que dormir aqui.

— Você sabe que não precisa, né? Você pode pedir para o moço fechar a capela e voltar amanhã cedo...

— Ela só tinha a mim, Vanessa, e eu só tinha a ela. — a voz de Ramiro tremeu. — Eu não posso deixá-la aqui sozinha apenas pelo meu conforto. Ela merece minha última vigília.

— Você tem a mim, Ramiro. Você pode contar comigo e com a minha tia o quanto precisar.

Ele se virou para ela e viu a compaixão em seu olhar. Pela primeira vez, desde que ligou para o médico de sua mãe para comunicar o passamento, permitiu-se relaxar e não se preocupar com nada, nem com o presente e seus trâmites burocráticos funerários, nem com o futuro, que sem a sua mãe lhe parecia fora de rumo.

— Eu sei, meu amor. Mas é algo que preciso fazer. Vá com sua tia para a minha casa, durma lá. Amanhã vou precisar que você me traga um aparelho de barbear, uma camisa limpa e o café da manhã. Sei que é abuso pedir isso pra você, mas não tenho mais ninguém, e você mesmo se ofereceu. — e sorriu para ela. Os dedos de Vanessa em seu braço transmitiam um axé reconfortante, ao mesmo tempo que davam pequenos choques em sua pele.

— Sem problemas, amor. — e riu, pra quebrar o gelo. — Então eu sou sua namorada, é?
— Sim, é. Mas por que o espanto?
— É que você me apresentou para aquele senhor assim... E eu bem que gostei. — ficou na ponta dos pés e deu um beijo estalado na boca de Ramiro. — Te cuida, Preto. Qualquer coisa me liga.
— Tudo bem, eu ligo.
— E cuidado que aqui à noite é perigoso. De vez em quando o pessoal dessa favela do Buraco do Boi passa arrastão nessas capelas.
— É, eu sei. Mas hoje isso não vai acontecer, e se acontecer... — bateu com a mão no coldre sob o blazer.
— Vixe, quero nem pensar nisso. Beijo, Preto. Até amanhã.
— Até, Nessa. Vou te mandar por mensagem o que eu quero que você traga, daí sua tia acha para você. Ali, coitada, já está dormindo. — apontou para D. Maria Inês, que cochilava sentada no banco de alvenaria, com a cabeça caída sobre seu próprio colo.
— Meu medo é chegar nessa idade e ficar assim, Ramiro — disse Vanessa, alto o suficiente para que sua tia escutasse.
— Hmmm, oi? Oi? Não estou dormindo não! — a senhora falou de repente, passando as costas da mão no queixo.
— Não, não. A gente sabe. Vamos, tia.
— E Ramiro, vai ficar aí?
— Vai sim... Amanhã a gente volta. — e saíram de braços dados pela porta da capela, não sem antes Vanessa olhar sobre os ombros e mandar um beijo pra Ramiro.

O inspetor se sentou no mesmo banco de alvenaria onde D. Maria Inês dormitava há pouco. Durante algum tempo olhou fixamente para o caixão, e a fumaça e o brilho tênue das velas trouxe lágrimas a seus olhos. Ele aproveitou e chorou.

"O que será que tudo isso tem a ver?", pensava. "Será que a morte de minha mãe está ligada ao meu envolvimento com os cultos?" A imagem do homem de palha não saía de sua mente, ele tinha certeza de que a entidade havia vindo para avisá-lo. Ainda não comentara com Vanessa sobre esses sonhos e agora nem sabia mais se queria comentar. Lembrou-se de Exu lhe dizendo: "já peguei o que é meu". E imediatamente depois a doença de sua mãe volta, e tão arrasadora! Com raiva, sentiu-se iludido pelas artimanhas do Inimigo. "Eu devia saber!", tantos anos dedicados à causa do Senhor para cair tão facilmente nos ardis do Canhoto. Mas e Vanessa, e D. Maria Inês, e todo o mundo que conhecera? "Meu Reino não é desse mundo, está lá na palavra!", e agora a morte de sua mãe.

Tirou o blazer, enrolou como um travesseiro, com a mão direita por dentro a segurar o coldre da pistola — como fizera muitas vezes em cercos e tocaias — e dormiu, orando por sua mãe e por si próprio.

Ouviu barulho de mar. Sentiu o cheiro da maresia antes mesmo de abrir os olhos. Seus dedos afundavam na areia fofa, e a luz da lua fazia um trilho prateado nas águas. Estava em uma praia.

"Eu conheço esse lugar..."

Era a Prainha, em Piratininga. Uma praia reservada, entre duas formações rochosas. À direita, uma montanha coberta por vegetação; à esquerda, formações rochosas que surgiam entre as águas e que a separavam da parte de mar aberto, chamada de "Praião". Piratininga ficava quase na saída da boca da Baía de Guanabara e já recebia as fortes ondas vindas do mar aberto, porém a disposição da Prainha — que ainda contava com uma pequena ilha próxima, entre as duas formações — a fazia um refúgio de famílias com crianças e jovens paqueradores.

Ramiro não ia ali há alguns anos. Não era muito fã de praia, e suas obrigações lhe tomavam muito tempo. O mais perto que chegara de Piratininga foi na última incursão feita no Caniçal, a alguns quilômetros dali.

À noite, as águas do mar pareciam luminescentes, como se milhares de algas multiplicassem a luz da lua cheia. Observando mais atentamente, Ramiro percebeu que não era apenas luz da lua. Era energia, era axé. As águas salgadas estavam impregnadas de um axé sem cor, sem direção, como um grande depósito adormecido. Por que estava ali? Ele sabia que seria mais um daqueles sonhos, estava consciente de que dormia há pouco no banco de cimento da capela do cemitério e agora se via na praia. Só não via mais motivo pra isso, nem queria mais. Todo o seu envolvimento com o desconhecido apenas levara de si a sua mãe, com ela a vida que ele conhecia e metade de sua missão. Ao pensar na morte da mãe, sentou-se na areia, tocado pela dor da perda, e apoiou o rosto nas mãos. Não sabia que era possível chorar em sonhos, até aquele momento.

Foi quando percebeu — mesmo sem olhar — que o oceano parecia pulsar. A energia respirava, com o movimento das marés, se expandia e retraía, com as ondas. E, do meio do oceano, viu alguém sair. Uma mulher negra e robusta, caminhando elegantemente, como se subisse uma escada de água até a superfície. Não era alta; os seios fartos cobertos pelos longos cabelos encaracolados, o quadril largo envolto em uma saia que ora parecia feita de renda, ora se assemelhava trançada em algas.

Ela veio andando por cima das ondas, em movimentos ritmados, com os braços ao lado do corpo e as mãos alinhadas na horizontal. Ao se aproximar mais um pouco, Ramiro pôde finalmente perceber: era sua mãe.

— Mãe? — levantou-se e correu para abraçá-la. Quando a água do mar lambeu seus pés descalços foi como se pisasse em um campo elétrico.

— Sim, filho. Não chore. — aquele sorriso, de joelhos ralados e "tudo vai dar certo", que só as mães sabem dar.

Ele a abraçou forte, e sentiu sua energia, maior ainda que a das águas. Não era sua mãe, mas era sua mãe.

— Quem é você? — perguntou sem susto, apenas curioso.

— Sou sua mãe, sou todas as mães. Sou a energia primordial que cria a vida, o colo de onde saem todas as almas e para onde todas as almas retornam, o rio que sempre muda e permanece o mesmo, a mãe dos orixás, mesmo dos que não saíram de meu ventre. — ela pegou em suas mãos, e os dois se sentaram na areia fria, sem serem incomodados pelas ondas que chegavam à praia, um de frente para o outro. — Meu nome, meu filho, é Iemanjá.

Ramiro se sentia bem em sua presença. Via nela a sua mãe, antes da doença, antes da mutilação de seu seio. Mas a imagem não correspondia à imagem que conhecia da orixá, divulgada em festas de final de ano no Rio de Janeiro e em outras partes do país. Em sua cabeça, ele via uma Iemanjá branca, esguia, de formas econômicas, com um longo vestido azul decotado. Algumas imagens, inclusive, a representavam com um rabo de peixe, como uma sereia.

Não precisou verbalizar o que pensava.

— Essa imagem foi criada aqui, nesta terra, meu filho. A maternidade é generosa, assim como as formas da mãe, prontas para suprir o mundo todo com seu alimento e seu amor. Alguns brancos costumam me associar com outra mãe, a virgem que gerou um deus. Estes estão menos enganados do que aqueles que me querem branca.

O rapaz olhava nos olhos da orixá, com os próprios olhos marejados. Talvez fosse a última vez que veria sua mãe, mesmo sabendo que não era sua mãe. A sensação era confusa, nem ele entendeu quando se adiantou para Iemanjá e pediu:

— Posso me deitar em seu colo? — meio envergonhado, como uma criança que fez alguma arte.

— Claro, meu filho, venha. — e o acolheu, passando a mão em sua cabeça, em consolo.

Num breve espaço de tempo, de carinho e de saudade, ele perguntou:

— Por que, mãe? Por quê?

— As coisas são como têm que ser, meu filho. O pior erro que podemos cometer é fugir de nosso destino, e você está destinado a coisas grandes. Grandes conquistas sempre são precedidas por grandes perdas.

— Mas essa não é a minha religião.

— Religião é uma criação dos homens, querido. Nossos ritos em África sempre fizeram parte do cotidiano da tribo, nunca pensamos neles como "religião" e sim como parte da vida, como se alimentar ou amar.

— Eu não deveria ter me metido nisso...

— Você não se meteu, foi chamado. E olha que não é um chamado recente, sua mãe foi avisada quando você era criança... — Ela usava um tom condescendente, como uma mãe amorosa ao fazer uma repreensão. — Você não lembra direito, era pequeno demais.

O cheiro das velas, o batuque alegre, a dança — tudo aquilo agora brotava em ondas na mente de Ramiro. Ele lembrava, só não sabia de quê.

— Isso mesmo... Mas sua mãe ficou assustada e escolheu outro caminho. No entanto, como Exu deve ter te ensinado, todos os caminhos que tomamos dão nas mesmas encruzilhadas. Nossas decisões fazem o caminhar.

À menção do nome "Exu", Ramiro rangeu os dentes e afastou a cabeça do colo de Iemanjá para olhá-la nos olhos.

— Mas Exu levou a minha mãe de mim!

— Por que você diz isso, meu filho?

— Ele me disse que já havia pegado o que queria, e no dia seguinte a doença voltou.

— Ramiro, meu filho... A doença de sua mãe nunca se foi. A dádiva de Oxalá foi que ela pudesse viver ainda por mais alguns anos ao seu lado. Não são todos que têm essa sorte. — ela puxou novamente a cabeça de Ramiro para seu colo e voltou a acariciar sua cabeça.

— Então o que Exu pegou?

— Você. — ela abriu um sorriso acolhedor. — Exu é o mensageiro dos deuses, e sua missão era trazê-lo para nos ajudar.

— E como eu posso ajudar? Por que eu?

— Essa pergunta será respondida um dia, mas não agora, nem por mim.

O nome dito por Iansã brotou subitamente na cabeça de Ramiro.

— E Akèdjè? Quem ele é?

— É uma alma atormentada, em uma jornada frustrada que só o levará à guerra. Mas alguns preferem assim, como Ogum. Eles se esquecem de que não há vencedores em uma guerra, só derrotados. E essa pode acabar com tudo, meu filho. Por isso precisamos de você.

— Mas o que eu posso fazer? Sou apenas um humano e não entendo muito sobre tudo isso.

— O entendimento muitas vezes atrapalha a ação. É você porque assim está escrito, e porque você é o único capaz de realizar o que tem que ser feito. Desde o começo, esse era o plano, mas você tinha que vir por vontade própria, e agora está aqui.

Novamente, Ramiro levantou a cabeça e olhou nos olhos da orixá.

— E se eu me negar?

— Então estaremos todos condenados. — disse Iemanjá, com um muxoxo.

"Eu não sabia que os deuses faziam muxoxo", pensou ele. Ela riu.

— Não somos deuses, filho. E sim, fazemos muxoxo, pirraça e bagunça.

Ele também riu e sentiu vontade de abraçá-la, no que, imediatamente, ela o acolheu em seus braços. Não queria que o sonho acabasse, não queria ir embora, mas sabia que o corpo de sua mãe verdadeira estava em um caixão e que em breve seria trancado em uma gaveta pra sempre.

— Fique tranquilo, meu filho, ela já está em paz. — sussurrou Iemanjá. — Meu filho Omolu a recepcionou, e ela agora está comigo. Como eu disse, eu sou ela e todas as outras.

— Omolu é aquele que veste palhas e não fala?

— Sim, você esteve com ele. Ele é o responsável por tudo o que nasce, cresce, vive e morre.

— É ele que cuida do mundo dos mortos?

— E dos vivos também. É quem traz a doença e a cura. Atotô!

— Então ele veio aquela noite buscar minha mãe? Seu reino é o cemitério?

— Algumas almas ficam presas à terra, outras na calunga pequena, que vocês chamam cemitério, mas a maioria volta à calunga grande, que é o mar. Todos voltam para a casa da mãe em algum momento. Mesmo o rebelde Akèdjé voltará.

— E minha mãe, onde está?

— Ela está bem, já te disse. Preocupe-se com os vivos e com sua missão. Seja bom com sua amada e não perca a coragem, porque ter fé é ter coragem de acreditar. — dizendo isso ela pegou novamente nas mãos de Ramiro e se levantou. — Adeus, meu filho. Tornaremos a nos ver em breve, no momento final.

— E depois disso, eu ainda a encontrarei? Eu voltarei a ver minha mãe um dia?

— Muitas vezes, mas provavelmente não se reconhecerão, e é melhor assim. Mas acredite: os laços de amor são eternos.

Dito isso, Iemanjá deu as costas e se dirigiu ao mar. Ramiro ficou parado, olhando as ondas se acalmando em sua passagem, até que sua imagem fosse submersa. Desta vez, ele apenas sorriu.

Ouviu uma voz que chamava seu nome.
— Ramiro? Preto?
— Oi... Já é dia?
— Já... Trouxe as coisas que você pediu, uma garrafa de café e um pão fresquinho. — Vanessa tinha cheiro de sabonete e amaciante. Os cabelos presos a deixavam mais jovem, e ele sentiu vontade de beijá-la.
— Deve estar todo dolorido, coitado, dormiu amarfanhado aqui nesse cantinho. — D. Maria Inês trazia uma sacola de mercado na mão direita, e a bíblia que a mãe gostava na esquerda. — Trouxe a bíblia de sua mãe, caso você queira ler alguma coisa. E foi difícil achar um prestobarba, hein?
— Ah, obrigado. — Sentou-se e descobriu que D. Maria Inês estava certa, suas costas estavam endurecidas pelo banco de cimento. Colocou o coldre e o blazer.
— Preto, com o que você estava sonhando?
— Eu? Nem lembro...
— Você estava com um sorriso tão bonito... — disse Vanessa, com ternura e paixão. — Vai lá, se apruma que daqui a pouco as pessoas já estarão chegando para o enterro. Você está bem?
— Sim, estou. — Deu um beijo breve em seus lábios e foi se trocar para enterrar sua mãe. Se Iemanjá estivesse certa, tudo aquilo seria apenas um "até breve". E sorriu novamente.
— Esse! Esse sorriso lindo aí! — brincou Vanessa.
— É você que me faz sorrir assim.
— Hmmm, que romântico! E eu de tia velha, segurando vela aqui...
— Que nada, D. Maria Inês. Você é quem abençoa esse namoro.
— Não falei? — disse a tia — Acordamos românticos! Que bom! Agora vai lá, filho, a gente espera aqui.
Vanessa só olhava, feliz, e só se lembrou de que estavam na mesma capela que o corpo da mãe de Ramiro quando o rapaz entrou no pequeno banheiro contíguo à sala.

[ONTEM] Por mais duas vezes Akèdjè havia tentado e falhado. A lembrança do cheiro do incensário era como um canto de pássaro ferido em sua mente. Sentir-se humano novamente era algo que doía e dava mais força à sua convicção. A segunda tentativa de incorporação havia sido como a primeira, no momento em que ele se apossou do cavalo o corpo físico entrou em colapso imediato e morreu. O Baba sabia que morríamos muitas vezes em nossa jornada, mas ele agora carregava a consciência e a lembrança de haver sentido esse momento final por três vezes: uma em seu próprio corpo e duas em corpos alheios, com o horror adicional de se sentir enterrado vivo.

Na terceira possessão, algo diferente acontecera. O ègun conseguira cerrar os punhos e mexer os braços desajeitadamente, antes de cair. Sentiu a dor da pele dos joelhos se dilacerando em contato com o chão de terra e pedrinhas miúdas, e subira, com a morte do cavalo. Isso mostrava para ele que alguns médiuns eram mais preparados que outros, mais fortes, e agora só lhe bastava encontrar o vaso perfeito que pudesse conter o seu espírito e servir de porta para o mundo dos vivos.

Aquela noite, ele espreitava mais uma vez em um centro. Chegara cedo e presenciara a chegada dos participantes da celebração. Alguns riam, outros se concentravam, mas a impressão é de que todos partilhavam do mesmo pão, faziam parte da mesma família, como uma vez fizera ele mesmo, em sua terra já tão distante. Akèdjè procurava ler o halo de axé que envolvia a cada um, para fazer a escolha correta. Em maior ou menor grau, não sentia diferença em sua observação. O pai de santo, como também eram chamados os babalorixás nesta recriação dos cultos de África, chamou a atenção do ègun. O seu corpo energético era mais pesado, mais escuro que o de seus iniciados — quando deveria ser o contrário. Mas essa era apenas mais uma distração, e agora Akèdjè se concentrava em não chamar a atenção dos outros èguns.

Desta vez, queria ver o início da cerimônia e acompanhar os trabalhos. Seria uma boa oportunidade de observar a força de cada médium e escolher o cavalo adequado para a sua incorporação.

Assistiu aos outros èguns se aproximarem da gira, se preparando para baixar. Houve o incensário, a sessão dos erês, e logo começaram a tocar para os orixás. Se Akèdjè tivesse dentes, eles estariam cerrados de ódio agora. A casa saudava o orixá da Guerra, e uma imagem de um santo guerreiro dos brancos tinha destaque no gongá onde eram firmadas as obrigações. Ela brilhava de axé, como todos os elementos ali dispostos, e emitia sua claridade à medida que os pontos eram cantados. Akèdjè não quis lembrar o nome do Guerreiro, o nome que chamara tantas vezes enquanto era aprisionado e jogado dentro do navio tumbeiro como se fosse um animal.

Quando passou a saudação ao orixá, os èguns que eram chamados de "povos da rua" começaram a baixar. Os encarnados tratavam os guias por nomes, com intimidade, como se fossem amigos. Muitos não sabiam que cada nome denominava uma faixa vibratória de atuação, onde inúmeros espíritos trabalhavam. Aquela a quem chamavam de "Maria Mulambo" não era apenas um espírito desencarnado de uma mulher em especial, mas milhares que se encontravam na mesma vibração e transpunham o portal para ajudarem e serem ajudados pelo trabalho.

Um dos mortais que recebia um dos guias da rua chamou a atenção. Sua vibração era levemente diferente, e o ègun que o comandava parecia confortável. Ele recebia o guia chamado de "Zé Pelintra", e a incorporação era quase perfeita, com o adormecimento voluntário do espírito encarnado e o domínio completo do ègun. O corpo do médium se mexia com desenvoltura, sem qualquer constrangimento ou descontrole, parecendo realmente que o malandro estava ali, na carne.

Akèdjè assistiu ainda a transição da cerimônia, com a subida dos exus e pombagiras e a admissão dos pretos e pretas velhas, espíritos de vibração mais elevada, prestes a aconselhar os vivos. Mais uma vez, o médium recebia com perfeição o seu guia e aconselhava seus "netos". O respeito aos mais velhos era uma constante em quase todos os povos, chegara de África e encontrara similar nas nações indígenas que aqui habitavam, e a nova religião, aqui em desenvolvimento, resguardava a tradição. Os consulentes se curvavam para ouvir as palavras sábias e serenas dos "avôs" e "avós".

Quando acabou a sessão com os pretos velhos, e a audiência iniciava os cantos finais, Akèdjè se mostrou. Sua aparição espantou os outros èguns, e ele se dirigiu àquele médium que dançava para dispersar o axé que recebera nas consultas. As pessoas que procuravam consultas nas cerimônias estavam quase sempre angustiadas, preocupadas — ou até mesmo irritadas — e um pouco dessa energia acabava interferindo na energia do sacerdote, então, as danças, que ao início da sessão serviam para potencializar o axé, agora o dispersavam.

Akèdjè começou a dançar em volta do médium, fazendo os mesmos volteios, e foi se chegando. Sem incorporar, dançava no mesmo espaço físico onde habitava o corpo e criava um vórtice que o aprisionava. Ainda um pouco na dormência do transe, o humano girava e girava, sendo levado pela força espiritual do ègun. Tenório — esse era o nome do médium, agora Akèdjè sabia — dançava com desenvoltura para um homem de seu tamanho, as guias de contas que indicavam sua devoção rodando em seu pescoço e em seu peito nu. Akèdjè rodava junto e, no momento certo, incorporou.

Sua entrada neste corpo foi menos complicada, desta vez. O espírito de Tenório ainda se encontrava anestesiado, e ele tomou posse do corpo. Por um breve instante, entrou na mente do médium e viu toda a sua vida, seus sonhos, esperanças e medos. Isso quase o fez desistir, mas o instante foi breve demais, e sua determinação não se deixava abalar. Esticou sua força por toda a extensão da pele do cavalo, como um espreguiçar, e parou de dançar.

O corpo parou também. Akèdje cerrou os punhos. Sentiu as fibras, os músculos, os tendões se retesando. Sentiu o cheiro das velas do gongá, a terra sob os pés nus, o som da respiração suspensa da audiência que observava espantada. Havia dado certo. Akèdjè abriu os olhos e tentou falar.

A luz dos vivos era diferente da luz dos mortos. Os próprios vivos eram diferentes. Outras cores, outra beleza. Akèdjè então viu alguém que não estava ali antes, nitidamente, mas os olhos de humano não podiam perceber o halo de axé nitidamente. Ele então sentiu o ar entrar pelo seu nariz e os pulmões de expandido, a garganta pronta para a voz. Quando abriu a boca, não conseguiu expelir o ar e criar som, o corpo do médium não conseguia mais suportar a grandeza de seu espirito dentro de si. O coração deu um último e potente toque surdo e parou, levando o espírito adormecido de Tenório e o do Feiticeiro de volta ao mundo dos mortos ao mesmo tempo.

De volta ao Orun, Akèdjè despertou satisfeito. Não funcionara daquela vez, mas estava melhorando. A questão era achar o cavalo certo e montar. Desta vez não gritou de ódio, apenas ficou repassando as lembranças de habitar novamente a carne, os cheiros e cores que viu. Estava perto, muito perto. Sua hora chegaria em breve.

[HOJE] — Bom dia, senhores.
Ramiro entrara naquela manhã com o blazer em uma das mãos e um saco de papel pardo na outra. Gostava de comprar jujubas a granel e, na hora da escolha, privilegiava as vermelhas. "Os sacos que já vêm fechados são injustos com as jujubas vermelhas e roxas", disse ele uma vez, quando Ferreira falou que era nojento ele ficar metendo a mão no saco de papel engordurado.

— Ué, irmão? Já de volta? — Ferreira foi o primeiro a lhe dar as boas-vindas, a seu modo. — Achei que você estava de licença. Aliás, meus sentimentos pela perda de sua velha. Eu nem quero pensar quando isso acontecer comigo.

— Obrigado, Ferreira. É triste, mas essa é a ordem natural das coisas. O que importa é que agora ela descansou.

— Inspetor Ramiro, você não deveria estar em casa? Pelo que sei, faltam ainda uns três dias de licença para o senhor gozar, não? — disse o delegado Farias, saindo de sua sala com várias pastas na mão e o cigarro artesanal dançando apagado na boca enquanto falava.

— Com todo o respeito, Delegado, eu serei mais útil aqui.

— Mas você tem que descansar, cara. A gente sente muito pelo que aconteceu, mas precisamos de você inteiro aqui. Não é, Ferreira?

— Ô. Quem me dera ter mais três dias pra ficar em casa.

— Tudo bem, senhores, eu agradeço a preocupação, mas ficar em casa chorando não vai me ajudar em nada, o trabalho pelo menos me distrai.

— Eu me distraio é na praia, comendo um peixinho e bebendo uma cerveja. Você é esquisito, irmão. Já te falei isso, né?

— Ferreira, para de falar merda, deixa o cara em paz. — interveio Farias. — Então está bem, eu te entendo. Seja bem-vindo de volta.

— Obrigado, Delegado. E, Ferreira, quando isso acabar

a gente come um peixinho na praia, só não aceito a cerveja nem te levo pra casa depois, ok?

— Ih, olha só... O irmão voltou cheio de graça. — o desconforto de Ferreira acabou aliviando o clima na delegacia.

— Então, onde paramos? — perguntou Ramiro.

— Não conseguimos achar nada na pesquisa, nenhum relato anterior de morte em centros de macumba.

— Isso não significa nada, porque as mortes podem ter acontecido e não ter sido relatadas por serem consideradas apenas fatalidades.

— O que na verdade elas são, não é? Tipo, os caras estão lá no meio da macumba, caem de cu trancado e ninguém imagina que isso seja assassinato. Cara, nem eu acho que isso seja mais do que um azar do caralho.

— Ferreira, você acaba tornando sua opinião menos relevante quando a apresenta assim. — Farias virou-se para Ramiro e continuou: — Esta semana vamos interrogar os pais de santo dos três centros onde você registrou as mortes, depois partimos para o centro de Icaraí. Você quer começar?

— Delegado, se eu puder evitar me encontrar com o Pai Zenão, agradeço. É aquele do centro lá de Fazenda, o que está respondendo por associação com o tráfico.

— Esse eu acho difícil até da gente achar, mas tudo bem. Ferreira!

— Ah, não... Sabia que ia sobrar pra mim. E o caso do menino que escondeu a avó debaixo da cama lá no Alcântara?

— Isso é caso resolvido, cara. A avó morreu, ele se desesperou e escondeu a velha até feder, caso encerrado.

— E se foi ele que matou a avó?

— Jura que você acha que aquele menino com cara de babaca matou alguém? O coitado precisa é de ajuda psicológica, a Assistência Social já tá encaminhando isso. — Farias jogou uma pasta sobre a mesa de Ferreira. — Taí, ó, Pai Zenão de Ogum, é todo seu.

— Putz... De Ogum ainda. Vocês sabem porque chamam

São Jorge de Ogum? É porque ele matou todos os dragões da Lua e saiu gritando: "Tem mais ogum aí pra eu matar?"
— apenas Ferreira riu da própria piada. — Ih, vocês são mal-humorados pra caralho...
— Ramiro, pega esse da Trindade, onde morreu a Dona... Dona...
— Jurema. Mãe Jurema.
— Isso aí. E eu vou perguntar pro pessoal lá do outro centro, onde faleceu o tal do Brás.

Ferreira pareceu surpreso.

— Ué, Delegado, vai fazer trabalho de peão?
— E desde quando não sou peão, Ferreira? Esse caso virou prioridade, o tal do Arnóbio Presença deu matéria ontem no jornal ligando o óbito do Creso Murta com o do Tenório, o Secretário ficou puto. Pelo menos até essa poeira baixar, todos os esforços envolvidos. Mesmo que não dê em nada, a Secretaria precisa ver movimento. Agora vamos pra rua, que a semana está apenas começando e vai ser longa.

— Mas, Preto, o que você vai perguntar?

Ramiro tinha escolhido ir no próprio carro e levar Vanessa. Achava mais fácil, ela já conhecia o pessoal do centro e não pareceria tão invasivo. Esperou-a sair do trabalho no terminal, pra evitar o engarrafamento dos ônibus na volta pra São Gonçalo àquela hora. Ela entrou como um furacão no carro, cabelos soltos, e deu um beijo suado no motorista.

"Trindade, por favor. E não dá muita volta não, porque o dinheiro está curto!", e riu. Ramiro adorava essa risada, como se mordesse o ar. Não puxou papo, ficou quieto curtindo sua presença. Queria aproveitar um pouco daquele cheiro que ela soltava antes de começar a trabalhar, e ele quebrou o silêncio quando entraram na rodovia Niterói-Manilha.

— Ah, vou pegar um ou dois relatos sobre o que aconteceu.
— E o que você acha que aconteceu?

— Não sei. Por isso precisamos dessas peças para montar o quebra-cabeças.

Ela riu.

— De que você está rindo, Nessa?

— Acho tão engraçado esse lance de você falar essas frases feitas. "Peças do quebra-cabeças" — ela fez uma cara séria e imitou a voz de Ramiro. — Parece coisas de filme.

Ele apenas balançou a cabeça, sem graça. Sempre achou o comportamento dos policiais brasileiros desleixado, apinhado de palavrões e metáforas usando sexo ou futebol. Admirava a seriedade dos investigadores americanos e todo o jargão policial usado em seriados e cursos que fez. Mas agora, após a observação de Vanessa, começou a se achar ridículo.

— Eu não falo sempre assim... — se desculpou, tímido.

— Não, só quando está falando de trabalho. Mas e meu depoimento, não conta? Eu estava lá, te disse o que aconteceu... Aliás, eu estava presente em duas das mortes... Putz, que azar.

— Não, não quero envolvê-la nisso. Poderia comprometer a investigação, já que temos uma ligação.

— "Uma ligação" — imitou novamente, mas dessa vez Ramiro riu. — Você é meu namorado, Preto. Não começa com esses papinhos de falar igual a filme comigo não!

Ela se inclinou e deu um beijo estalado no rosto do rapaz. Ele olhou de lado e sorriu.

— Vamos dormir lá em casa hoje? — sussurrou em seu ouvido.

— Adoraria, se você não se importar que eu digite o que for colhido hoje nos interrogatórios.

— Acho que não é só isso que você tem que preencher não... — Vanessa mordeu o lábio inferior e abaixou o olhar. Ramiro sentiu a face esquentar e amou a ideia.

Sentado na cama, Ramiro repassava os depoimentos do dia. Ao seu lado, Vanessa dormia nua, roncando baixinho e mexendo as pernas para se livrar do lençol. "Acho que até amanhã ela consegue", pensou ele, olhando com amor para o corpo largado ao sono. Gostava cada vez mais de estar ali, de estar com ela, de estar nela. Agora que morava sozinho, pensava se não seria muito cedo para chamá-la para morar com ele, mas sabia que não era nenhum garoto, e a ideia de ouvir esse ronco baixinho toda noite o agradava muito. Inclinou-se e beijou seu ombro nu, antes de voltar para a tela do laptop.

O relato era o mesmo de Vanessa e muito semelhante ao que Farias lhe mandara por e-mail. Em um ato normal da religião, o médium recebia algumas entidades durante o culto (ou a "sessão", como eles chamavam) e, no final, quando todos já haviam terminado suas incorporações, continuava a dançar, até parar de repente e morrer. Nos dois casos relatados, o de Mãe Jurema e o do negro Tenório, o médium parecia receber alguma entidade muito forte e tentava algum ato antes de cair morto. Ramiro buscava diferenças mas só via semelhanças. Levantou-se, foi até a cozinha e ligou para o inspetor Ferreira, que atendeu apenas na terceira tentativa.

— Porra, irmão! Isso são horas...?
— Boa noite pra você também, Ferreira. Você pegou o depoimento do Pai Zenão?
— Caralho, você me ligou só pra isso? Irmão, alguns de nós têm vida fora da policia, sabia? Você devia estar é pelado, brincando de amor, não trabalhando.

Ramiro sorriu ao perceber que estava mesmo pelado, parado em uma cozinha que não era sua com um copo d´água na mão.

— Ok, Ferreira, mais uma vez peço desculpas. Mas pegou ou não?
— Peguei, peguei. Não consegui falar com o tal do Zenão,

mas conversei com umas duas pessoas que estavam lá na hora e disseram a mesma coisa. Amanhã eu imprimo os depoimentos e coloco na tua mesa.

— E não tem como me enviar por email agora?

— E você acha que eu vim pra casa digitar depoimentos? Se liga, cara. Tenho mais o que fazer, trabalho é no trabalho.

— Tudo bem. Só me diz uma coisa: alguém falou alguma coisa diferente do que a gente já sabia?

— Não, o cara estava na gira, aí parou no meio da dança, abriu o olho e caiu. Pensaram que ele ia falar alguma coisa, mas não, apenas olhou assustado e caiu duro.

— Não emitiu som nenhum então?

— Não, nada. Só isso?

— Só, obrigado. E boa noite.

— Vai dormir, porra... — e desligou o telefone.

Ramiro voltou pra cama e ficou olhando o computador. "Bom, todos muito parecidos... Mas o que têm de diferente?" Lembrou-se de Vanessa relatando que Tenório olhou assustado pra ela e caiu. Releu o depoimento enviado por Farias, releu o seu... E encontrou. Não era muito, mas Tenório abriu os olhos, Brás abriu a boca, e Mãe Jurema gritou. Bem, não era bem um grito articulado, mas emitiu som. O que quer que estivesse possuindo essas pessoas estava evoluindo e queria falar. No dia seguinte, iriam interrogar o pai de santo de Icaraí, no centro onde morrera o ator. Se estivesse certo, haveria uma evolução na incorporação dessa vez. "Talvez uma palavra, ou uma frase", pensou. Não era muito, mas era a única linha em que podia se agarrar.

Fechou o computador e foi colocá-lo na mesa da sala. Na volta, antes de deitar, colocou uma cueca, apesar de Vanessa dormir nua ao seu lado. Ela havia mudado de posição, jogou o braço em cima dele e gemeu alguma coisa assim que ele deitou. Sorriu e pensou sem pudor em como seria bom fazer amor com ela novamente quando acordassem.

Era dia, e Ramiro sentia as pedras do chão ferindo a sola de seus pés descalços. Ao seu redor, uma pedreira gigante, com escarpas e arestas intransponíveis. "Mais um sonho", pensou o inspetor, "mais uma mensagem".

Subitamente, uma trovoada ressoou tão alta que a terra tremeu, e o peito de Ramiro se apertou. Juntamente com o ribombar poderoso do trovão, um clarão fez sua cabeça zunir de cegueira, e ele esfregou os olhos com as duas mãos. Quando as coisas voltavam a ter foco, ele viu um Rei.

— Ajoelhe-se, rapaz. — a voz reverberava nas pedras e voltava em eco.

O homem era negro, forte e devia ser pelo menos uns dois palmos mais alto que Ramiro. Vestia uma coroa imperial e panos vermelhos e brancos desciam pelo seu dorso, sem cobri-lo totalmente. Trazia na mão direita um machado de dois gumes, e de suas narinas saía uma fina fumaça branca enquanto respirava, como gelo seco. Seus olhos eram negros, totalmente negros.

— Quem é você? — perguntou Ramiro, com um certo receio. O homem à sua frente emanava uma autoridade inata e despertava um obediência quase natural.

— Eu sou o Rei de todos os Reis, o dono do fogo e da justiça. O monarca impetuoso que sempre olhou pelo seu povo, que cobra de quem deve e confere mérito a quem o merece. Sou o Rei de Oió e de toda a nação iorubá. Agora demonstre algum respeito e preste reverência a Xangô.

Ramiro sentiu-se compelido pelo poder das palavras do orixá. Enquanto falava, dava pra perceber uma luminosidade estranha dentro de sua boca, como se o Rei mastigasse uma brasa acesa. Não ajoelhou, mas abaixou a cabeça em sinal de respeito.

— Bom, bom rapaz. Então é você que irá salvar todos nós?

— Desculpa, mas salvar quem?

— Nós. O nosso povo. Meus filhos foram trazidos escravizados para essa terra, junto com tantos outros, e nós viemos em seu auxílio. Cada povo trouxe suas crenças e seus orixás, e aqui nos unimos em uma nova fé que unisse os filhos de África e os que aqui habitavam. O deus dos brancos era pouco — assim como os próprios brancos eram minoria —, e nós deveríamos prevalecer. Mas o plano foi malogrado uma vez, e agora se encontra em risco novamente.

— E qual é o meu papel nisso tudo?

— Você foi escolhido, desde o nascimento. Foi fortalecido e escondido dos olhos do inimigo, e agora chegou o momento.

— Mas eu nunca soube disso, nem conheço nada sobre a religião de vocês.

— A religião não é nossa, é sua também. Você traz essa escolha no seu sangue e não pode negar. Sua mãe foi avisada e decidiu resguardar você de sua missão. Mas não escolhemos a missão, ela nos escolhe.

Sua voz era calma e ao mesmo tempo fazia tremer as pedras e a cabeça de Ramiro.

— E o que eu tenho que fazer? Os outros orixás — você é um orixá, não é?

Xangô apenas balançou a cabeça, e sorriu, mostrando a luminosidade por detrás de seus dentes brancos.

— ... os outros orixás me falaram dessa missão, mas não me disseram o que era para fazer. E esse tal de Akèdjè? O que ele é, na verdade?

— O inimigo é um ègun ressentido, preso ao mundo dos vivos pelo seu ódio. Em África, foi um grande sacerdote, e serviu a seu povo com sua sabedoria e seu axé. Trazido pra cá, negou seu destino e abandonou voluntariamente o mundo dos vivos.

— O que é ègun?

— É a essência sem casca. O espírito que sobrevive à matéria. Sua função não é ficar preso aqui, a não ser para trabalhar em prol de sua própria iluminação e da dos outros. Mas este Akèdjè possui apenas ambições egoístas de vingança. Ele está deixando um rastro de sofrimento e mortes que culminará no fim de nosso culto.

— E ele tem esse poder?

— O Baba vem se fortalecendo desde sua partida. Aprendeu a manipular o axé e agora quer realizar a possessão e transmitir sua mensagem de ódio.

— Mas, se ele é tão poderoso, por que ainda não me achou?

— Você está sendo escondido. Sortilégios são realizados deste lado de cá para que você permaneça incógnito aos olhos do inimigo.

Ramiro não gostava de ser manipulado. Toda aquela história, desde o começo, o deixava incomodado. Saber que as linhas de seu destino eram tecidas sem o seu consentimento o irritavam mais ainda.

— E se eu não quiser?

Os olhos de Xangô faiscaram, e quando falou pequenas labaredas escaparam pelo canto de seus lábios. Era muito mais que o muxoxo que fizera Iemanjá.

— É o seu destino. Ninguém pode fugir ao destino.

— Não? E o que Akèdjè fez? E minha mãe, ao saber da notícia e me levando para a igreja "dos brancos", como vocês chamam?

— Então você será apenas mais um covarde que dá as costas à sua própria essência. — a voz de Xangô fazia tremerem as pedras. — O que está em jogo aqui não é a religião, não é nenhuma religião, é a vida de um povo, o SEU povo!

Xangô se adiantou e encostou a mão esquerda no peito de Ramiro. O simples toque do orixá suspendeu a respiração do rapaz, que sentiu a pele de seu peito queimando como se tocasse um vergalhão incandescente. As pupilas negras de Xangô se fixaram nas suas, o fogo que saía de seus dentes cerrados agora escapava também pelas narinas dilatadas, e Ramiro pôde sentir o cheiro de fumaça. Quando falou, foi como se mil relâmpagos cruzassem os céus e explodissem na pedreira.

— Este é o meu selo, e sob este selo o inimigo será vencido.

O grito acordou Vanessa. Ramiro estava sentado na cama, apoiado sobre as mãos no colchão, cotovelos ligeiramente dobrados e respiração ofegante.

— Preto? O que foi? Você estava gritando!

— Nessa... — Não conseguia falar, apenas olhar para o local onde Xangô o tocara. Sentia ainda cheiro de fumaça. Vanessa olhou para o peito dele e deu um grito agudo, colocando a mão na boca.

— Preto... O que... O que é...

Em seu peito, os dois podiam ver o símbolo, gravado na pele como se fosse uma cicatriz recente. Com o diâmetro de um palmo, um círculo traçado em pele rosada sobre o dorso negro, com dois machados cruzados ao centro, desenhados de forma simples, como se feitos por uma criança.

— Vanessa...

— Ramiro... — Ela passou os dedos sobre a cicatriz. — Isso é um ponto, um ponto riscado, de Xangô... Como isso aconteceu?

— Eu preciso... Preciso te contar uma coisa.

[ONTEM] Outras possessões se sucederam, e a cada uma delas Akèdjè aprendia mais. Agora conseguia ler com clareza o médium mais forte da sessão, mesmo não sendo ele o Pai ou a Mãe de Santo. Muitos alcançavam o cargo na hierarquia do terreiro através da antiguidade, conhecimento acumulado ou até mesmo intrigas, mas alguns, apesar do pouco tempo vivido na religião, carregavam dentro de si uma força inata, necessária para quebrar as barreiras. O ègun sabia seus nomes no momento em que dançava junto com o corpo encarnado e, ao entrar no cavalo, conhecia seu íntimo. Por mais três vezes alcançara sucesso, conseguira mexer os membros como um boneco desajeitado, o que o fazia lembrar das brincadeiras realizadas pelos infantes em sua terra natal. Na última ocasião havia conseguido gritar, sentir o ar subir do peito — que por um momento fora seu — e articular. Porém, mais uma vez, o cavalo não suportara e morrera, relegando-o de volta ao Orun novamente.

A adoração dos humanos potencializava o axé transmitido aos orixás. Akèdjè aprendera a extrair o axé das oferendas, da natureza e agora até mesmo das danças quando se envolvia com o cavalo para a incorporação. Invejava a energia pura que fluía do coração do fiel quando se dirigia a seus ídolos, invejava e odiava. Queria poder receber também daquele axé, sabia que os orixás não eram dignos.

Só que os humanos não adoravam apenas os deuses. Com o passar do tempo, Akèdjè compreendeu diversas formas de adoração e diferentes ídolos. Os humanos adoravam bens materiais, adoravam papéis pintados que trocavam por outros bens, adoravam até mesmo outros humanos que não eram de suas relações pessoais: cantores e contadores de história, que lembravam a Akèdjè os *griots* que conhecera em África. E havia o amor. A lembrança do axé puro que ligava as almas através do amor lhe trouxe sofrimento; lembrou-se do amor que sentia por seus filhos na velha terra, e de Khanysha, a bela mulher que conhecera aqui e lhe fora arrebatada.

Naquela noite, Akèdjè escolhera um centro localizado em um local mais rico. As mortes que causara começavam a repercutir, ouvia sussurros tanto dos vivos quanto dos mortos que frequentavam os centros e terreiros. Mas a religião dos brancos ainda era hegemônica naquela terra, com suas variações, e os cultos africanos ficavam relegados a camadas mais pobres, consideradas menos importantes para a sociedade. Pobres morriam às pencas e serviam apenas como histórias menores. Mas os ricos, que tinham o controle sobre a palavra e a informação, também gostavam dos cultos. Rituais eram realizados em pontos favorecidos das cidades e frequentado por pessoas importantes. Assim sua mensagem teria mais eco e se faria ouvir.

O pai de santo da casa era forte, provavelmente seria capaz de receber o espírito do feiticeiro africano. Porém, enquanto Akèdjè observava as pessoas bem vestidas — quase todas brancas — ele percebeu outra coisa. Um dos médiuns recebia, além das vibrações normais de energia advindas da amizade e admiração mútua, feixes de adoração. Era conhecido e venerado, um *griot*, nessa terra chamado de "artista".

Em África, os *griots* tinham por responsabilidade a transmissão dos conhecimentos de um povo, só que, diferente dos sacerdotes, o faziam por meio da arte. Eram contadores de histórias e músicos, que cantavam e contavam coisas sobre a cultura, a religião e a vida dos povos africanos. Sempre recebidos com festa em todas as aldeias por que passavam, alguns se tornavam conselheiros de príncipes e reis, dado o seu jeito lúdico de ensinar e seu contato com o povo. Akèdjè conhecera alguns em suas andanças pelo velho mundo e vira nos olhos das crianças a mesma adoração que agora fluía para aquele iniciado.

Toda a sessão correu naturalmente, com os ritos cerimoniais sendo executados em sua ordem. Akèdjè percebia que o *griot* continuava recebendo atenções especiais, mesmo trabalhando com o axé.

Seu nome era Creso e fazia sucesso neste meio de transmissão de histórias tão popular nestes tempos, chamado por eles de televisão. Akèdjè descobrira isso tudo enquanto rodava com ele no meio do terreiro. Esperara toda a sessão, e, quando todos já se preparavam para terminar a cerimônia, o ègun se mostrou e envolveu o médium.

O pai de santo ficara preocupado. Era forte, Akèdjè podia sentir, e mentalmente tentava impedir seu progresso, mas já era tarde. O feiticeiro já aprendera a potencializar o axé através da dança do próprio iniciado que possuiria, como se recebesse a água de uma cabaça cheia que rodasse e respingasse. Quando entrou no corpo do *griot*, procurou conter sua força o máximo que pôde.

Mas Creso era forte, e Akèdjè aos poucos rodava com o corpo do cavalo. Quando abriu os olhos, o ègun viu o mundo com a nitidez que os encarnados veem. Olhou em volta, em cada rosto assustado que ali presenciava sua incorporação, e parou no pai de santo. Este se adiantou, pleno de arrogância, e perguntou seu nome. Akèdjè olhou com raiva para aquele ser humano insignificante que se achava no direito de lhe dar ordens, e seu ódio fez com que perdesse a concentração.

— Diga agora o seu nome, entidade! — repetiu o Babalaô.
— *Oruko... mi...* Meu nome é... AKÈDJÈ! — gritou, com toda a força de seu ódio, e explodiu o coração do *griot*.

E que agora esse nome ecoasse nas bocas dos vivos.

[HOJE] O dia já começava a clarear, e Ramiro e Vanessa conversavam sentados na cama.

— E quando esse negócio de sonho começou?

— Na mesma noite em que te conheci. Depois que saí do centro do Pai Zenão, lá onde você morava, fui pra casa e recebi a visita do Preto Velho, o mesmo Preto Velho que havia falado comigo. No sonho ele falava normal, sem aquele... aquele... sotaque, sei lá.

— E o que ele disse?

— Disse que eu era esperado e que eu salvaria a religião de vocês. A religião vinda da África, a religião do... — titubeou — ... nosso povo.

— Mas você nem é do Axé, Preto. Por que você?

— Tenho perguntado isso a todos eles, e até agora nenhum respondeu.

— E quantos foram?

— Ah... Vários. Depois do Preto Velho, fui visitado por uma pombagira — Ramiro se lembrou dos seios nus da pombagira roçando em sua pele, das mãos da moça em seu corpo, e sentiu o rosto queimar. — No mesmo dia em que a gente se encontrou no baile fanque.

— Por que você não me contou antes? — ela perguntou, com um ar de ciúmes.

— Não sei... Um pouco de vergonha, eu acho. Eu sempre tive um outro olhar sobre essa história toda... Eu fui criado na igreja, você sabe. Aprendi desde criança que isso tudo de macumba era coisa do Inimigo e que servia para fazer mal aos outros... Daí eu conheci você e a sua tia, e mais esses sonhos... No começo eu apenas achava que não fazia parte disso tudo, depois foi meio que pensar que eu não era digno, entende? Todos os sonhos, todas as mensagens, era tanta responsabilidade...

— Tá, e depois da pombagira? Aposto que foi Exu.

— Sim, mas não o Exu guia, o Exu orixá. Mas como você sabia?

— Exu é o senhor das encruzilhadas, o orixá que faz a ligação com Oxalá, que dentro do Candomblé é o orixá maior. É Exu quem abre os caminhos.

— É, foi isso que ele me disse.

Vanessa então deu um gritinho e esfregou as mãos, para o espanto de Ramiro.

— Falei alguma coisa errada?

— Não, é que isso é tão... tão... tão maneiro!

O rapaz apenas olhou, com cara de quem assistia a um filme sem legendas.

— Você não vê? Você foi visitado pelas entidades que eu conheço desde criança, só que por intermédio dos médiuns! Eu nunca vi, vi mesmo, Exu, ou pombagira, ou... ou... quem mais te visitou?

— Oxum, Xangô...

— Ai meu deus! Conta, conta pra mim, como eles eram? Eram bonitos? Saía fogo da boca de Xangô? Oxum é bonita? Conta, conta que eu quero saber tudo!

E Ramiro contou, descreveu com detalhes cada encontro que teve com os orixás, com Vanessa animada ao seu lado. Na cabeça dele, tudo isso era muito estranho, ser visitado pelos orixás em sonhos, mas para Vanessa parecia divertido, e ela considerava uma honra. "Minha vida toda querendo ver alguma coisa, e você, que nem da macumba é, cara a cara com os deuses!" — ela repetia a toda hora, porém sem inveja ou indignação, apenas admiração e respeito. Ramiro aos poucos ia absorvendo esse respeito e se sentindo até importante. Contou a ela sobre como Iansã a protegia, sobre o galo de Exu, sobre Iemanjá na forma de sua mãe... Quando terminaram, já estavam na cozinha, bebendo café.

— E o que você acha disso tudo, Nessa?

— Qual é o nome mesmo desse ègun?

— Akèdjè.

— Akèdjè... Já te contaram qual orixá que o rege?

— Não, Xangô disse que o plano dele é justamente destruir os orixás e os seus cultos.

— Bom, existiam muitos orixás em África, foram trazidos nos corações dos cativos para o Brasil, mas alguns são mais cultuados que outros, como aquelas lendas que a gente aprende na escola, de mitologia? Tem uns mais fortes que ficam em um vulcão, não é?

Ramiro apenas riu.

— Monte Olimpo. Os deuses habitavam o Monte Olimpo. Você deve estar fazendo confusão com o Vesúvio, que é um vulcão da Itália que...

— Tá, tá, sabichão. — o beijo dela era tão gostoso de banho tomado quanto ao acordar, Ramiro pensou. — E não tinham uns mais importantes que outros? Eu vi num filme, tipo um conselho.

— Sim, sim.

— Então, pelo que você me contou, faltam apenas três orixás: Ogum, Oxóssi e Oxalá, o maior de todos. Talvez Nanã, mas acho difícil...

— Por quê? E quem são esses aí, Ogum e Oxóssi?

— Ogum é o Senhor da Guerra, Oxóssi é o caçador das matas. Mas eu conheço uma pessoa que pode te explicar tudo isso melhor. Pai Romualdo é o cara que entende mais de macumba que eu conheço. Eu frequento há muitos anos, sou iniciada, mas sei pouco. No meu coração, religião é uma coisa mais para ser vivida no dia a dia do que estudada.

— Mas conhecer é bom, ajuda a diminuir o preconceito das pessoas...

— Preto, não adianta de nada. Quem tem preconceito contra o povo do Axé não quer conversar nem ouvir sobre isso, apenas discrimina e pronto. Você mesmo era assim, lembra? E se há um ano aparecesse um macumbeiro na tua porta de manhã e dissesse: "Senhor, o senhor tem um minuto para conversar sobre o Exu Marabô?" — Vanessa imitou a voz dos Testemunhas de Jeová que batiam de porta em porta aos domingos para divulgar a sua doutrina, e Ramiro riu. Mérito nenhum, ele ria de todas as palhaçadas dela, mesmo das que não tinham graça. Tinha certeza de que seriam felizes juntos, quando tudo isso acabasse, sentia algo confortável dentro do peito, como não havia sentido antes com outra mulher.

— É, eu acharia estranho... Mas não seria preconceito, apenas proteção.

— Proteção contra quem? Isso já é preconceito, Preto. Aliás, senhor queridinho dos orixás, é muito feio logo um negro ter preconceito contra alguma coisa, viu? — Vanessa fingiu indignação e fez beicinho.

— Tudo bem, tudo bem, eu admito. Agora vamos que eu tenho muito trabalho a fazer hoje, e ainda tenho que passar em casa.

— Me dá uma carona? Estou com saudades de minha tia...

— Claro.

— E, por falar nela, como isso vai ficar agora, Ramiro? Minha tia foi pra tua casa pra ajudar a cuidar da sua mãe, mas agora...

— Nada muda. Agora ela cuidará de mim. — Ele não havia pensado nisso até perceber as palavras saindo de sua boca.

— Não foi você que falou que estava bem grandinho para ter outra mãe cuidando de você não, menino?

— Vocês não podem voltar lá pra Fazenda dos Mineiros, Nessa. Principalmente agora, com a investigação.

— Mas uma hora a gente vai ter que voltar, Preto. Eu mesma não posso ficar aqui pra sempre, a Cristiane é legal mas não tem nenhuma obrigação de me acolher pra sempre.

— Por que você não vai lá pra casa também? — pronto, falou. Estava inseguro, achando que era cedo demais, porém não estava pedindo pra ela morar junto com ele agora, apenas oferecendo a sua casa como refúgio. Ou pelo menos era a ideia em que acreditava.

— Está me chamando pra morar junto contigo, figura?
— Vanessa tentava esconder o sorriso.
— Apenas por um tempo... Até a poeira baixar... — gaguejou.
— Vou pensar no seu caso. Agora vai lá botar um roupa, porque de cueca a única pessoa que você prende sou eu.

Quando ia passar a mão no peito dele, lembrou-se do ponto queimado em sua pele.

— Está doendo?
— Não, apenas coçando um pouco.
— E por que será que Xangô marcou o ponto? Os outros orixás fizeram isso também?
— Não, apenas ele. Disse que com seu símbolo eu venceria.
— Vou ligar para o Pai Romualdo, ver quando ele pode nos atender. Na pior das hipóteses, tem gira no centro dele na sexta-feira, lá no Pita. A gente tenta chegar mais cedo pra conversar, e, se você quiser, a gente fica pra sessão.
— E será que isso...
— Para de bobeira, o cara é visitado pelos orixás e está com medo de ir a uma simples sessão de macumba? — E deu um daqueles sorrisos que desmontavam todas as defesas de Ramiro.

Após deixar Vanessa em sua casa e trocar de roupa, encontrou com o Delegado Farias. O centro onde morrera Creso Murta ficava no final da praia, na subida da Estrada da Fróes, que ligava Icaraí a São Francisco. Eram bairros ricos de Niterói, com alta concentração de renda, e um centro de Candomblé ali destoava da paisagem.

— Estranho ter um centro aqui... — disse Ramiro.
— Por que, irmão?
— Ah, as religiões afro-brasileiras são geralmente frequentadas por pobres e marginalizados, desde a sua criação. Não é comum ver um centro em um bairro tão rico.

— Você que pensa. Rico adora uma curimba. É amém na igreja de manhã e saravá à noite. — Farias bufava com a subida da rua, enquanto enrolava um cigarro.

— Esses cigarros fedorentos estão acabando contigo, Farias. Não consegue nem subir uma ladeirinha. — Ramiro fez troça.

— Irmão, com todo o respeito? Vá à merda. — e sorriu.

Foram recebidos por uma senhora vestida de branco que os conduziu por algumas escadas (Ramiro olhou para Farias e apenas sorriu) até uma sala grande e envidraçada, onde se encontraram com Marcelino, o dono do terreiro.

— Então, senhor Marcelino, o senhor é o pai de santo deste centro? — disse o Delegado Farias, após as apresentações e saudações iniciais.

— Sim, eu sou o Babalorixá da casa. O que os senhores querem saber?

— Queríamos tomar o seu depoimento em relação à morte do senhor Creso...

— Ai, nem me fale que eu já tenho vontade de chorar! O Creso era um irmão querido de todos nós aqui, e vê-lo morrer daquele jeito...

— Que jeito? — interpelou-o Ramiro, para cortar o drama.

— Ah, aquela coisa estranha... Ele estava participando da sessão e... — a descrição foi muito parecida com todas as outras, porém com mais floreios e expressões exageradas. Ramiro anotava tudo e já estava ficando enfadado com as encenações quando — ... e aí ele falou.

— Repita, por favor.

— O Creso estava girando no santo, quando parou com os olhos esbugalhados e olhou em volta, para todo mundo, como se estivesse lendo cada um que estava ali. Eu me adiantei e perguntei qual era o nome dela, da entidade que havia baixado no Creso. Vem muita gente famosa aqui, sabia? — disse o Pai Marcelino, levantando a sobrancelha com ar pedante e olhando pra Ramiro. — O Creso não era o único. Já recebi aqui aquele menino que fez aquele filme, o...

— Senhor Marcelino, o senhor perguntou o nome da entidade, e o que ele disse? — Ramiro cortou o devaneio do pai de santo.

— Ele olhou pra mim com ódio, eu senti o ódio em seu olhar, sabe? Então eu perguntei de novo, e ele disse.

— Disse o quê?

— Eu não entendi direito, e olha que eu sei yorubá, hein? Fiquei seis meses na África aprendendo, participei de algumas giras lá, inclusive... Tá, tá, os senhores têm pressa, principalmente você, não é? Então... ele falou um nome, um nome africano... Alguma coisa parecida com "queijo", "quede"...

"Akèdjè", Ramiro pensou, mas conseguiu se segurar antes que a palavra lhe fugisse da boca. Como explicaria ao Delegado?

— E depois?

— Depois virou os olhos e, ah... foi horrível... — Marcelino ficou olhando para o mar, e uma lágrima escorreu de seu rosto. — O que será que está acontecendo com esse povo, meu pai?

— Bom, é só isso. — Farias se levantou com alguma dificuldade da cadeira funda que lhe foi oferecida. — Qualquer coisa voltaremos a entrar em contato.

— Mas já? Vocês não aceitam um suco, uma cervejinha?..

— Não, obrigado, estamos a serviço. — Ramiro queria logo sair dali.

— Hmmm, povo sério. Vem cá, vocês já têm alguma pista do que pode estar acontecendo?

— Não, senhor Marcelino. Ainda não. — Farias estendeu a mão para o pai de santo. — Até logo.

Após descerem as escadas, Farias perguntou diretamente para Ramiro.

— Irmão, você sabe alguma coisa que não sei?

— Eu... Eu... por que você está dizendo isso?
— Não é só você que tem faro. Eu vi a sua cara quando o Marcelino falou o nome dito pelo Creso. Você sabe que nome é esse?
— Não, senhor.
— Ramiro, presta atenção: eu estou do teu lado. Sei que no começo eu fiquei meio bolado com essa história, mas agora a gente está no mesmo barco. Se você me sacanear e esconder alguma coisa de mim, eu fodo com tua vida, está ouvindo? Arrumo um jeito de te transferir lá para São Fidélis, Macuco, aquelas roças lá. Quero ver você, com essa pompa toda de blazer e linguajar forense investigando a morte do porco de Seu Arley.

Ramiro abaixou a cabeça e ficou quieto. Em algum momento teria que compartilhar o que sabia com Farias, mas ainda não tinha certeza de nada e achava que só atrapalharia a investigação. Ele primeiro teria que saber o que estava acontecendo com ele, depois falaria.

— Pode deixar, Farias. Eu fui desleal contigo alguma vez pra merecer esse linguajar? — disse, em tom intimidador.
— Não, irmão, não me vem com esse papinho de crente não. Se você me sacanear, está fodido. Combinado assim?
— Combinado.

Entraram na viatura e voltaram para a delegacia.

A mídia não parava de dar notícias sobre as mortes nos centros. Perfis eram levantados, depoimentos de pessoas próximas e descrições detalhadas. Os programas de televisão ligavam os casos ocorridos com mortes anteriores em cultos obscuros, colocando tudo no mesmo saco, expondo a ignorância. A intolerância se expunha com força, e religiosos de variadas denominações davam suas opiniões odiosas sobre os ritos africanos na TV, ligando-os à matança de animais e à adoração do diabo.

Em outros tempos, Ramiro concordaria com os pastores. Agora via tudo aquilo com pena e alguma revolta. O pouco conhecimento que adquiriu em suas investigações — e em seu convívio com Vanessa e sua tia — fazia com que recebesse aquela salada de desinformações com desconforto. Um jornalista conseguiu fazer comparações com John Wayne Gacy e outros satanistas americanos, citando inclusive o culto suicida de Jim Jones (que era pastor evangélico), apenas para cultivar o sensacionalismo.

— Isso vende, Preto. Povo quer mais é ver sangue. — Vanessa estava deitada em seu colo, no sofá da sala de sua casa. Ainda não tinha trazido todas as suas coisas da casa da Cristiane, mas concordara em dormir lá quando a amiga não estivesse de plantão.

— É, mas eu ainda acho estranho. Todos esses anos trabalhando na polícia, já vi casos absurdos, mortes sem sentido e muita gente chorando seus mortos. Mas a mídia consegue transformar tudo isso em dinheiro, em espetáculo. É sangue, morte, e no intervalo crianças correndo e sorrindo com latas de refrigerante na mão.

Ele passava a mão em seus cabelos e em seu ombro. D. Maria Inês tinha ido se deitar após o jantar, e agora só estavam os dois acordados na casa vazia.

— Você conseguiu marcar com o pai de santo que você me falou?

— Consegui, mas ele está em Salvador e só chega na quinta-feira. A gente vai ter que conversar com ele na sexta mesmo, antes da sessão.

Ramiro agora olhava para sua mão tocando o ombro de Vanessa. Conseguia ver perfeitamente uma fraca luminosidade vibrando da ponta de seus dedos, entrando em contato com a pele nua do ombro dela. No encontro dessas duas energias, podia perceber com clareza pequenas fagulhas, como um curto circuito. A pele sob seu toque se arrepiou, tornando-se áspera. Ele abaixou a cabeça e beijou o pescoço dela.

— Hmmmmm... Para, menino. Depois vai querer correr...
— Nem vou. Vamos para o meu quarto?
— Eu ia dormir aqui no sofá mesmo...
— Por quê?
— Ah, Preto... Sei lá... Respeito. Sua mãe...
— Minha mãe não está mais aqui, e tenho certeza de que ela não ficaria chateada.
— Não sei... Não me sinto à vontade... Você fica chateado?
— Não, não fico. Eu gostaria de dormir abraçado contigo, sentindo o seu cheiro... Ouvindo você dormir ao meu lado. Mas eu te entendo.

Vanessa se apoiou nos cotovelos e o beijou na boca. Quando falou, seu rosto estava tão perto que Ramiro podia sentir o calor de seu hálito.

— Você sabe que eu não imaginei que isso tudo aconteceria assim? Eu já achava que ia ficar pra titia, que nunca ia encontrar um cara legal... Sempre me dei mal com homens.

— Nunca diga sempre, nunca diga nunca. — ele sorriu.

— Os guias falavam que o que era meu estava guardado, que quando eu parasse de esperar surgiria um cara legal. E acho que foi o que aconteceu, já não tinha mais esperanças, e você apareceu. Todo esquisito, de blazer dentro da favela, perguntando sobre um cara que tinha morrido no centro.

A proximidade de Vanessa era inebriante. Ele passava a mãos nos cabelos de sua nuca, sentia seus seios amassados sob a camisa de algodão, a quentura de sua pele em contato com a sua. Ali, naquele momento, ele teve certeza de que tudo se encaixaria.

— Mas a gente está só começando, e tem tanta coisa que pode dar errado... — ele falou, timidamente. Passara tanto tempo sozinho e agora tinha medo da velocidade em que aquilo tudo acontecia entre eles.

— Mas vai dar certo, Preto. Já deu certo. Estamos aqui, não estamos? E só de saber que você se contenta apenas em dormir ao meu lado já te faz diferente de todos os outros que conheci.

— E foram muitos? — uma pontada de ciúmes se fez notar na voz de Ramiro.

— Mais do que eu gostaria, menos do que essa sua cabecinha deve estar pensando, seu bobo. — Ela riu e o abraçou mais forte.

— Tudo bem, desculpa. Olha aí, propaganda de banco: crianças correndo felizes e adultos alisando posses materiais. Bem que eu falei.

— Ui, que menino inteligente. Vem cá, desliga essa TV e vamos dormir.

Era na mata. Parecia com o lugar onde se encontrara com Oxum, mas não havia rios ou cachoeira, apenas mata fechada e sons de animais ao longe. Lembrou-se dos programas da televisão, onde pessoas tentavam sobreviver apenas com suas habilidades em achar água ou montar armadilhas e comer animais crus.

Ramiro sabia que não eram mais sonhos. Tinha a consciência de que seu corpo estava em repouso no sofá da sua sala, enquanto Vanessa dormia em sua cama. Esses eram os encontros, a forma com que os orixás encontravam para se comunicar com ele. Lembrou-se do que Vanessa falara: faltavam apenas três orixás, e ali devia ser o reino de Oxóssi.

— Oxóssi! — gritou por entre as árvores. — Estou aqui.

Nenhuma resposta. Decidiu então caminhar por uma pequena trilha formada entre a vegetação. As copas das árvores eram tão densas que parecia noite. Em poucos locais, a luz do sol conseguia entrar e desvelar os mais variados matizes da vegetação. Do canto dos olhos, via pequenas formas se moverem por entre os galhos e arbustos. Seus pés esmagavam folhas úmidas, e o cheiro da terra molhada se misturava no ar.

Já havia andado por bastante tempo, quando viu a vegetação se mexer à sua direita. "Oxóssi", Ramiro ainda falou, mas o que passou correndo à sua frente foi um porco do mato, fazendo-o cair sentado no chão com o susto. Foi quando saiu de dentro do mato a onça.

Primeiro foi a cara larga, se destacando entre as folhas verdes. Depois, lentamente, as patas da onça parda se adiantaram, trazendo seu corpo. Devia estar perseguindo o porco do mato, e agora encontrara uma presa maior, quase indefesa. Ramiro congelou de medo. "É apenas um sonho", tentou se convencer, mas estava vulnerável demais sentado ali no chão molhado e sentiu um pavor que nunca havia experimentado. Já vira onças pintadas e pardas em livros e em filmes — até maiores do que esta —, mas a proximidade física de tal animal o deixara atônito. Nem quando se escondia atrás de paredes inacabadas e via o reboco estourar à sua frente, com as balas dos bandidos, havia sentido tanto medo.

O animal retesou os músculos e preparou o bote. Ramiro suspendeu a respiração e pensou em lutar, mesmo sabendo que seria inútil, tanto quanto correr. Uma vez ouvira dizer que se a gente morresse em sonhos morria na vida real também. Agora ele saberia a verdade.

A onça pulou com as garras estendidas para a frente, e a boca arreganhada mostrando todas as presas. Ramiro sentiu o impacto do animal com o braço esquerdo que colocara à frente de peito para se proteger. Seu corpo pesado agora estava sobre o rapaz, e só. Em um breve momento — que pareceu durar dias — esperou pelos dentes e garras da onça em sua pele, mas nada aconteceu, apenas um líquido quente e viscoso descia e começava a molhar sua barriga. Ele abriu os olhos e viu a cara do animal sem vida sobre seu rosto. Passou a mão no lugar de onde vinha o sangue, e não era seu. A onça trazia uma flecha enterrada em seu dorso.

— Levante-se. Não será desta vez que você morrerá em sonho, nem na carne.

A voz era calma, mas tinha um comando natural, como se seu emissor soubesse exatamente o que estava dizendo e que seria uma idiotice tremenda não confiar nele.

Ramiro jogou o corpo do felino para o lado, ainda assustado, e viu o caçador. Segurava um arco na mão direita e um bastão na outra, parecendo um cetro, com tiras de couro. Usava panos rústicos na cintura, parecendo uma saia, e sobre a cabeça trazia um chapéu feito de penas. Estranhou que o orixá não tivesse fortes traços africanos, como os outros, mas tinha uma aparência mais parecida com os índios e caboclos brasileiros.

Oxóssi se aproximou da caça e retirou sua flecha, que guardou numa aljava que trazia às costas.

— Você é... — Ramiro ainda estava assustado com a ação rápida, tanto da onça quanto do orixá.

— Sim, sou Oxóssi. O caçador de uma flecha só, dono da mata. Vamos andando.

— Para onde?

— Apenas me siga. E traga a onça.

Andaram por alguns minutos pela trilha, Ramiro tentando levar o corpo do felino de todas as maneiras. Por fim, colocou-o nas costas, o sangue descendo pela parte de trás de sua blusa, como se carregasse um soldado ferido. Oxóssi dava olhadas rápidas para trás e ria do esforço do rapaz, enquanto ia sacudindo o cetro à sua frente.

— O que é isso? — Ramiro puxou conversa.

— É um eirukerê. Um cetro mágico usado pelos caçadores em África para se proteger na mata. Você não deveria ter entrado sem um desses. — e sorriu.

— E como eu ia saber? — Ramiro riu também. Com os outros orixás, ficara intimidado e amedrontado, mas agora parecia que estava com um amigo, tamanha a simplicidade e franqueza de Oxóssi.

— Situações de perigo criam laços fraternos — Oxóssi

parecia ler seus pensamentos. — Na floresta, como na guerra, todos os homens se irmanam.

— Menos com o inimigo.

— O inimigo é apenas transitório, não há inimigos definitivos. Esta onça que você carrega era sua inimiga?

— Não... Ela estava caçando um porco do mato, provavelmente com fome. Apenas calhou de eu estar em seu caminho.

— Assim como o ègun Akèdjè. É apenas um espírito perdido, não sabe o que faz. Mas tem que ser parado. É aqui.

Ramiro percebeu que haviam chegado a uma clareira, onde brasas ainda ardiam em um pequeno círculo de pedras. Ao canto, uma barraca rústica e alguns utensílios demonstravam um acampamento de caça.

— Você está com fome? — a pergunta de Oxóssi bateu diretamente em seu estômago.

— Nós iremos comer a onça?

— Sim, nenhuma morte deve ser em vão. Vamos comer a carne em respeito ao nosso inimigo, abatido na luta. Não tem um dos melhores gostos, mas é o mínimo que podemos fazer. — Oxóssi pegou o animal de seus ombros com facilidade e começou a tirar a sua pele, sem estragá-la. Reacendeu o fogo e espetou pedaços da carne do felino em espetos de pau, já enegrecidos.

Ramiro sentou-se no chão úmido, enquanto o orixá ficou acocorado, como os índios.

— Quando eu vim para esta terra — Oxóssi falou — meu culto veio comigo. Enquanto meus irmãos continuam sendo adorados em África ainda hoje, todos os meus sacerdotes vieram cativos para este continente. Aqui, me misturei aos cultos dos povos nativos, que também viviam dos proventos retirados da floresta.

— Você se parece mais com os índios do que com os negros vindos de África.

— Isso, e os modos nativos. As religiões que aqui foram criadas não são as mesmas que existiam em nosso continente.

É algo novo, que soube juntar os costumes dos povos daqui e os de lá. Akèdjè erra em querer destruir algo que só existe em sua ideia.

— E como ele será parado?

— Nós o aprisionaremos. Encerraremos seu espírito para que possa aprender, para que tenha olhos para ver a beleza das relações criadas nesta terra. Para isso ele foi trazido pra cá e deu as costas ao seu destino. Agora culpa a gente.

— E onde ele será aprisionado?

— Em você. — Oxóssi falou displicentemente, enquanto se adiantava para a fogueira e cortava um pedaço da carne com uma pequena faca rústica que tirara da cintura.

— Em mim? — Ramiro sentiu um pânico semelhante ao que experimentara no encontro com a onça parda.

— Sim. Você é o vaso que poderá contê-lo.

— Mas... mas... ele mata todos os que possui!

— Você não será possuído. Esse símbolo gravado em sua carne pelo Rei de Oyó — e apontou com a faca para o peito do rapaz — o protegerá e servirá de cela para o ègun.

Ramiro ficou em silêncio. Então era pra isso que estava sendo preparado. Seu corpo seria a cela que aprisionaria o espírito que vinha matando todos os médiuns em que incorporava.

— E por quê? — ele disse ao orixá.

— Essa ainda é a pergunta que o incomoda?

— Por que os deuses precisam da ajuda de um mortal como eu, que era adepto de outra religião?

— Não somos deuses, Ramiro.

— E o que vocês são?

— Somos forças da natureza, personificadas. Sempre foi mais fácil para os humanos darem uma cara para o que não conhecem, representarem suas dúvidas através de seus próprios dramas. Todo esse axé proveniente da adoração nos criou. Deus, como você o conhece, só há um, e mesmo a religião dos brancos sabe disso. Não somos deuses e somos, na mesma medida em que todas as criaturas são, e apenas os humanos podem reconhecer e pensar sobre isso, o resto da natureza apenas executa sua divindade sem questionar.

— Mas, mesmo assim, por quê?

— Já disse, fazemos parte da natureza, como vocês e como tudo que nela habita. Precisamos dos humanos mais do que os humanos precisam de nós. Nossa intercessão e nosso poder não vão além da influência que exercemos sobre os espíritos, encarnados ou não. E você tem um papel importante nisso.

Ramiro se calou e ficou pensativo.

— Você ainda se pergunta por que você foi o escolhido?

— Não, não tenho mais esperanças de conseguir essa resposta. Pergunto apenas como.

— Ele tentará possuir você, Ramiro. Há um espaço de tempo pequeno entre a tentativa e a possessão completa, e neste tempo curto você realizará a ação.

— Que ação? O que devo fazer?

— Falta um elemento, e ele lhe será dado por meu irmão Ogum.

— E depois? Ele ficará dentro de mim? Podem dois espíritos habitar o mesmo corpo?

— Ele não estará encarnado em você, apenas aprisionado, sem autonomia ou função vital para seu corpo. O signo de Xangô o manterá aí até o momento de seu desencarne, na esperança de que aprenda. Ele estará dentro de você, mas sem habitá-lo.

— E qual é a garantia de que isso vai dar certo?

— Nenhuma. Assim como os encarnados, também passamos nossa vida a fazer planos, nem sempre eles dão certo. Tudo depende da vontade do Pai, não da nossa. Mas é a nossa única chance de parar Akèdjè. Vamos comer.

Após comerem em silêncio, Ramiro deitou-se no chão úmido e adormeceu no sonho, apenas para acordar dele logo depois.

[ONTEM] O espírito do feiticeiro estava ansioso. Um alarme surdo, como um chocalhar de cobra no meio da vegetação seca, avisava que seu tempo estava chegando, e ele não sabia dizer se era apenas a antecipação do cumprimento da missão ou um aviso. Mas, a cada incorporação — principalmente após a morte do *griot* —, ele sentia que estava mais perto e que não poderia parar.

Era noite de sexta-feira, data que no calendário dos vivos significava o fim de um ciclo e consagrava as sessões. Por toda parte, cânticos se elevavam e oferendas eram feitas, seja na religião que se criara sobre a fé nos *manes* ou na que reunia as diferentes crenças nos variados orixás cultuados pelos povos de África que aqui chegaram. Akèdjè se preparara desde a última incorporação e agora estava decidido a não falhar.

No primeiro centro, não esperou nem terminar a sessão das crianças. Identificou o médium que acreditou ser capaz de recebê-lo e o possuiu. Fora precipitado, o humano caiu ao chão antes que pudesse sequer abrir os olhos. Desta vez, quando percebeu que o cavalo morreria, Akèdjè subiu. Isso evitou que ele fosse arrastado junto com o espírito que acabara de desencarnar para o Orun, e, apesar de confuso, retornar rápido ao seu estado.

De longe, observava a confusão criada pela morte do iniciado, quando ouviu ao longe outro batuque. Abria seu espírito para receber o chamado dos humanos e se deslocava rapidamente para outro centro. Chegando lá, esperou — temendo errar novamente — e escolheu o médium. Entrou em seu corpo após a incorporação do povo da rua e, desta vez, conseguiu gritar. Queria falar, mas não conseguiu dominar o controle das funções humanas a tempo, e o único som que conseguia emitir era um grunhido desesperado, como um apelo. E Akèdjè não estava apelando nada, a ninguém. Seus dias de apelo haviam terminado.

Outro centro, e neste o ègun percebeu logo de cara a carga espiritual mais pesada. As pessoas ali queriam fazer o mal e usavam as religiões africanas como álibi. "Quero que meu chefe morra" ou "Ela nunca vai ser dele" eram as vibrações recebidas por Akèdjè, tão nítidas quanto vozes. Ele possuiu um médium que vestia capa e cartola, e a audiência entrou em êxtase. Era um cavalo poderoso, e o ègun conseguiu olhar bem o rosto de cada um, com a mão segurando as próprias ancas, em estado de desafio. Não tentou falar logo de imediato, apenas observou e ficou enojado com os sorrisos e olhares em êxtase. Naquele centro, a audiência esperava era coisa ruim mesmo, e queria mais.

Quando falou, queria dizer que voltassem para suas casas e cuidassem o melhor que pudessem de suas vidas. Você não pode interferir no destino dos outros, apenas no seu, e tentar fazer o melhor para todos, para assim receber apenas coisas boas. A chave para a humanidade estava no próprio ser humano; não era em nenhum deus ou orixá, bastava aprender que o universo era um organismo complexo e vivo, onde cada um deveria fazer a sua parte.

Mas, ao abrir a boca, conseguiu apenas articular sílabas soltas — o que eram mais que os gritos desesperados. Enquanto em sua mente a mensagem era "Parem, vão para as suas casas e façam o bem", o que a audiência ouviu foram grunhidos e não palavras. Era um médium forte, aquele cavalo, mas seu coração teve o mesmo destino dos outros, explodindo segundos após a subida de Akèdjè.

No terceiro e no quarto centros, Akèdjè repetiu o ritual. A noite crescia, e os corpos que iam ficando para trás testemunhavam os esforços do ègun em estar na carne e dar o seu recado. No ritmo da jornada, e embalado pelos pequenos sucessos, tomou coragem finalmente e entrou em um terreiro de Candomblé.

As barreiras energéticas levantadas em torno daquela casa eram fortes, e Akèdjè teve dificuldade para transpô-las.

Quando se aproximou, o Babalaô que comandava a casa percebeu.

— Silêncio! — disse ele, e os atabaques pararam. — Ele está aqui.

Os humanos que participavam da celebração ficaram se olhando, confusos. Akèdjè se irritou com o reconhecimento e se adiantou para o centro do terreiro.

— O que você quer, èguN? — aquele encarnado emanava sabedoria, mas sua vibração de axé era fraca. — Dê o seu recado, estamos prontos para ouvi-lo.

Os outros iniciados se dispunham à volta do pai de santo, concentrados em manter o campo de energia do local. Alguns batiam palmas surdas, apenas unindo brevemente as mãos em gesto, outros murmuravam para si, como se cantassem pra dentro. Ao longe, Akèdjè podia perceber olhares e pensamentos ansiosos: as notícias da noite já haviam chegado ali, e já sabiam quem ele era. Um exame preciso detectou o médium com maior possibilidade de recebê-lo naquela roda: era uma mulher, já entrada em anos.

O pai de santo começou a bater palmas e a murmurar um cântico, seguido pelos seus acólitos. Lentamente, começavam a girar em torno do babalaô, que emitia sons melódicos porém sem articulação de palavras. Akèdjè entrou na roda, e o pai de santo estremeceu.

— Venha, èguN, transmita seu recado para este mundo! — o pai de santo batia palmas ritmadas, e seu corpo acompanhava.

Seu nome era Romualdo, Akèdjè soube enquanto rodeava seu corpo. Estava pronto para lhe servir de cavalo, os indícios do transe já em largo andamento. Seria fácil entrar naquele ali, mas sabia que seu corpo não aguentaria por muito tempo. Girou no sentido anti-horário até alcançar a médium. Mãe Sandra, como era chamada, trabalhava há muitos anos no terreiro. Tinha consciência de sua força, mas não gostava de se expor, então preferia não assumir posições de liderança nem montar seu próprio terreiro. Nesse momento, ela murmurava o ponto iniciado pelo dono do centro, que agora começava a articular as palavras. Era um ponto cantado em homenagem ao Senhor da Justiça, e Akèdjè não podia permitir que continuasse. Enquanto era sacerdote, nunca oficiara ritos para esse orixá, mas sempre admirara sua força e altivez. Essa altivez se transformara em arrogância quando o feiticeiro clamou por socorro, amarrado e arrastado pelos campos de vegetação baixa até o porto onde seria vendido, junto com centenas de outros irmãos, a mercadores de almas que os levariam ao outro lado do grande oceano para serem menos que animais. E aí também morreu a ideia de justiça que conhecia.

Rodeou a mulher enquanto ela lentamente girava. Seu orixá de cabeça não era o da casa, mas a Avó, a mais velha. Seu coração era pleno de amargura por tudo o que não conquistara na vida, e todos eram culpados por isso — menos ela. Entrou pelo espaço entre seus olhos, que rolaram nas órbitas e exibiram apenas a bola branca.

De repente, o que todos viram foi a Mãe Sandra entrar na roda girando, com muito mais vitalidade do que costumava, ou que todos eram acostumados a ver. Akèdjè empurrava o espírito de Sandra para algum recôndito de seu corpo, e assumia lentamente suas funções. A primeira coisa que fez foi abrir os olhos e sorrir para o Pai Romualdo. O pai de santo congelara, e o ègun tinha certeza de que ele o via. Os tendões esticados, os músculos retesados, Akèdjè rodava, como se a dança celebrasse seu domínio na carne, quando na verdade apenas o ajudava a tomar posse do cavalo, "esticando" seu espírito desencarnado até os limites físicos da carne.

— Apresente-se, espírito. Tome voz e transmita sua mensagem. — Akèdjè via a boca de Pai Romualdo se mexer, mas suas palavras chegavam como se estivessem ambos em dois fundos de poço diferentes. Sua postura era a mesma do orixá que cultuava: prepotente, mandão, a se arrogar de prerrogativas importantes como se fosse delas digno.

Parou a dança e olhou para ele. A força de Mãe Sandra era intensa, e mesmo pelos olhos da carne ele conseguia ver o halo brilhante em torno do corpo físico tremelicar e recrudescer. Medo.

Abriu a boca, e falou:
"A farsa acaba aqui."

Não foi claro, parecia alguém que falava com folhas e galhos na boca, mas desta vez a voz saíra e, pela expressão da audiência, havia sido compreendida. Akèdjè começou a sentir o espírito de Mãe Sandra se desligando do corpo e sabia que aquele era o momento para subir, antes do coração da médium explodir e ambos serem tragados pelo redemoinho que leva as almas recém-desencarnadas para o limbo do esquecimento. Porém, nunca estivera tão pleno em uma incorporação e decidiu sofrer as consequências.

— Sssseus deuses são uma farsa", — continuou, "o único poder que tem"...

O silêncio na casa de Pai Romualdo era quase palpável. Mesmo os que pareciam alheios à toda cerimônia agora se adiantavam e colocavam as mãos em concha sobre os ouvidos para tentar compreender.

— ... é o que vocês dão a eles. Eles não podem salvar vocês, NÃO PODEM!"

E Mãe Sandra caiu no chão, com a agonia estampada no olhar, a mão em garra sobre o peito e um estranho sorriso de triunfo que oègun gravara em seu rosto.

[HOJE] — Então você é o homem?
Pai Romualdo estava de calças jeans, sandálias e camisa do Botafogo quando abriu o portão para receber Ramiro, Vanessa e D. Maria Inês.

— Isso é jeito de receber as pessoas, vestindo esse pano de chão? — D. Maria Inês se adiantou e deu um abraço no pai de santo, que retribuiu com alegria.

— Olha o respeito, Dona Inês, isso aqui não é a bagunça do teu Flamengo não!

— Até parece... Pelo menos meu time nunca foi rebaixado, fio.

— Coisas do futebol, coisas do futebol... E você, menina, como vai? — Romualdo pegou a cabeça de Vanessa e deu um beijo em seu rosto. Era um homem grande, e Ramiro teve a impressão de que aquelas mãos grandes podiam esmagar a cabeça de sua amada como se fosse um melão, se quisesse. Não soube explicar, mas aquilo o fez sentir um pouco de ciúmes.

— Tudo indo, Aldo, tudo indo. E este é o Ramiro.

— Prazer, Romualdo. Seja bem-vindo. — Ramiro apertou forte a mão do homem, não queria parecer intimidado.

— O prazer é todo meu.

— Então é você, hein? Rapaz, quando a Nessa me ligou para falar de você, eu já tinha ouvido rumores.

— Que rumores?

— E a gente vai conversar na porta? Cadê a sua educação, menino? — D. Maria Inês interrompeu a conversa, fazendo Ramiro finalmente se lembrar de que ainda estava apertando a mão de Romualdo e soltar.

— Vamos, vamos entrar. O pessoal não vai chegar tão cedo, dá tempo de a gente beber um café.

Uma rampa de cimento para pedestres levava do portão até a ampla varanda da casa, situada na frente do terreno. O terreiro de Pai Romualdo ficava no Pita, um movimentado bairro de passagem entre o centro de São Gonçalo e Niterói, em uma rua paralela à principal. O alto muro branco não deixava entrever o seu tamanho, e apenas dois jarros de barro e um símbolo de ferro retorcido sobre o portão denunciavam que ali era um terreiro de Candomblé.

— Fiquem à vontade, vou lá dentro buscar uma água gelada e colocar a panela no fogo para fazer um café.

Assim que ele saiu, Ramiro se inclinou na cadeira de ferro e perguntou baixinho para Vanessa:

— Vocês se conhecem há muito tempo?

— Sim, Romualdo me viu pequena. Não parece, mas ele já está beirando os 60. Forte, né?

— É... Muita coisa. — Ramiro falou, um pouco sem graça.

— Que foi, menino? Ficou com ciúmes, é? — pegou o queixo do rapaz e fez como se fosse com uma criança. — Bobinho.

— Então, em que posso ajudar? — Romualdo voltara de dentro da casa com uma jarra de plástico e três copos.

— Pai Romualdo, o Ramiro está envolvido em uma história e precisa de alguns esclarecimentos...

Romualdo colocou as mãos nos próprios joelhos e se inclinou para Ramiro.

— Garoto, na semana passada, conversei com um preto velho que me disse algumas coisas. Falou inclusive que você me procuraria.

— Falou? Mas como...

— Você está no centro de um grande acontecimento, que pode mudar o caminho das religiões de matrizes africanas no Brasil. Foram muitos anos para que pudéssemos comungar em paz o nosso credo, e agora tudo pode ir por água abaixo.

— E como isso pode acontecer? — perguntou o inspetor.

— Você sabia que a macumba chegou a ser proibida no Brasil? Faz muito tempo isso, meu pai me contou as histórias... — Romualdo coçou a barba grisalha que lhe descia abaixo da orelha em direção ao seu queixo. — E agora pode acontecer de novo. Independente das implicações religiosas, essas mortes todas chamam a atenção e acabam fortalecendo o preconceito. Num país onde o fundamentalismo só cresce... É só fazer as contas.

— E o que mais o Preto Velho falou?

— Que você era o cara. O escolhido para dar fim a essas mortes, e que eu poderia te ajudar. Ainda não sei como, mas minha casa está aberta.

— Pai Romualdo, ele tem sido visitado pelos orixás em sonhos.

— Sim, você me falou ao telefone. E como é isso, Ramiro? — perguntou o pai de santo, em um misto de curiosidade e admiração.

— Bem... — Ramiro respondeu sem graça. — Primeiro foi um Preto Velho mesmo. Depois uma pombagira, e aí vieram os orixás, nesta sequência: Exu, Oxum, Iansã, aquele da roupa de palha...

— Omolu. — completou Vanessa.

— Isso, Omolu, Iemanjá, Xangô... e Oxóssi.

— Oxóssi? — Vanessa se assustou. — Você não me contou esse, Preto.

— Não tive tempo, deixei para contar hoje de uma vez.

Vanessa fez um muxoxo por ter sido contrariada.

— E o que eles disseram?

— Em resumo? Que um espírito — èbun, como vocês chamam — vinha se fortalecendo para destruir as religiões africanas, e que eu era o único que poderia pará-lo.

— E que èbun é esse?

— Ele foi um feiticeiro africano... Seu nome é Akèdjè. Ele se ressente de ter sido abandonado pelos orixás, ter sido capturado e trazido para cá como escravizado, agora quer se vingar.

— E por que você?

— Nenhum deles me respondeu a essa pergunta.

— O Ramiro era evangélico, Aldo. — cortou D. Maria Inês.

— Ele e a mãe dele, que Deus a tenha, pessoas muito boas, de igreja... E de repente se veem envolvidos nesse rolo todo.

— "Era" evangélico? E não é mais?

— Não sei. — Ramiro respondeu com uma sinceridade que surpreendeu até ele mesmo. — Não depois de tudo isso, e eu nem sei como vai acabar.

— Hmmmm... Espere, a água já deve ter fervido.

Quando Romualdo sumiu para dentro de casa, Vanessa não se conteve.

— E esse sonho de Oxóssi que você não me contou, hein?

— Ah, Nessa... Foi na manhã de ontem, e a gente não se viu depois disso. Agora é você que está com ciúmes? — ele riu, ela não.

Romualdo colocou a cabeça de volta na porta da sala:

— Gente, que tal a gente tomar café na cozinha, hein? Vamos deixar de formalidades, vou ficar servindo vocês não! — e sorriu.

A cozinha e a copa eram divididas por uma meia parede, e os azulejos iam até o teto, juntamente com o cheiro de café fresco. À mesa da cozinha, eles continuaram.

— Pai Romualdo — disse D. Maria Inês — Ogum não deveria ter sido um dos primeiros orixás a aparecer para Ramiro? Pela ordem do xirê, ele tinha que ter vindo depois de Exu, não?

— Sim, é estranho... Mas este é um caso muito incomum, então os preceitos devem ser outros, de acordo com a vontade dos orixás.

— O que é a ordem do xirê? — Ramiro perguntou.

— "Xirê" é uma palavra em yorubá que significa "roda", ou dança. Os orixás seguem uma ordem determinada para incorporarem e realizarem sua dança específica. Como em todos os rituais do Candomblé, o primeiro a ser convocado é Exu, logo depois, Ogum, seguidos pelos outros orixás.

— É, depois de Ogum vem Oxóssi, Omolu... A ordem

está mesmo trocada. Mas deve ter alguma relação com o trabalho que Ramiro deve realizar, não? — disse Vanessa.

— Provavelmente. E algum desses orixás te disse de que modo isso será feito, Ramiro?

— Bom... Quando me encontrei com Xangô, ele deixou isso. — Ramiro abriu a camisa de botão e mostrou o ponto riscado em seu peito, para espanto de Romualdo e D. Maria Inês, que ainda não tinha visto.

— Como... Como ele fez isso?

— Ele encostou a mão e gravou na minha pele.

— Posso tocar? — perguntou timidamente o pai de santo, antes de passar os dedos grandes sobre a pele alta da cicatriz recente. — É um ponto de Xangô sim, rústico... E o que ele disse?

— Falou que este era seu selo, e sob este selo o inimigo seria vencido.

— Mas... Qual vai ser o papel deste ponto riscado na sua pele? Será que isso o protegerá do ègun, do tal Akèdjè?

— Cheguei a pensar nisso... Mas Oxóssi me disse que não. Que o ègun seria aprisionado em mim.

Todos prenderam a respiração ao mesmo tempo, e Ramiro achou por bem continuar antes que eles começassem a gaguejar.

— Disse que o espírito iria tentar me possuir, e que ficaria preso dentro de mim, sem poder se manifestar ou deixar meu corpo até o dia de minha morte. Isso o faria aprender, e, quando desencarnasse junto comigo, seguiria seu caminho.

— Mas Preto! — Vanessa pegou em seu braço. — Ele mata todos os cavalos em que baixa!

— Eu perguntei isso também, e Oxóssi me garantiu que não. Disse que eu teria tempo de realizar uma ação, alguma coisa que me seria passada por seu irmão, Ogum. E, não, ele não me disse o que era. — completou, vendo o espanto de todos novamente.

Como que em sincronia, todos pegaram suas xícaras e beberam o café, em silêncio. Até que Romualdo falou.

— Como esse espírito se manifesta?

— Ele baixa e mata o cavalo. — Foi Vanessa que respondeu. — Sem ser chamado, invade a gira, escolhe um médium e tenta a possessão.

— E o objetivo dele é só matar? O ódio dele é com os orixás e os pobres dos humanos é que pagam o pato.

— Não... Me parece que ele quer falar alguma coisa. — disse Ramiro.

— Como assim?

— Bom, de acordo com as investigações, a cada possessão ele se fortalece mais. Na primeira não realizou nenhuma ação. Na segunda, abriu os olhos... E assim foi. Na última, na morte daquele ator, ele falou o nome.

— Ué, não falaram nada disso no jornal. — interrompeu D. Maria Inês.

— Não, porque ninguém sabe. O próprio pai de santo...

— Pai Lino. — disse Romualdo.

— Isso, Marcelino... Ele mesmo não entendeu. Mas, pelo que ele falou, quando perguntou o nome, o espírito disse "Akèdjè".

— Hmmmm... Então é isso. Ele quer se comunicar, quer se fazer conhecido e transmitir sua mensagem.

— E qual seria? — perguntou Vanessa.

— Não é difícil imaginar. Ele deve querer dizer que os orixás não valem nada e tal. Despejar sua mágoa de tantos anos. Você disse que ele veio pro Brasil como escravizado, não foi? — Ramiro apenas assentiu para Romualdo. — Então, são mais de trezentos anos. Por que ele não baixou antes?

— Não achamos registros de mortes anteriores em centros de Candomblé ou Umbanda, o que não quer dizer que não tenha havido.

— Ou ele podia estar se fortalecendo. Èguns ficam presos a esse mundo por algum motivo, e o dele provavelmente é o ódio. Só que espíritos desencarnados normalmente não têm essa força. Ele deve ter aprendido a manipular o axé de alguma maneira para dar seguimento à sua vingança, senão estaria na escuridão, enclausurado em seus próprios sentimentos negativos.

— Faz sentido.
— E agora, o que a gente faz? — perguntou Vanessa.
— Bom, acho que agora é só esperar. Oxóssi disse a você que faltava um elemento, e que seria dado por Ogum, não é isso? — Romualdo se levantou e começou a catar as canecas onde servira o café.
— Isso mesmo.
— Então a gente espera. Vocês ficam pra gira?
— Eu...
— Ficamos sim, Aldo, se não for incômodo. — Vanessa disse antes que Ramiro desse pra trás.
— Não, é sempre um prazer recebê-las em minha casa. Vocês podem começar a receber as pessoas pra mim, enquanto tomo um banho e me arrumo? Já começou a escurecer, o pessoal do centro deve estar chegando.
— Sem problemas. E deixa que eu lavo essas canecas, vai lá se preparar. — D. Maria Inês tirou o homem grande da frente da pia e assumiu a louça.

Um portão no fundo do quintal dava passagem para o terreiro. Vanessa e Ramiro foram na frente, com a menina apresentando-o a todos que encontrava.

— Como é isso, Vanessa? Eu preciso fazer alguma coisa, participar de alguma cerimônia?
— Não, você vai só assistir. Ficar quietinho do meu lado.
— Eu tenho uma vaga lembrança de ter ido a um centro quando pequeno... Mas é muito vaga mesmo. Lembro só do cheiro de dendê, velas e alegria. Pessoas dançando, batuque...
— É assim mesmo, pouca coisa mudou.

Aos poucos, os frequentadores foram chegando, e Vanessa ia explicando tudo para Ramiro. "Os filhos de santo têm que se preparar, vestir as roupas cerimoniais e colocar as guias. Os ogans não recebem nada, apenas auxiliam os médiuns. Alguns tocam os atabaques, outros guarnecem as roupas..." Ela ia falando, e Ramiro prestando atenção. Logo depois, chegaram outros grupos, com roupas normais, e se agruparam em rodinhas, sentados ou não em bancos de madeiras em volta do terreiro, sob as árvores.

— E esses? São o quê?

— Apenas frequentadores. Vem tomar consultas, agradecer ou apenas participar, como nós participaremos.

Em um breve espaço de tempo, o terreiro estava cheio. As velas foram acesas, e todos tomaram seus lugares. Ramiro achou bonito de se ver. Quando o Pai Romualdo chegou, foi saudado por todos com abraços calorosos e sorrisos de boas-vindas. Era comum que o chefe do terreiro cumprimentasse a todos antes de iniciarem a cerimônia, e foi quando o telefone de Ramiro tocou.

— Irmão, aconteceu de novo.

— Oi? Fala mais alto, Farias. — e se afastou um pouco, para a surpresa de Vanessa.

— Aconteceu de novo, Ramiro. Acabou de morrer mais um macumbeiro, dessa vez no Fonseca.

— O que foi? — Vanessa articulou, sem falar para não atrapalhar a ligação. Ramiro então tapou o celular e moveu os lábios: "Mais um".

— Ok, estou indo praí.

— Não, não precisa. Você está onde?

— Estou em um terreiro de Candomblé, aqui no Pita, em São Gonçalo.

— Então fica por aí que eu já mandei o Ferreira pro Fonseca. Estou com um mau pressentimento.

— Tudo bem, mas me deixe informado.

— Fica em um lugar onde pegue o rádio. — e desligou.

— E agora, Preto? Você vai ter que ir?

— Não, mas acho que temos que avisar ao Romualdo.
— quando olharam de volta para o terreiro, viram umas duas pessoas falando ao celular, com expressão de espanto. Alguém falou alguma coisa para o Pai Romualdo, e ele agora vinha na direção do casal.

— Acho que ele já sabe, Ramiro.

— Morreu mais um, no Centro de Mãe Rita, lá em Riodades. — disse o pai de santo, com urgência.

— É, acabamos de saber.

— Foi logo no começo da sessão, Mãe Rita gosta de abrir a gira cedo, ainda estava nos erês...

— Você acha que isso pode atrapalhar a sua sessão aqui? — Vanessa perguntou, apreensiva.

— A princípio não... Vou tentar acalmar a audiência e prosseguir com os trabalhos normalmente. Esse ègun quer é bagunça, aqui não vai encontrar.

Pai Romualdo voltou para o centro do terreiro e pediu a atenção de todos. Que iniciassem uma prece pelos espíritos dos que haviam morrido nos centros de Umbanda e Candomblé nos últimos dias. Todos deram as mãos e começaram a rezar um Pai Nosso. Logo depois, o Babalaô abriu os trabalhos, e os atabaques ressoaram.

Pai Romualdo acendeu o defumador e foi passando entre seus filhos de santo, envolvendo-os com a fumaça do incenso.

"O que é isso?" — perguntou baixinho Ramiro no ouvido de Vanessa.

"A fumaça das ervas purifica o axé e prepara o terreiro. Olha, agora ele vai firmar o gongá, vai encher as taças de água e depois acender uma vela para cada orixá, enquanto faz uma oração para abrir os trabalhos."

À medida que Vanessa ia explicando, o pai de santo ia realizando as tarefas. Quando ele firmou a tronqueira da casa, acendendo uma vela para Exu e servindo cachaça, Vanessa explicou: "Exu é o orixá mensageiro, que faz a ligação com Oxalá. Em qualquer cerimônia é ele que deve ser reverenciado primeiro. Não foi ele o primeiro orixá que você encontrou?", e sorriu.

Os médiuns se posicionaram, mulheres à esquerda e homens à direita. Pai Romualdo então começou a palestra de abertura, pedindo que todos mentalizassem naquela noite as energias positivas aos irmãos de fé que haviam desencarnado em outros centros. O gesto fez com que as pessoas se acalmassem um pouco e pedissem silenciosamente pelos desencarnados, tanto os médiuns quanto os consulentes, sentados em volta da gira.

O telefone de Ramiro, no silencioso, vibrava em seu bolso. Quando ele pegou, Vanessa ainda murmurou um "Preto, não", mas ele tinha que atender.

— Sei, sei. Sim... Não, não sei o que é...
— O que foi, Ramiro?

Ele apenas fez sinal para que ela aguardasse e continuou ouvindo quem quer que estivesse do outro lado da linha.

— Ok, qualquer coisa, me mantenha informado. — e desligou.

— O que é quimbanda?
— O que aconteceu? Morreu outra pessoa?
— Sim, morreu. Em um centro de quimbanda, em Tribobó.
— Ai, minha mãe... Quimbanda é o nome dado para centros que trabalham com magia negra... Alguns dizem que é o outro lado da Umbanda, o lado ruim. Só trabalham com exu e pombagira, povo da rua.
— Então... Foi em um desses que morreu mais um. Ele falou dessa vez, só que ninguém entendeu. Ele está ficando mais forte, Nessa.
— E agora?

Ramiro olhou para Pai Romualdo, que terminava sua palestra e começava a puxar um ponto, seguido pelos tambores.

— Acho que só temos que esperar. Mesmo se alguém mais souber, não acho que Romualdo irá parar a cerimônia.

— Acho difícil, pessoal que frequenta Candomblé não costuma ter contato com a Quimbanda. Além do mais, atender o telefone durante a sessão é falta de respeito.

Assistiram apreensivos a continuidade do evento. Os pontos iam sendo cantados, e os médiuns começavam a incorporar os erês. "São espíritos de criança, que vêm dar consultas", esclareceu Vanessa ao ver o espanto de Ramiro com os adultos agindo infantilmente. Alguns se sentavam no chão e comiam doces, outros batiam palmas e balançavam o corpo em movimento pendular. Ramiro nunca tinha visto uma incorporação e ficou sem graça de dizer o que achava.

Alguns dos presentes se adiantaram para ouvir os erês, levando oferendas: bonecas, pirulitos e guaraná. As ekedis — também chamadas de "camareiras do santo" — auxiliavam na consulta e na ordem de atendimento. De repente, um dos erês começou a chorar. Um choro de criança, sentido e barulhento. O outro arrancou a cabeça da boneca com que brincava e também abriu o berreiro. Em menos de um minuto, todos os médiuns que ali haviam incorporado choravam. Uns passavam as costas da mão nos olhos para limpar as lágrimas, outros mordiam as mãos. Os consulentes e ekedis estavam sem ação, aquilo nunca havia acontecido antes.

— Preto, isso não é bom. — Vanessa apertou com força os dedos sobre o braço de Ramiro.

— Por que eles estão chorando?

— Não sei, nunca vi isso acontecer. Não todos, ao mesmo tempo. Já vi, sim, às vezes uma pessoa com energia ruim chega perto do erê, e ele chora. Uma vez aconteceu isso lá no centro que eu frequentava, e a mulher que tinha ido se consultar morreu dois dias depois, parece que o erê viu isso. Mas todos de uma vez? Olha isso! Parece uma creche!

O Babalaô ia de médium em médium e perguntava o que estava acontecendo, mas recebia apenas os berros dolorosos como resposta. Ele também sentia que algo estava muito errado, mas tentava dar prosseguimento à gira. Depois das consultas dos erês, vinha a gira dos caboclos, a sessão não podia parar.

O telefone de Ramiro vibrou mais uma vez. Na tela, a mensagem dizia: "Ramiro, mais um. Dessa vez foi no Mutondo. Cadê você?"

Tentou ligar para a delegacia, mas Farias não estava mais lá. Ligou então direto pro celular do delegado.

— Você tá onde, porra?

— Ainda em São Gonçalo, no terreiro de Candomblé.

— E o que você foi fazer aí, irmão?

— Vim aqui para pesquisar... Você está indo pra onde agora?

— Pro Mutondo, ver esse outro que caiu. O Secretário de Segurança me ligou puto, o rádio já noticiou as duas primeiras mortes, ele quer ver se eu consigo segurar essa terceira. Vou precisar de você, Ramiro. Fica de *stand by*, já mandei o Ferreira pro Fonseca, e estava indo praquele outro de Quimbanda lá em Tribobó, mas vou direto pro Mutondo.

— Você quer que eu vá pra onde? — no momento que Ramiro falou, olhou para o Pai Romualdo, que cochichava com um ogan. Ele já sabia.

— Fica aí por enquanto, mas se acontecer de novo, vou te ligar. O que está acontecendo, Ramiro? Diz pra mim que porra é essa!

— Ainda não sei ao certo, Farias, mas já tenho algumas ideias. Amanhã te passo.

— Não me esconde nada, porra! — e desligou.

Pai Romualdo já estava ao lado deles.

— Morreu mais um, não foi?

— Mais dois, Romualdo. Um em um centro de Quimbanda, lá em Tribobó, e agora esse no Mutondo.

— Peraí. — cortou Vanessa. — Fonseca, Tribobó, Mutondo... E se ele estiver vindo pra cá?

Era uma hipótese. Um vento frio soprou pelas costas acima do inspetor e o fez arrepiar. Pai Romualdo passou as mão na barba, do lado do rosto.

— E por que ele viria?

Ramiro pensou: "Atrás de mim". Mas não disse isso, apenas murmurou "Não sei".

— Preto, isso está ficando perigoso.

— Calma, calma. — falou o pai de santo com sua autoridade de sacerdote. — Vamos dar continuidade à sessão, agora é a gira de caboclo, vamos ver o que eles têm a dizer.

Romualdo se dirigiu aos ogans que batiam os atabaques, falou alguma coisa, e eles voltaram a bater, só que agora mais forte. Voltou ao centro da gira batendo palmas, puxando um ponto de caboclo. Os médiuns ainda estavam um pouco confusos com a desincorporação dos erês, geralmente dá-se um intervalo de uns dez minutos mais ou menos entre uma gira e outra, mas Pai Romualdo não queria que as notícias e o falatório desfizessem a matriz energética levantada ali. Aos poucos, os consulentes foram ficando quietos e voltando aos seus lugares. Os pontos se sucediam, e lentamente se restabelecia a cerimônia. O Babalaô comandava com vigor os pontos e a organização, e os médiuns voltaram a rodar.

Começou a gira de caboclo, charutos foram acesos, e os médiuns incorporando. Mas nenhum deles falava nada, apenas apresentavam um semblante fechado. A ekedi que controlava as consultas, orientada por Pai Romualdo, não chamou nenhum consulente. Em roda, tristemente, os médiuns dançavam de maneira lenta, incorporados, e por vários minutos nada aconteceu. O pai de santo então puxou os pontos de despedida, e os caboclos começaram a subir, sem alarde.

O peso da tensão amarrava as caras de todos ali. Logo em seguida começaria a gira de pretos velhos, mas ninguém sabia o que esperar, depois das incorporações silenciosas dos caboclos. Pai Romualdo deu o intervalo, e as pessoas ficaram por ali, atônitas. Alguns comentavam os acontecidos da noite, conheciam os centros e as pessoas envolvidas. Uma médium chorava, sendo consolada pela ekedi que lhe dera a notícia. Devia ser conhecida de algum dos falecidos, como vários ali.

— Preto, me abraça? Estou com medo...

Vanessa tremia. Ramiro a abraçou, se esforçando para não demonstrar o próprio medo que sentia desde que Vanessa havia ligado os pontos. Será que o ègun estava à sua procura? Mas Xangô lhe disse que ele estava sendo escondido dos olhos de Akèdjè desde que nasceu...

Ficaram assim abraçados por alguns minutos, vendo o Pai Romualdo reunido com os ogans e ekedis, perto dos atabaques. Ramiro deu um pulo quando o celular vibrou de novo em seu bolso. A mensagem do delegado Farias vinha apenas com um endereço, no Rocha, e o complemento: "Mais um, vá até lá e tente abafar".

— Tenho que ir. — disse Ramiro, no momento exato em que os tambores voltavam a tocar.

Pai Romualdo se esforçava para manter o campo energético do terreiro. Havia orientado os ogans que mantivessem a compostura e a concentração no ritual, apesar dos sussurros temerosos dos consulentes e de alguns médiuns. Decidira encerrar a sessão ali, e dispensar o público. Continuaria com a gira interna, como acontecia quando do desenvolvimento de novos médiuns, sem a presença dos consulentes. Se alguma coisa havia de acontecer, não queria assustar mais a quem não era diretamente envolvido.

Começaram então os pontos de despedida, e quando os médiuns já rodavam nos seus santos, ele sentiu uma perturbação muito forte. Uma dor de cabeça que começava fina, na nuca, e ia aumentando progressivamente, como o chiado de uma televisão fora do ar. Então o nome brotou em sua cabeça, Akèdjè.

— Silêncio! — Falou alto e abriu os braços, usando de sua autoridade como chefe do terreiro e líder espiritual daquelas pessoas. Não dava mais para esconder, os acontecimentos da noite eram vívidos na memória de todos, alguns ali conheciam os falecidos. Ele não poderia ser leviano, principalmente agora que o ègun se aproximava do seu terreiro. — Ele está aqui.

Os atabaques pararam, e todos se calaram, apreensivos. Olhavam para o Pai Romualdo e em volta, como se procurassem algo que pudesse ser visto.

— O que você quer, ègun? — disse Romualdo, para o éter. Tentaria contato com o espírito maligno, era responsável por seus filhos de santo. Se alguém tivesse que receber a entidade e desencarnar logo depois, seria ele. — Dê o seu recado, estamos prontos para ouvi-lo.

Fez um sinal para seus ogans, e estes entenderam o recado. Tentaram de maneira tímida voltar a puxar os pontos, batendo palmas suaves e murmurando ritmos.

O pai de santo sorriu e puxou um ponto de Xangô, o dono da casa, seu pai. Os outros médiuns o seguiram e lentamente começaram a mover seus corpos ao ritmo das palmas, alguns seguiam os ogans e murmuravam o cântico para o orixá.

De repente, Pai Romualdo sentiu o ar à sua volta se comprimir. O espírito estava ali, bem próximo, e sugava as energias em volta do Babalaô como um redemoinho no meio de um tanque cheio de água quando se tira o tampão. Ele estremeceu e tentou falar novamente com o ègun.

— Venha, ègun, transmita seu recado para este mundo! — disse, em voz alta, esforçando-se para continuar o ponto com as palmas e com a dança. Ele sentia Akèdjè girando em torno de si, comprimindo o axé, preparando a incorporação. Já começava a entrar em transe quando, subitamente, abriu-se um hiato em torno de si. Olhou em volta, espantado, e viu que Mãe Sandra, uma das mais velhas frequentadoras do terreiro, parara de rodar. Mãe Sandra era mãe pequena há muitos anos, mas uma pessoa difícil de lidar, que nunca tentou montar seu próprio ilê.

Mãe Sandra então volta a dançar e vai para o meio da roda. Sua dança era vigorosa, algo incomum para uma mulher de sua idade. Girava rapidamente, de olhos fechados, com os braços soltos do corpo como se fosse um boneco de pano. Todos olhavam espantados, inclusive Pai Romualdo, e, quando ela rodou em sua frente, abriu os olhos e sorriu.

Naquele momento, Romualdo o viu. No esgar de sorriso caricato no rosto de Mãe Sandra, no olhar e no axé que a envolvia. Viu o ègun em sua totalidade, como se fosse um corpo projetado de dentro da velha mulher para fora.

Concentrou-se em seu orixá de cabeça e encontrou forças para falar:

— Apresente-se, espírito. Tome voz e transmita sua mensagem!

Mãe Sandra parou de girar e olhou fundo em seus olhos. Romualdo, que estava investido de seu poder enquanto sacerdote, sentiu piscar o medo no fundo de seus olhos e irradiar pelo seu corpo como um choque elétrico.

Com uma voz arrastada, como se dita por um bêbado com a boca cheia, o ègun falou pela boca da médium.

"A farsa acaba aqui."

Romualdo tentou falar alguma coisa, mas a voz estranha vinda do corpo de Mãe Sandra potencializou seu medo.

— Sssseus deuses são uma farsa... — disse a voz, agora com um pouco mais de clareza. O tempo congelara no terreiro, e ninguém se atrevia sequer a respirar fundo.

— O único poder que têm é o que vocês dão a eles. Eles não podem salvar vocês, NÃO PODEM!

Mãe Sandra virou os olhos, como se acometida de uma dor terrível, levou a mão direita em garra ao peito e caiu, com a boca retorcida em um estranho e medonho simulacro de sorriso.

[ONTEM] Era como sonhar e perceber o sonho. Ele estava sentado de pernas cruzadas sob uma gameleira, usufruindo de sua sombra e agradecendo aos deuses por isso. As crianças da aldeia brincavam, e as mulheres trançavam as vestes. Akèdjè passou as mãos na areia fina, e lançou um punhado a seus pés. Os grãos se assentaram e, lentamente, formaram um redemoinho entre seus pés. O feiticeiro olhou para o horizonte e não viu sinal de chuva aparente, mas costumava confiar nos avisos da natureza.

— Vamos nos preparar para a chuva — disse ele, em sua língua-mãe, e as crianças que brincavam de correr agora corriam para desmontar a brincadeira. Algumas mulheres reuniram suas coisas de tecer, e os homens que não tinham saído para a caça foram proteger o fogo onde eram preparados os alimentos quentes.

Akèdjè sorriu. Aquele era seu povo, e sua palavra era a lei. Era amado e respeitado, e devolvia esse amor em dobro.

... não tinha o respeito que merecia de ninguém ali. Se não fosse ela, o terreiro ainda seria um barracão rústico. Tinha sido Mãe Pequena de Dona Lair, que começara com o centro. Romualdo era só um abiã, um novato, e agora era o babalorixá do centro, e ela continuava Mãe Pequena. Se tivesse dinheiro, montava um terreiro só pra ela, sabia que era só começar, depois tudo ia ficar melhor com o dinheiro das consultas. Romualdo não gostava de cobrar, fazia tudo apenas "pelo bem de todos", mas e o bem dela? O pai e a mãe de santo não têm que comer não? Que pagar conta? Um dia ele ia ver...

"O que são esses pensamentos?", o égun questionou. Tentou abrir sua percepção para ver onde estava, mas tudo era escuro, como no momento de seu desencarne. Era como um sonho, onde não podia intervir ou manipular o axé como aprendera em todos estes anos. E que amargura era essa que sentia quando pensava em Pai Romualdo? Não era esse o nome do Baba que comandava o último terreiro que visitara?

Khanysha alisava o ventre, deitados no chão da cabana que ficava atrás dos estábulos. Era ali que eles se encontravam, longe das vistas de Tião. Na cabana eles se amaram pela primeira vez, e ali também havia sido concebido o fruto daquele amor.

— Eu acho que vai ser um menino, forte como você. — ela dizia em língua africana.

— Eu queria que ele fosse livre.

— Todos seremos livres um dia, Luish.

— Não me chame pelo nome que os brancos me deram, você sabe que eu não gosto.

— Mas o nosso filho terá nome de branco... Terá que ser batizado na religião deles para que não sofra tanto como nós, Akèdjè.

— Ele nunca será branco, Khanysha, assim como nós. Por melhor que eles te tratem na Casa Grande, você não é um deles. Para os brancos, somos menos que animais. No primeiro descontentamento, somos amarrados, açoitados e esquecidos com fome.

— Então não devemos irritá-los... — Khanysha falou, conformada.

— Não, não... Até que chegue o momento certo. Eu estou quase descobrindo onde fica o quilombo, e de lá voltaremos para a nossa terra, onde nosso filho possa crescer livre.

— Fale de novo sobre sua aldeia...

... o ingrato do meu filho não estava nem aí pra mim. Me esforcei a vida toda para dar educação e comida, e agora que ele fez a vida dele não liga pra própria mãe. Quero ver se ele vai sentir a minha falta, agora que eu morri. Se eu não ligo pra saber como estão as coisas, fico meses sem notícias. Da última vez que liguei, ele já foi perguntando quanto eu queria, que ódio, já é uma desgraça eu ter tido que me humilhar uma ou duas vezes — ou mais — e pedir dinheiro para aquele ingrato, agora ele fica pensando que é só pra isso que ligo, só porque não consegui pagar ainda a última parcela do empréstimo que ele tirou pra mim... Mas agora que eu estou morta...

Era isso. Akèdjè devia ter subido antes do coração de Mãe Sandra entrar em colapso. Mas a alegria de ter finalmente conseguido falar, de ter sido reconhecido, tudo isso o cegara, e acabara desencarnando junto da médium, com seus espíritos entrelaçados. Mãe Sandra deixara o mundo dos vivos com ódio no coração, inveja e ingratidão, e seu ègun estava preso às sombras, levando consigo Akèdjè. Se fosse outro espírito, seria mais fácil, poderoso como estava, mas a força negativa que prendia a mulher ao Aiyé era pesada e o arrastava com ela.

Precisaria se desvencilhar de Mãe Sandra senão poderia ficar preso ali para sempre.

[HOJE] O dia já amanhecia quando eles chegaram à delegacia. Todos estavam exaustos, haviam se encontrado no Instituto Médico Legal após as ocorrências; Ramiro após deixar Vanessa e D. Maria Inês em casa, o delegado Farias e o inspetor Ferreira após terminarem de colher os testemunhos nos centros.

Farias parecia ter envelhecido alguns anos naquela noite, e as bolsas sob seus olhos pesavam ainda mais. Não falaram nada no caminho, Ferreira cochilava no banco da frente, Ramiro dirigia, e o delegado mastigava um cigarro apagado no banco de trás.

Quando chegaram, o jovem inspetor Daniel os esperava.

— Delegado, o Capitão Hildebrando pediu pra você ligar para ele...

— ... assim que eu chegar. Já imaginava.

— Isso. E ele foi bem enfático — disse o menino, com cara de quem já tinha ouvido esporro suficiente para três plantões.

— Obrigado, Daniel. Ferreira, você passa um café pra gente?

— Passo sim, estou mesmo precisando.

— Quer que eu faça, Ferreira? — Ramiro se ofereceu.

— Não, não, teu café é muito fraco, irmão. Estou precisando é de uma coisa forte.

"Lúcio Flávio, me dá o balanço dessa situação, Lúcio Flávio, por favor". — a voz do Secretário de Segurança era calma, e Farias sabia que isso não era bom.

— Cinco óbitos, capitão. Cinco mortos em centros de macumba, como os outros.

"Você sabe onde eu estou, Lúcio Flávio? Estou em Angra. Estou em uma puta de uma casa em Angra, com minha mulher e alguns parentes chatos dela, mas que pelo menos trazem cerveja pra poderem usufruir de meu barco e de minha piscina. Daí eu estou em Angra e recebo um telefonema do Governador, Lúcio Flávio. DO GOVERNADOR. Ele me pergunta: e aí, Frade, e aquela situação lá dos macumbeiros? E eu: ah, Governador, tudo sob controle, o delegado Farias e sua esquipe estão investigando. E sabe o que ele fez, Lúcio Flávio? Ele GRITOU no meu ouvido: SOB CONTROLE É O CARALHO, FRADE! Liga a porra da televisão!"

— Capitão, a gente está investigando, mas...

"NÃO ME VENHA COM ESSA PORRA DE MAS. Estou a noite inteira acordado, recebendo telefonemas de tudo que é repórter mequetrefe do Rio de Janeiro perguntando o que a polícia estava fazendo. Até o Secretário de Saúde, aquele moleque filho do Senador, me ligou pra perguntar se não era um vírus ou bactéria que estava dando nas coisas que são usadas na macumba. UMA BACTÉRIA, Lúcio Flávio. Eu tenho que ouvir essa MERDA às QUATRO DA MANHÃ. E aí a Neusa depois vem me perguntar: Brando, como é que você consegue beber todo dia? Diz, pra mim, Lúcio Flávio, como é que o CABRA consegue NÃO BEBER todo dia?"

— Capitão Frade, o inspetor Ramiro estava em um dos centros onde aconteceu um óbito.

"Ramiro, aquele pretinho? O que a mãe morreu?"

— Sim, esse mesmo. O senhor quer falar com ele? — do outro lado da mesa Ramiro torcia a cara e fazia "não" com o dedo indicador.

"Não, Lúcio Flávio. Quero não, obrigado. E me desculpa estar puto, mas é que estou acordado desde a madrugada."

— A gente também, capitão, a gente também.

"Desculpa, desculpa... Olha, essas mortes vão esmerdalhar todos os jornais, "O Popular" inclusive segurou a edição pra poder dar toda a matéria, aquele gordo filho da puta do Arnóbio come na mão do Deputado, o que perdeu a eleição pro Governador, e está querendo mais é ver o circo pegar fogo. Conversa aí com a tua equipe, estou voltando pro Rio para dar uma entrevista coletiva hoje às duas da tarde, conversa aí com o pessoal que na hora do almoço você me passa tudo, combinado?"

— Combinado, capitão. Onde encontro o senhor para o almoço?

"Ah, passa lá em casa, na Tijuca. Tem um pé sujo ali perto que faz uma comida decente. E depois você vai pra coletiva comigo."

— Ok, capitão. Bom retorno. — e o telefone desligou antes que Farias tivesse completado a frase.

— Daniel! — chamou o garoto. — Faz um favor pra mim, meu filho? Veja se o preguiçoso do seu Neco já abriu a banca e traz os jornais pra gente, por favor?

— Qual jornal, delegado?

— Todos. Todos eles. Essa cafeteira aí, Ferreira?

— Tá saindo! — disse a voz que vinha da copa.

— O que o Secretário falou? — Ramiro estava apreensivo.

— Deu merda, cara. O Governador, a mídia, o Secretário... Tá todo mundo agora de olho nisso. Cinco. Cinco mortos em uma noite só, e a gente não faz a menor ideia ainda de como essas pessoas morreram. Bom, pelo menos EU não faço. Por que você estava naquele terreiro?

— Eu fui até lá pedir auxílio para o pai de santo, conhecido de minha namorada.

— Namorada? Que namorada, irmão? — Farias tirou os sapatos e começou a enrolar um cigarro com o fumo de uma caixinha que guardava dentro de sua gaveta.

— Eu conheci uma garota... Naquele primeiro centro que fui investigar... Daí precisei de alguém pra cuidar de minha mãe, a tia dela trabalhava em casa de família... E foi acontecendo. Ela está me ajudando muito.

— Hmmm... Ok. Mal contada essa história, mas ok. Tenho preocupações mais urgentes do que saber quem você come ou deixa de comer. E você estava lá, no terreiro, quando aconteceu. Conta pra mim. Foi igual aos relatos anteriores?

— Não, eu tinha acabado de sair quando aconteceu. Mas eu já havia traçado uma evolução nas incorporações.

— Evolução? Que evolução? Essa porra é escola de samba agora? E O CAFÉ, Ferreira!

"Já vai, porra!" — gritou Ferreira lá de dentro.

— Não, delegado. Pode parecer estranho o que eu vou te falar, a conclusão que cheguei após as investigações, mas peço que você ouça com atenção e com respeito...

— Irmão, nada mais me espanta. Pode falar.

E Ramiro contou. Contou sobre Akèdjè, o espírito poderoso e vingativo que vinha baixando nos centros e causando a morte dos cavalos. Detalhou a evolução de cada incorporação e repetiu as palavras ditas no centro de Pai Romualdo. Falou ainda sobre os sonhos com os orixás — mesmo sem entrar em muitos detalhes, e como todos eles disseram que apenas ele, Ramiro, seria capaz de parar Akèdjè. Quando parou para pegar fôlego, tentou ler no rosto de Farias algo que fosse crença ou ceticismo, mas o delegado parecia impassível. Após alguns tragos e uma reacendida no cigarro artesanal que se pendurava babado em seu lábio inferior, ele falou.

— Então o que ele disse no centro em Icaraí foi o nome, Akèdjè, não é isso?

— Sim, Farias. Foi isso.

— E por que você escondeu isso de mim? Não, deixa pra lá... Eu não teria acreditado mesmo.

— E agora... Você... acredita?

— Não sei nem mais no que acreditar, Ramiro. Só sei que essa história é tão absurda que pode ser verdade. Aliás, é a única explicação que temos. Eu só não sei como eu vou falar isso pro Secretário. Ah, porra, até que enfim, Ferreira!

— Café, senhoritas? — Ferreira perguntou jocosamente, trazendo os copos de geleia com café até quase a boca. — Já está tudo adoçado, ou "temperado", como dizem no Nordeste.

— Obrigado, Ferreira. — Ramiro levou o copo à boca, assoprou e bebeu um pequeno gole, para perceber que o café estava melado. Olhou de esguelha para Farias, que devolveu o olhar como se assentisse, mas nenhum dos dois reclamou. A noite tinha sido longa, e cada um contribuía com o que podia.

Daniel chegou com os jornais e foi o que todos já esperavam. Todas as capas davam como manchete principal as mortes nos centros. "Macumba mortal", dizia um; "Deitaram pro Santo", um outro apregoava. Havia fotos dos cadáveres em primeiro plano com os gongás em segundo, pessoas vestidas de branco chorando em outras imagens. Um deles já trazia na capa frases de um pastor e de um padre, condenando não os fatos, mas as religiões africanas como um todo.

— Ok, senhores, todos já sabemos o que vai constar nos atestados de óbito, não temos motivos pra esperar aqui por isso. Vamos pra casa descansar. Eu tenho que organizar o que vou falar para o Secretário, mas antes preciso de um banho e pelo menos duas horinhas de sono. — Farias parecia atordoado com a quantidade de informação que Ramiro lhe passara. Ou era sono mesmo, estavam todos exaustos.

Ramiro tirou os sapatos na porta, antes de entrar em casa. Vanessa já o esperava na cozinha, tomando um café com D. Maria Inês. Não falaram nada, ela apenas o abraçou forte. Estava cheirosa, vestindo um pijama de algodão, e Ramiro se sentiu sujo e suado da noite insone. Largou seu corpo debaixo da água fria do chuveiro para logo deixá-lo cair na cama, onde apagou.

Acordou com Vanessa fazendo carinho em seu rosto.

— Preto... Vai passar um negócio importante na TV...

Sentiu fome. Olhou no relógio, já eram duas horas da tarde. Lembrou-se da coletiva.

— Desculpa te acordar, mas...

— Não, tudo bem. — a TV já estava ligada no canal de notícias, e o Capitão Frade falava em meio a um buquê de microfones. Ao seu lado, visivelmente constrangido e desconfortável, o delegado Farias olhava de lado para a câmera.

"... quero dizer que todos os esforços da Secretaria de Segurança estão sendo envidados para que se solucionem o mais rapidamente esses crimes. A equipe do delegado Farias está neste caso há dois meses..."

— Dois meses, Preto?

— Por aí.

"Não, as autópsias não revelaram nenhum tipo de envenenamento ou infecção, sendo descartado assim que seja um problema de saúde pública."

Algum repórter fez a pergunta, diretamente para o Farias, que respondeu:

"Temos os nossos melhores inspetores no caso. O Inspetor Ramiro..." — D. Maria Inês gritou lá da sala: 'Olha aí, menino importante!' — "... com vários cursos no exterior, já fez alguns avanços no caso que não podem ser revelados para que não sejam atrapalhadas as investigações..."

Outras perguntas se seguiram, e o Secretário fazendo o que ele sabia fazer, política e esquiva. Ramiro se levantou e foi até a cozinha. D. Maria Inês tinha feito macarrão com carne moída, e ele fez seu prato. Quando voltou e se sentou à mesa da sala, o capitão Frade estava dando suas considerações finais.

"... seria preconceituoso e leviano, por parte do governo, proibir qualquer manifestação religiosa, nos dias de hoje. Mas, o Governador recomenda fortemente" — com ênfase subliminar no 'fortemente' — "que sejam suspensas as sessões de cultos afro-brasileiros enquanto durarem as investigações, para evitar que se produzam mais vítimas. O que sabemos até agora e podemos dizer a vocês é que nosso suspeito tem por objetivo atacar esses cultos, então o Governador está preocupado e pede que sejam suspensas por enquanto, apenas por bom senso, as sessões."

— O que isso quer dizer, Ramiro? — perguntou D. Maria Inês.

— Ele está proibindo as sessões.

— Mas ele não pode proibir! — Vanessa se irritou.

— Não, não pode, por isso não fala desta forma. Só que, pelas palavras do Secretário, haverá repressão. — de que tipo, Ramiro não sabia. Mas o reforço do Secretário em algumas palavras o deixara ressabiado.

O resto da entrevista foi apenas politicagem. O Secretário dizia que a avó do Governador era espírita, por isso ele respeitava a religião e não era preconceituoso; os repórteres tentando arrancar mais algumas informações sobre a investigação do delegado Farias; e só.

O telefone de Ramiro tocou, e do outro lado a voz asquerosa do repórter Arnóbio Presença fazia jus ao seu nome.

— Paz do Senhor, Irmão! — a saudação que sua mãe tanto gostava parecia um xingamento baixo na voz daquele que representava tanta coisa que desagradava a Ramiro. — Então, quem diria, hein? Do macumbeiro morto no Lixão a esse caso de sucesso!

— Não sei que sucesso, Arnóbio. Pessoas morreram, e essas pessoas tinham família.

— Tá, tá. Pessoas morrem todo dia, e famílias choram. Nada de novo. Então, quem é o *serial killer*?

— *Serial killer*?

— É, que está matando os macumbeiros! Irmão, não queira me enganar, tantos anos trabalhando juntos...

— Nunca trabalhei junto com você, Arnóbio. — Ramiro não fez a menor questão de esconder a irritação na voz.

— Mas trabalhamos perto, o que pra mim é a mesma coisa. Diz pra mim, vocês já têm a identidade de assassino?

Ramiro desligou e guardou o telefone. Ele até entendia que aquele era o trabalho do repórter, mas a última coisa que queria era alimentar a discórdia através da mídia.

— Quem era, Preto?

— Um repórter. Eles vão tentar ligar pra cá o tempo inteiro, depois que o Farias disse meu nome. — falou para as duas mulheres que o olhavam apreensivas do sofá. — Vou

tirar o fio do telefone aqui de casa. Se eles ligarem pra vocês, será que vocês... Hmmmm...
— Já sabemos, ou melhor, não sabemos de nada. Não é isso, tia? — falou Vanessa.
— Sabemos o quê? Tenho nada com isso. O macarrão ficou bom, menino? — e sorriu.

A declaração do Secretário de Segurança repercutiu mal na sociedade. Grupos organizados ligados à cultura negra mobilizaram passeatas e protestos, e a imprensa agora dava poder de fogo ao outro lado da disputa ideológica, repudiando o preconceito e incitando a intolerância. No domingo de manhã, centenas de pessoas caminharam pela praia de Copacabana, vestidos em suas roupas cerimoniais e carregando faixas de protesto. O protesto foi pacífico até o grupo se encontrar com um carro de som, de onde um cantor evangélico incitava milhares em mais uma marcha para Jesus, lembrando das mortes nos centros como mais um sinal do quanto era preciso as pessoas se libertarem das religiões africanas. Houve confronto, a polícia teve que intervir e pessoas saíram feridas. As imagens circularam pelos telejornais, dividindo a opinião pública e expondo opiniões agressivas.

Naquela noite, pela primeira vez, Ramiro dormiu com Vanessa em seu quarto. Ela ainda estava assustada e se aninhou nos braços do rapaz após fazerem amor como se quisesse fugir do mundo.

— Quando isso acabar — disse Ramiro, para suspender a tensão — Você não quer vir morar comigo de vez?

— Ah, você tem a sua vida... E a gente se conhece há tão pouco tempo, Preto.

— Minha vida era o trabalho e cuidar de minha mãe. Agora, só tenho o trabalho e ninguém pra cuidar. Deixa eu cuidar de você? — ele brincou, rindo.

Vanessa estava apreensiva demais para sorrir.

— E quando isso vai acabar? Quantos ainda irão morrer, Ramiro?

— Não sei. Agora é esperar o encontro com Ogum e receber as instruções. Acredito que a proibição dos cultos nos dará algum tempo.

— E você acha que os cultos irão parar porque o Governador quer? Porque a polícia quer? Preto, esses cultos eram realizados nas senzalas, nas matas, se desenvolveram na clandestinidade desde o começo. A macumba não vai parar, e outras pessoas morrerão por causa desse èngun maldito. Ai, que ódio! — estava prestes a chorar de raiva. — E tem outra coisa: com a macumba proibida, como é que a gente vai fazer alguma coisa com esse èngun?

— Vamos esperar, meu amor. É só o que podemos fazer. A gente pode contar com Pai Romualdo? Ele é de confiança?

— Sim, é sim.

— Então... Vamos amanhã lá, talvez ele tenha uma solução que nos sirva. Agora, vamos dormir?

— Vamos... Preto?

— Oi, Nessa. — ele beijava e alisava seus cabelos, sua testa.

— E se eu perder você pra sempre?

— Nunca diga sempre... E nunca diga nunca. — Disse Ramiro, antes de dormirem.

Por toda a extensão de seu campo de visão, o que Ramiro via eram corpos. Guerreiros tombados em batalha, usando armaduras diversas. Conforme começou a caminhar, ele conseguia identificar algumas dessas vestimentas. Aqui, um guerreiro romano, ainda com a placa peitoral e o elmo destroçado por um tiro de fuzil. Mais à frente, um soldado alemão da Segunda Guerra jazia com uma espada samurai trespassada em seu peito, olhos abertos mirando o céu escuro. As nuvens pretas, carregadas de chuva, sombreavam todo o campo de batalha, até os sete horizontes, e o cheiro de terra molhada mascarava o cheiro de sangue. Estranho, mas os cadáveres não cheiravam à putrefação, parecia terem sido mortos recentemente.

Ao longe, à sua frente, Ramiro pode ver uma pequena elevação, como se fosse um monte. Foi em direção a ele, vendo, no caminho, cavalos, elefantes, máquinas de batalha, tanques blindados. A caminhada parecia um passeio sombrio por um museu destinado à guerra, a todas as guerras travadas pela humanidade em toda a sua História.

— Ogum, o orixá da guerra. — falou baixo, para si mesmo. E ouviu uma risada, vinda de longe.

Ao chegar mais próximo do monte, Ramiro se assustou. Não era uma elevação de terra, como pensara inicialmente, e sim uma pilha de corpos, do tamanho de uma casa. Ramiro parou e olhou para cima. No topo da pilha, repousava um trono, e, sentado nele, um homem.

— Venha até aqui, rapaz. — a voz reverberou pelo ar. O homem era grande, devia ter mais de dois metros. Usava um meio elmo que cobria sua fronte e suas orelhas e repousava a cabeça na mão direita, onde o cotovelo apoiado no braço do trono lhe dava um ar de enfado. Com a mão esquerda segurava o cabo de uma espada com a ponta para baixo, e uma lança se encontrava encostada ao lado esquerdo do trono.

— Como subirei até aí?

— Escale os corpos. Não tenha medo, eles não podem te fazer mal. — disse, com o olhar de escárnio.

Ramiro começou a subir. Pisava na carne mole dos defuntos, procurava apoio para seus pés em ombros e cabeças em busca de estabilidade. Em alguns momentos, tinha que se agachar, buscando com as mãos escudos, lanças e fuzis antigos. Quando mexia nos corpos, o cheiro de sangue e carne fresca ganhava suas narinas, e quase o fez vomitar por duas vezes. Mas ele sabia que era um sonho — e um teste.

— Bom, muito bom. — disse Ogum quando ele chegou

perto do trono. — Acho que eu não preciso me apresentar para você.

— Não, você é Ogum, o orixá da guerra.

— E dos instrumentos, do ferro e do aço. Eu ensinei os humanos a plantar e lhes dei as ferramentas. E da guerra também, claro.

— Que guerra foi essa? — disse Ramiro, meneando a cabeça para o campo de batalha sob o monte, com tantos corpos que não se podia ver o chão dali de cima.

— Todas. Os humanos sempre estiveram em guerra, e as guerras do Aiyé só reproduzem as guerras do Orun. Estamos todos sempre em guerra e, quando alguém não tem com quem guerrear, guerreia consigo mesmo. . A guerra é o motivo por si só, está sempre pronta a acontecer. Precisa apenas de uma desculpa.

— Mas por quê? Os seres não poderiam simplesmente conviver em harmonia?

— Não. Faz parte da natureza. O que você chama de harmonia é o sacrifício de alguns em prol de outros.

— E Akèdjè? Qual é o papel dele nisso tudo?

— Em tudo? Nenhum. Ele só tem representatividade dentro da própria guerra em que se encontra, assim como você.

— E como o derrotarei?

— Você irá chamá-lo. Quando ele tentar se apossar de seu corpo, você o trancará aí dentro.

— E se ele não vier?

— Ele virá. A guerra dentro dele precisa acontecer. Você vem sendo mantido longe de sua influência por muito tempo. Quando você o chamar, sairá de nossa proteção e estará sozinho. Aí ele o verá.

— Mas por que eu? O que tenho de especial?

— Isso será revelado no momento certo, rapaz. — Ogum se ajeitou no trono, puxou a ponta da espada do chão e a pousou em seus joelhos, inclinando-se para frente.

— Oxóssi me disse que faltava um elemento para completar o ritual, e que você me daria este elemento...
— Está aqui. Pegue esta espada. — estendeu a espada sobre as palmas abertas de suas mãos para Ramiro, que titubeou.
— Como... A espada...
— Pegue! — a autoridade na voz do orixá deixou entrever por um momento o comandante de tropas sanguinário que nunca perdia uma batalha.

Ramiro tocou o cabo da espada com uma das mãos e segurou a lâmina com a outra. Era uma espada longa, de empunhadura revestida de couro e o guarda mão cravejado de pequenas pedras brilhantes. A lâmina não tinha risco algum e brilharia se houvesse luz a que refletir. Quando Ramiro tirou a arma das mãos do orixá, ela diminuiu de tamanho perante seus olhos, virando um pequeno punhal de lâmina escura e punho revestido por linhas vermelhas. Era como segurar um redemoinho, a pequena lâmina parecia pulsar viva em sua mão direita.

— Deixe-me ver o ponto que o Rei de Oyó gravou na tua pele.

Ramiro, segurando fortemente o punhal, abriu os botões da camisa com a mão livre.

— Com o punhal que agora tem em mãos, você completará o ponto. Deverá cortar a própria carne, unindo as duas bases dos machados de Xangô e formando um triângulo. Vê? — o orixá mostrou a palma da mão esquerda para Ramiro, e lá estava o desenho completo: os dois machados de dupla lâmina, com seus cabos unidos por um traço horizontal, formando um triângulo.

— E como eu convocarei o ègun?
— Peça orientação ao Baba que estava com vocês. Ele é filho do orixá que marcou a tua pele e será de grande utilidade.
— Pai Romualdo? — Ogum apenas assentiu com o olhar.
— E onde realizaremos a sessão? Os centros estão fechados.

— Já lhe foi dito, e você se lembrará. — o orixá então se levantou do trono e colocou as mãos nos ombros de Ramiro. — Tenha a coragem necessária para fazer o que deve ser feito. Você é o guerreiro escolhido por nós para travar esta batalha.

Ramiro acordou deitado de barriga para baixo, com seus braços envolvendo o travesseiro. Antes mesmo de abrir os olhos, apertou instintivamente a mão direita. O punhal ainda estava lá. Sentou-se na cama, com as costas apoiadas na guarda.

— Vanessa. — chamou suavemente, alisando seu ombro.
— Vanessa...
— Preto... — resmungou a moça, mas logo despertou, parecendo se lembrar de algo. — Ogum?
— Sim... e ele me deu isso. — com a lâmina virada para si e a empunhadura para ela, mostrou o punhal.
— O que... Peraí, deixa eu acender a luz. — Levantou num pulo e correu para o interruptor. Ramiro não pode deixar de notar o quanto estava linda, vestindo apenas uma camisa dele, sem nada por baixo.
— Ogum yê! — só conseguiu falar isso, tamanha era a sua surpresa.
— Ele me disse que este era o elemento que faltava. Eu devo usar este punhal para completar o ponto que Xangô riscou no meu peito, formando um triângulo com os machados. Olha, você não quer pegar?
— Preto, não se bota a mão em coisa mágica. Se guia de contas que é guia de contas a gente não bota a mão pra não influenciar no axé, imagina isso... Meu deus do céu... Você trouxe um presente do Orun! — agora ela ria nervosamente, como uma criança olhando presentes fechados sob uma árvore de Natal.
— Ele falou isso, de Orun e Aiyé... O que é?
— Orun é o mundo espiritual, e Aiyé é esse mundo aqui.

Você ganhou uma lâmina de Ogum! Tia! — ela gritou. — Vem cá ver um negócio!

Ramiro levantou correndo e buscou um calção, antes que D. Maria Inês entrasse no quarto sonolenta.

— O que foi, gente? O que aconteceu?

— Ogum deu um punhal pra Ramiro, olha! — Vanessa era só euforia.

— Rapaz... — disse D. Maria Inês com os olhos esbugalhados. — A gente morre e não vê tudo mesmo...

Só Ramiro parecia não entender a dimensão do que tinha em mãos.

— Posso ver? — disse Pai Romualdo, dois dias depois, quando se encontravam na mesma varanda do Pita, ao entardecer, após Ramiro descrever seu encontro com Ogum. A única diferença era a ausência de D. Maria Inês, que havia ficado em casa para resolver "algumas coisas", como ela dissera. — Ô, meu pai... É linda...

Romualdo estava visivelmente emocionado. Assim como Vanessa e sua tia, não fez nenhuma menção em tocar o objeto que Ramiro desembrulhara do pano de algodão cru que Vanessa havia lhe dado para guardar.

— Ele disse que você poderia nos ajudar com a cerimônia.

— Claro, claro... Ogum me chamando para a batalha em nome de meu pai Xangô, quem sou eu para negar? Ogum yê!

— Ogum yê — respondeu Vanessa.

— Deixa ver só se eu entendi direito... Você irá conjurar o Akèdjè. — Pai Romualdo girou os dedos nas contas da guia que trazia no pescoço. A lembrança do ègun à sua frente o deixava ainda nervoso. — Quando ele entrar em você, você vai riscar um traço horizontal, que juntamente com os cabos dos machados de Xangô formará um triângulo, e isso vai aprisionar esse kiumba dentro de você?

— Falando assim, parece até fácil. — Ramiro ainda tentou brincar. — Mas e se não der tempo? E se ele tomar meu corpo?

— Entre o início da possessão e sua completude, há um pequeno espaço de tempo onde o médium ainda mantém a consciência, principalmente quando a possessão é consentida, como é o seu caso, que estará recebendo Akèdjè por livre arbítrio.

— E se eu não conseguir?

— Bom, nesse caso, os deuses erraram, e tudo será em vão.

Para Ramiro, esta era a hipótese mais provável, apenas se sentiu incomodado por ouvi-la da boca de outra pessoa. Não sabia se seria capaz de realizar tal feito, o de receber dentro de si um espírito e aprisioná-lo. Se desse errado, poderia morrer, como os outros. Mas, e se desse certo? Como ele viveria com o ègun dentro de si? Que influência isso teria em seu próprio espírito?

Foi tirado de seus devaneios quando a mão forte de Romualdo segurou em seu ombro, sacudindo-o levemente.

— Coragem, rapaz. Não é a gente que escolhe a missão, é a missão que nos escolhe. E se ela te escolheu, é porque você é capaz de executá-la.

— Quero crer nisso, Romualdo. E como realizaremos a sessão?

— Bom, a palavra já se espalhou. A recomendação do Secretário de Segurança, na verdade, foi uma proibição velada. A Federação pede que todos a respeitem, pelo menos por enquanto, para não causar atrito e atrair mais mídia negativa. Muitos grupos querem continuar a realizar suas sessões, mas também estão com medo. Outros Babalorixás receberam mensagens sobre o que está acontecendo e temem receber este ègun em suas casas.

— Não pode ser aqui, Aldo? — disse Vanessa.

— Não, aqui não. Mesmo que eu quisesse ir contra as recomendações do Secretário e da própria Federação, este Akèdjè já veio aqui e conhece a casa. Não se marca uma emboscada em um lugar conhecido pela presa, certo, inspetor?

Ao assentir, Ramiro lembrou-se das palavras de Ogum: "Já lhe foi dito, você se lembrará".

— Ogum me disse que eu sabia já o local da sessão, só precisava lembrar.

— E como você saberia? Só se algum orixá tivesse te contado antes...

A imagem de sua mãe apareceu nítida em sua mente. "Todos voltam para a casa da mãe em algum momento. Mesmo o rebelde Akèdjé voltará."

— Na praia. — Ele falou, sem sequer pensar.

— Na praia? — Vanessa repetiu.

— Faz sentido... — Romualdo coçava a barba. — A calunga grande...

— "Todos têm que voltar para a casa da mãe", assim me disse Iemanjá.

— O problema seria realizar a sessão sem interferências... Eu geralmente gosto de fazer minhas obrigações ali no Gragoatá, mas sempre aparece algum desavisado... Que, nesse nosso caso, estaria correndo risco.

— Não foi na Prainha de Piratininga que você se encontrou com Iemanjá, Ramiro? — Vanessa parecia animadíssima por participar de toda a preparação.

— Foi, foi lá sim... Ali não seria ruim, mas teríamos que dar um jeito de ninguém aparecer.

— Tem um ponto final de ônibus ali, né? — ela falou.

— Tem, tem... Mas é uma boa opção, vou ver o que consigo fazer. — respondeu Ramiro. — Agora, uma outra questão, Romualdo...

— Diga, rapaz.

— Como receberei este espírito se nem iniciado eu sou? A própria Vanessa, tem todos os "sacramentos", desculpa, não sei como vocês chamam — disse constrangido ao ver a expressão de riso nos dois — e nunca recebeu nenhum espírito. Como vai ser isso?

— Daria tempo dele raspar pro santo, Aldo?
— Não, e seria arriscado... O ègun poderia localizá-lo no período de recolhimento. Se ele vem sendo protegido dos olhos de Akèdjè pelos orixás, qualquer ritual poderia expor essa cobertura.
— Nem um borí? — ela insistiu.
— Espera, espera. — Ramiro interveio. — O que são esses rituais? São batismos?
— Não, o borí não é um batismo propriamente dito, é apenas uma preparação. A iniciação se dá quando o adepto raspa pro santo, ou seja, passa por um ritual extenso de obrigações e privações, que tem o valor de um batismo. Não temos tempo, nem podemos fazer isso.
— E como eu serei capaz de receber um espírito sem sequer ser iniciado?
— Rapaz — Pai Romualdo se inclinou para a frente, em um gesto parecido com o que Ogum havia feito para Ramiro — você é especial. Se os deuses te escolheram, é porque você pode dar conta do recado. Muitos de nós aqui passam a vida toda na religião sem presenciar nada de mágico ou sagrado, apenas nos segurando na fé. Você, sem nunca ter frequentado, pôde conversar com os orixás, foi marcado por um e trouxe um presente do mundo espiritual que lhe foi dado por outro, e logo pelo Guerreiro. Acredite, você não precisa de nenhum ritual mais. — e sorriu, um sorriso franco e largo.

Ramiro não sabia o que dizer, mais uma vez. Há poucos meses, acreditava que tudo isso fosse coisa do Diabo ou de pessoas ruins. Como mudara tanto desde então? Não saberia dizer, mas quando olhou o sorriso de admiração que Vanessa lhe dava teve uma pista.

— Você tem ideia de como será essa sessão, Pai Romualdo?
— Sim, mais ou menos. Mas tenho certeza de que farei a coisa certa. Se Ogum falou que eu posso ajudar, então eu posso. — falou, orgulhoso.

— Tudo bem, então, vou ver o que posso fazer quanto à reserva da praia.

Despediram-se no portão. Quando Romualdo fechou a porta, Ramiro apalpou o bolso onde queimava o punhal de Ogum. "Vai acontecer", ele pensou.

Quando chegaram em casa, D. Maria Inês os esperava com a mesa posta.

— Comam, crianças. Vou só esquentar um pouco mais a carne, mas é rapidinho.

A mesa estava posta para os três.

— Então, como foi? — perguntou a tia, durante o jantar.

— Ele vai ter que raspar pro santo?

— Não, tia. Romualdo achou melhor não, isso poderia estragar a proteção que os orixás vêm criando em torno dele.

— Ei, eu estou aqui, viu? — Ramiro brincou.

— Ah, mas ele não pode participar de uma gira assim, de calça jeans e camisa polo! Peraí. — D. Maria Inês se levantou, foi até o seu quartinho e trouxe um embrulho de papel rústico rosa, parecido com os que eram usados por açougueiros para embalar a carne. — Vê aí, vê se serve.

Quando Ramiro abriu o pacote, viu uma camisa de botões e uma calça, as duas peças de algodão cru, quase grosseiros.

— O que é isso? — perguntou.

— Roupa, ué! — riu-se D. Maria Inês. — Não, estou brincando. A gira pede o fardamento adequado. Como eu não sabia se você seria iniciado ou não, fiz apenas a calça e a camisa com algodão virgem. Quanto mais próximo das coisas da terra, mais fácil para a circulação do axé. Essas roupas de hoje, cheias de produtos químicos e tinturas, acabam atrapalhando.

— Então por isso que você me deu esse pano para guardar o punhal... — disse Ramiro, e Vanessa apenas sorriu. — Obrigado, D. Maria Inês.

— Menino, quando você vai me chamar de Tia, como todo mundo?

Então Ramiro teve uma ideia. Se Vanessa viria morar aqui, porque a tia também não?

— Quando você se mudar para o quarto que foi de minha mãe.

Foi a vez de D. Maria Inês ficar sem graça.

— Não, meu filho... É que....

— D. Maria Inês, o quarto está vazio. Eu convidei a Vanessa para morar aqui, comigo, e eu nunca ficaria bem com você naquele quartinho.

— Mas o meu papel aqui...

— Eu te convidei para cuidar de minha mãe, e agora não é mais necessário. A Nessa não pode voltar pra Fazenda dos Mineiros, e você também não. E, se vamos viver todos aqui, não posso deixar minha tia dormir em um quartinho de empregada.

Ramiro viu pela primeira vez D. Maria Inês muda, com os olhos cheios d´água.

— Você é um menino muito bom. — foi só o que ela conseguiu falar.

— Então vamos dormir, e deixa que eu lavo a louça hoje! — ele cortou, para quebrar o clima estranho que se instaurara. Fizera aquilo de coração, não achava que merecia nenhum agradecimento especial.

Mais tarde, na cama, Vanessa falou, emocionada.

— Obrigada, Preto... Fico muito feliz pelo que você fez com minha tia.

— É o mínimo que eu poderia fazer. Não precisa agradecer, gosto de ter vocês aqui.

— Mas, e se a gente não der certo? O que acontece com ela?

— Se você me largar, eu fico com a tia. Combinado?

Ela sorriu.

— Bobo... Vem cá, fica mais pertinho de mim...

— Farias, preciso falar contigo.

A semana ia pelo meio, e as investigações estavam no mesmo patamar. Os depoimentos das pessoas presentes nas mortes do final de semana começavam a divergir para o ridículo. Alguns viram o cavalo crescer dois metros e soltar fogo pelo nariz, outros não tinham visto nada. "Escuta isso aqui: eu vi os olhos do Emerson virarem duas bolas de fogo, e de sua boca saiu uma língua com duzentos espinhos que lambia o chão", Ferreira lia os depoimentos e se escangalhava de rir. Assim que o caso ganhou as manchetes, todos queriam ser originais para poder aparecer. Quando Ramiro entrou na sala de Farias, o delegado estava rodeado por jornais e envelopes pardos em sua mesa.

— Irmão, espero que seja uma boa notícia, porque de notícia ruim...

— Eu acho que sei como parar as mortes.

— Então fecha aí e me conta.

Ramiro fechou a porta por trás de si enquanto o delegado enrolava um cigarro.

— Tem como você abrir a janela pelo menos, Farias? Vai acender essa imundície aí...

— Ramiro, já te falei o quanto você é chato? Nem agora que arrumou mulher você sossega, homem! — e se levantou para abrir a janela. — Agora vai, fala. Você sabe como prender esse Kêdi aí?

— É Akèdjè, e ele não pode ser preso, porque é um espírito.

— Ah, tá... Eu esqueci. E ele vai puxar minha perna de noite?

— Farias... — Ramiro falou com ar de cansaço.

— Ok, ok. E como parar?

— Eu precisarei realizar um ritual...

— Hmmm, macumba! Quem diria, hein? Menino criado na igreja, agora virou macumbeiro... Tá bom, desculpa, vai. Estou com o Capitão Frade agarrado no meu cangote, e o

Governador preparando a churrasqueira para comer nossos fígados assados na grelha.

— Eu entendo. Mas eu vou precisar que você fale com o Secretário de Segurança. Preciso que os acessos à Prainha de Piratininga fiquem fechados por algumas horas.

— Horas, você disse?

— Uma ou duas. O tempo suficiente para realizarmos o ritual.

— E qual vai ser a minha desculpa? Você sabe que o Governador não quer nem ouvir falar de macumba, né? Conseguiu que a Federação acatasse o pedido de suspensão e pediu pessoalmente pro Secretário reprimir as giras.

— Não sei, Farias, você é amigo dele. Diz que é uma emboscada, sei lá. Mas não pode vazar, tem que ser no sigilo.

— Hmmmm... Vou ver o que posso fazer. Mas você não vai me dar nenhum culpado, certo?

— Não posso. Apenas vou fazer isso parar.

Farias acendeu novamente o cigarro, que pendia apagado colado em seu lábio inferior.

— Teremos que pensar nisso também, irmão. Eu falo que é uma emboscada, fecho uma praia e não tenho ninguém algemado pra mostrar depois? Complicado... Aliás, você não quer fechar a praia de dia não, né?

— Não, será à noite, bem tarde.

— Mais fácil... Mais fácil. Ok, me dá alguns dias que eu vejo isso pra você.

— Obrigado, Farias. Obrigado pela confiança. — disse com sinceridade.

— Não tenho opção, Ramiro. Uma outra noite como aquela sexta vai foder com todo mundo. O Governador, eu, você e a moça da limpeza. Que a gente não prenda ninguém, tudo bem, não vai ser a primeira vez. Mas se você está dizendo que pode fazer isso parar, bom... Eu confio em você. Nunca me dei mal por confiar em você, sabe disso.

Ramiro ficou sem graça. Todos esses anos trabalhando com Farias, e era a primeira vez que ele deixava o caso em suas mãos, sem questionamentos excessivos ou obstáculos.

— Agora vai — disse Farias para quebrar o constrangimento — e agiliza esse teu ritual aí. Vou ligar para o Frade e ver o que posso fazer.

Não demorou muito e estava tudo pronto. O delegado tinha conseguido, através de sua amizade com o Secretário de Segurança, que os acessos à Prainha de Piratininga fossem fechados por duas horas. Pai Romualdo convocara as yabás e ogans mais confiáveis que conhecia — alguns inclusive nem trabalhavam em seu terreiro — e comprara todo o aparato necessário para a realização da gira. Tinha planejado o ritual como se fosse uma obrigação de Iemanjá na Umbanda, já que o ritual seria realizado na calunga grande, mas incluíra os elementos de cada orixá. Velas, pontos riscados, pembas, paôs.

Na véspera, Ramiro tinha ido ao terreiro para ser rezado pelo Pai Romualdo. Mesmo não dando tempo de qualquer iniciação, o Pai de Santo insistira para que ele recebesse ao menos a sua bênção — "porque a dos orixás você já tem", disse ele.

Ao chegar em casa, já de madrugada, dormiu um sono sem sonhos e sem escalas. Quando a moldura da janela de seu quarto começou a clarear, abriu os olhos confiante, como se toda a sua vida fosse uma preparação para aquele momento. A tensão do dia se traduziu na ausência de conversas prolongadas na casa, apenas comentários cotidianos e olhares amorosos. Quando começou a anoitecer, Vanessa preparou um banho de ervas que havia sido passado por Romualdo. Depois, ainda em respeitoso silêncio, pegaram o carro e foram para Piratininga.

[ONTEM] Akèdjè demorou a se livrar do espírito de Mãe Sandra. A pobre mulher amargurada ficaria ainda muitos anos nas trevas, vagando pelo Aiyé e incomodando todos aqueles a quem culpava por seu fracasso em vida. Alimentava seu ódio, buscando todas as pessoas a quem ela culpava por não ter sido feliz. Seus pais, seu filho, seus patrões.

Após algum tempo, ele aprendera a controlar o fluxo de memórias. Bloqueou todas as imagens que vinham do outro espírito e passou a transmitir suas próprias lembranças. Tempos felizes, antes da captura, quando era responsável por sua aldeia. Ao mesmo tempo, vibrava de maneira que o outro ègun percebesse que não estava mais na carne. "Você morreu, Sandra. Siga teu caminho" — enviava mentalmente para o espírito amargurado da mulher que o prendia às trevas.

Aos poucos, o ódio de Mãe Sandra foi arrefecendo, e finalmente Akèdjè se viu livre de tal peso. Após o desenlace, reorganizou-se enquanto ègun e procurou alguma celebração onde pudesse dar continuidade a seu plano. Sabia que agora estava forte, ter conseguido falar em sua última incorporação o animara. "Agora todos saberão", ele mentalizava, mas não achava nenhuma sessão onde pudesse realizar sua possessão. Parecia que dentro de seu alcance geográfico todas as manifestações haviam cessado.

Buscou oferendas, encruzilhadas, calungas pequenas: nada. Nenhuma expressão religiosa ancestral. Os outros èguns se afastavam dele, Akèdje emanava uma vibração negativa de poder que incomodava até mesmo animais encarnados. Ninguém com quem pudesse se comunicar, ninguém a quem pudesse perguntar. Estava sozinho, mas não perdido, como Mãe Sandra. Sabia que sua hora iria chegar.

Dias se passaram sem que nada acontecesse. Nenhuma porta se abria no Orun, nenhuma oferenda era depositada nos lugares santos. Akèdjè hibernava no espírito, atento para receber as vibrações emanadas pelos cânticos e baixar novamente. Até que ouviu o chamado. Não apenas um clamor genérico pelo sobrenatural, ou um apelo aos orixás. Desta vez, o nome chamado era o seu.

Era como se centenas de vozes dissessem o seu nome ao longe, não um apelo lamurioso, como se acostumara em vida; era um chamado mais urgente, imperioso, quase uma ordem. Deixou sua mente ser levada pela força daquelas palavras, reuniu-se em forma humana e seguiu. Sabia que esta hora chegaria, a hora do confronto final com as forças ancestrais, a hora de destruir de vez qualquer influência dos orixás na alma desta terra estranha.

Uma das vozes se diferenciava de todas. Não lhe era estranha, soava como se o conhecesse intimamente. Não como aquele pai de santo, que apenas dissera o seu nome. Este médium, entre tantos outros, sabia quem ele era, e seu conjuro era familiar. Será que finalmente os falsos deuses haviam se dado conta de sua presença? Talvez eles quisessem lhe pedir perdão...

Akèdjè sorriu e rumou para a origem da convocação, prestes a executar de uma vez por todas a sua vingança.

[AGORA] A prainha de Piratininga era só deles. Quando estacionou, de frente para o mar, Ramiro viu ao longe a luminosidade vacilante das velas que cercavam o local do encontro.

— Você está bem, Preto? — perguntou Vanessa antes mesmo de ele puxar o freio de mão, tocando sua perna de leve. Nunca estivera tão linda, de vestido branco com a saia de babados, cabelos soltos e olhar assustado.

Ramiro estava confiante. Havia decidido ir vestido de casa com os paramentos cerimoniais feitos por D. Maria Inês, precisou apenas tirar as sandálias. A calça de algodão cru era confortável — mais até do que ele esperava — e, sob os botões da blusa branca semiaberta, queimava em seu peito o ponto que Xangô havia riscado.

— Sim, Vanessa. Vamos fazer o que tem que ser feito. — e desceu do carro, sentindo a brisa noturna que vinha do oceano acariciar a sua pele.

Na beira do mar, as oferendas estavam dispostas no meio de um círculo de velas, acesas depois de depositados os alguidares, pois naquele momento ninguém mais poderia habitar aquele espaço. Três atabaques de tamanhos diversos, guarnecidos por ogans experientes, esperavam o início da cerimônia. Romualdo fumava um cigarro, agachado, e passava as costas dos dedos da mão pela barba.

— Boa noite, Pai Romualdo.

— Boa noite, inspetor.

— Chegou a hora. — disse Ramiro, sem olhar para Romualdo. Seu olhar destacava o mar, conseguia ver a sombra da pequena ilha a descontinuar o horizonte, e as águas de onde vira sair sua mãe pela última vez. Apesar de não ter lua, o céu estava limpo, e a claridade azulada brilhou em seus olhos úmidos.

— Você está preparado? — Romualdo tirou Ramiro de seus devaneios com a pergunta que ele mais temia ouvir.

— Não... E nunca estarei.

— É sempre assim. Não é a gente que escolhe a missão...
— ...é a missão que nos escolhe. Você já me disse isso, e não foi o primeiro. E eu ainda me pergunto o porquê.

Os outros tinham vindo antes, no último ônibus a passar pelo isolamento realizado pela PM. Foi difícil, mas Farias tinha conseguido articular tudo com o Secretário Hildebrando, e ninguém chegaria por ali naquele período.
"Obrigado, Lúcio Flávio."
"Irmão, quase dez anos trabalhando juntos, e é a primeira vez que você me chama pelo nome." — disse Farias. "É estranho, mas a situação também é estranha — porra, você é estranho!" — E riu. "Vai lá, e acaba com essa história."
"Se Deus quiser, Lúcio Flávio. Se Deus quiser."
"Ué, mas tem Deus nessa parada também?"
"Tem Deus em tudo, meu caro. Tem Deus em tudo."
Ramiro sorriu com a lembrança. Farias era um bom amigo, acreditara nele desde o começo, um começo que agora parecia tão distante quanto o tamanho do espaço que o separava de quem havia sido. Entrara nessa história como um homem religioso, temente a um Deus cristão, e se preparava para sair dela ainda mais religioso, só que agora com vários deuses. "Não somos deuses", a voz de Oxóssi ecoava em sua mente, "e somos, na mesma medida em que todas as criaturas são, e apenas os humanos podem reconhecer e pensar sobre isso, o resto da natureza apenas executa sua divindade sem questionar".

Os cânticos se iniciavam. Pai Romualdo puxou o coro, e os outros médiuns o seguiram. A princípio, pareciam apenas sílabas soltas, solfejadas a esmo, mas agora Ramiro sabia: era o yorubá, a língua sagrada da Terra Mãe. Começavam saudando Exu, para que o mensageiro abrisse os caminhos e levasse suas preces ao Orixá maior, Oxalá. Ramiro deu-se conta de que havia sido visitado por todos os outros orixás ditos "grandes", menos por Oxalá.

Ao entrar no círculo de velas, Ramiro murmurou uma prece para si mesmo. Para o Deus que conhecera, ainda criança, e o amparara até ali. Para todos os deuses que são um só, por todos os que já se foram. "... E que o bem seja feito aqui, e louvado seja o Seu nome por todas as eras", encerrou. Achava que já não sabia rezar, aprendera tanto nesses últimos meses... Mas, na casa do Pai havia muitas moradas, e o axé que saía de seu próprio coração agora envolvia suas mãos em um halo brilhante — que ele sabia não ser visível a todos — e os cortes em seu peito pulsavam. Apertou mais ainda o punhal em suas mãos.

As músicas se tornavam mais altas, e Ramiro sentiu vontade de dançar. Nunca gostara de dançar — nem quando era mais novo —, mas agora sentia a cabeça leve, e os braços e pernas com uma energia inesperada. Lentamente, porém no ritmo, começou a balançar os joelhos, abrindo e fechando os braços, como vira as pessoas dançando no Centro de Pai Romualdo. Passado algum tempo, ele girava e sorria, e via em cada um dos celebrantes o brilho do axé, percebia a luminosidade das águas do mar, mesmo àquela hora da noite, como se o oceano fosse um grande manto fluorescente, uma bateria carregada, a soltar faíscas. Ele dançava, e suas mãos criavam rastros luminosos no ar. Ele agora estava potencializando todo aquele axé. Seus pés espalhavam a areia, seus braços aumentavam a energia, seus olhos viam as almas que animavam os corpos vivos ali presentes em sua plenitude: brilhantes, poderosas, infinitas. Olhou para cada sorriso e se viu tomado de amor, amor por cada uma daquelas pessoas, amor pela humanidade, amor pelos deuses, por Deus.

De repente, uma onda de choque o atingiu, e a todos na roda. Olhares apreensivos e angustiantes foram trocados. Alguma coisa acontecera, e era ruim. Os pais e mães de santo ali presentes sentiram o perigo e aumentaram suas vozes, colocando mais vigor em suas danças. Ramiro parou, sem conseguir entender o que acontecera. Até que ele viu Akèdjè. O Feiticeiro surgiu, como se brotasse do chão. Não veio do mar, ou das pedras, Ramiro teria visto. O ponto de Xangô em seu peito se abriu, e o sangue fino começou a descer por seu abdômen. Ele segurou o punhal e esperou. "Venha" — ele disse sem palavras ao èrun — "venha e tome posse de seu cavalo".

Akèdje seguia, rumo àquela convocação. Ao se aproximar do chamado, sentiu uma barreira energética muito forte. "Seriam os orixás, finalmente?", ele pensou. Mas as vozes eram apenas humanas, e de longe ele viu o círculo formado na areia da praia, velas e sacerdotes. "Espertos, tentam se aproveitar da influência da Mãe e da energia da calunga grande para inibir os meus poderes, mas é tarde demais." Onde passava, um caminho de vácuo se abria. Akèdjè absorvia a energia ao redor e transmitia de volta seu ódio e sua necessidade de vingança.

Ainda a uma certa distância, ele viu Ramiro. Parado no centro da roda, o rapaz dançava, criando em torno de si um halo brilhante de axé, que se ligava como tentáculos a cada um dos médiuns presentes e retornava pra ele em ondas douradas, em amor, confiança e esperança, o mesmo tipo de axé que tanto recebia dos seus em África. Akèdjè foi repentinamente tomado por uma explosão de raiva e gritou. Seu grito fantasmagórico cortava como espinhos a tristeza dos que podiam percebê-lo. Em um raio de quilômetros, vários encarnados sentiram — mesmo sem ouvir — algo passar diretamente através de seus estômagos e fechar sua garganta. Era como se a Terra tivesse soluçado, e lágrimas incontidas e misteriosas rolaram. Gatos e cães emitiram sons de desespero, e cavalos se agitaram em seus terrenos baldios. Em seu ódio e inveja, Akèdje quis destruir aquele humano. Decidiu fazer uma entrada impactante, destinada a constar nos tratados futuros de uma nova religião.

Mesmo depois do aviso exagerado que seu grito emitira, mascarou sua presença como se acostumara a fazer no início — porém, agora com mais perícia, apesar do esforço enorme que tinha que fazer para se aproximar da calunga grande. Sentia o axé de todas as almas que voltavam para o caldo primordial, sentia o amor da Mãe e sua proteção. Mas aquele humano tinha poder, e talvez o ègun tivesse finalmente encontrado o cavalo perfeito para a sua entrada neste mundo.

Ramiro parou com a dança e agora olhava fixamente para o ponto vazio, fora da roda, na direção da rua, onde só ele via Akèdjè. Os outros sacerdotes não o enxergavam, mas a presença do Baba africano era muito forte, e por um breve momento os cantos pararam e as cabeças se voltaram para onde Ramiro mirava.

Akèdjè se apresentava como quando era moço: forte, altivo, imponente. Vestia uma calça parecida com a de Ramiro, de algodão cru, e tinha o peito aberto. Seus músculos aos poucos se formavam definidos sob a pele negra, que parecia brilhar, juntamente com a cabeça nua. Sua boca formava um sorriso retorcido, e seus olhos faiscavam. Ramiro percebeu a energia poderosa que emanava do égun, e também sua maldade. Aquele ser não vinha para criar, apenas para destruir, e Ramiro se lembrou de seu encontro com Exu, e o que eles conversaram sobre o diabo. Bom, o diabo em que Ramiro acreditara um dia podia até não existir, mas aquilo que se apresentava à sua frente não ficava longe das antigas definições e crenças.

— Aproxime-se, ègun. Tome seu cavalo e transmita sua mensagem. — Ramiro falou com segurança, apesar do medo.

— E quem é você, Baba, que ousa convocar Akèdjè? — a língua não era a mesma, mas a compreensão era dada em outro plano, e imediata.

— Meu nome é Ramiro, e venho em paz.

— Paz? É uma pena, porque eu não venho em paz. — e avançou para dentro do círculo, por entre duas yabás que caíram imediatamente sobre a areia fria da praia noturna.

Ramiro estremeceu, e olhou de relance para Vanessa, que estava à sua direita, formando o círculo. Ela continuava a cantar e girar, mas o rapaz pode ver a apreensão em seu rosto. Nada disso passou despercebido por Akèdje.

— Tudo o que se quer aqui é paz, Akèdjè.

— Você diz meu nome como se me conhecesse, rapaz. Como se fosse um dos meus — e Akèdjè parou, a aproximadamente dois metros de onde estava Ramiro. Agora, que os cânticos haviam se fortalecido e o inspetor voltava a receber as ondas douradas de axé dos sacerdotes que ali celebravam, o ègun pôde entender. Sua raiva não era apenas porque Ramiro recebia o que um dia, lá em África, havia sido seu. O humano encarnado ali era ele. Ramiro era fruto de sua semente.

De uma vez só, Akèdje recebeu toda a revelação. Viu Khanysha ao seu lado na hora da morte, seu ventre murcho sob o sol e coberto de formigas. Mas viu o fruto de seu amor vivo, um bebê lindo, esperneando e berrando pela vida, sendo levado pelas escravas da casa. "Tire essa cria imunda de minha casa!", gritava a Sinhá, ainda em prantos pela morte de seu filho. Tião, tomado de remorso, decide levar a criança para a sua casa e criá-la como se fosse sua. A lealdade do capataz havia sido comprada com a alforria e o direito ao uso de uma residência de colono. Ninguém questionou de onde ela viera, e a criança cresceu sadia e feliz, com o nome de Luís, o mesmo nome cristão com que Akèdje havia sido batizado, longe da Casa Grande. E de Luís a Ramiro, viu todas as linhas sendo tecidas nas mãos de Iroko, o Homem da Gameleira Branca.

Por um momento, Akèdjè se encheu de ternura. Todos esses anos, e seu sangue continuava a fluir nesta terra, neste Brasil que cresceu com a força de África, que trazia marcas de sua gente e sua terra em tudo: na comida, na fé, na carne. Mas foi um momento breve, o feiticeiro rapidamente voltou a sentir o ódio boiar na superfície de seu espírito conturbado. Por que tudo isso havia ficado oculto para ele? Como ele, depois de haver virado ègun, não conseguira perceber entre os encarnados a sua própria linhagem, ver sua prole a se reproduzir e perpetuar sua semente? "Os orixás tinham que estar envolvidos nisso, só pode!" — pensou. Das amarras que prendem o espírito ao Aiyé, a mais forte é a familiar, e isso lhe fora negado. "Então eu acreditei que a única coisa que me prendia aqui era o ódio, e eles esconderam meu filho de mim! E agora querem usar minha própria semente para me destruir!"

Akèdjè crescia na frente de Ramiro. Tornava-se um gigante, furioso, com fogo saindo pelos olhos, fumaça pelas ventas. O axé que cercava seu corpo impregnava o ar de maldade e raiva vermelha, como a fumaça de um defumador, só que, em vez de limpar, contaminava. Começou a aproximação para tomar seu corpo e acabar com tudo isso de uma vez por todas, quando viu Ramiro virar a cabeça para a direita e olhar para uma das yabás, e percebeu que a corrente de axé com cor de ouro que fluía para o rapaz ali voltava, mais pura, porém com alguns rajados. Eles se amavam, e ele temia por ela.

O ègun então sorriu, um sorriso que derrubaria muralhas e afundaria navios. Já sabia o que fazer.

Ramiro viu Akèdjè crescer na sua frente, recebeu as emanações do ódio destrutivo e pestilento que contaminava toda a energia ao redor. Os cânticos vacilavam, e Ramiro sentia sua coragem se esvaindo. O feiticeiro vinha em sua direção, e ele se preparou para o embate. Teria apenas alguns segundos entre o início da possessão e o talho que deveria fazer em sua própria carne com o punhal recebido por Ogum, selando de vez o ponto que Xangô queimara em seu peito e aprisionando o ègun pra sempre. Não fazia ideia do que aconteceria depois, Pai Romualdo já havia lhe falado, mas tinha convicção, em seu âmago, de que não seria tão fácil. Olhou para Vanessa para buscar forças e imediatamente percebeu, com sua experiência de polícia, que havia cometido um erro grave. Mostrara ao inimigo uma brecha na segurança.

Akèdjè estava tão perto que a fumaça que saía de suas narinas queimaria Ramiro, se o feiticeiro estivesse encarnado. Então ele viu Ramiro olhar para Vanessa e deu um sorriso dentro dos olhos do rapaz. E mudou a direção.

De repente, todos perceberam que Vanessa parara de dançar. Sua saia não girava mais, e seu corpo todo tremia, como se estivesse tomada por uma síncope. Espasmos intervalados, em que seus ombros se projetavam para frente e para trás, sacudindo seus braços mortos. O que pareceu durar uma eternidade foram apenas alguns segundos, e Vanessa caiu de joelhos, com a cabeça tombada entre as pernas e os cabelos roçando a areia. D. Maria Inês correu para ajudar a sobrinha, pressentindo o mal. Mas era tarde demais.

Quando se levantou, não era mais Vanessa. Era Akèdjè.

A roda estava desfeita. Os homens e mulheres que haviam se prontificado a estar ali, desafiando a lei de proibição, agora estavam com medo. Babalorixás, Yalorixás, ogans experientes, pessoas que já haviam trabalhado muitos anos em cultos de ègun no Candomblé, que tinham visto roupas voando e dançando sozinhas, pertences sendo arrastados por mãos invisíveis pelo chão do terreiro, agora não sabiam o que fazer. Vanessa estava estranha e emanava uma energia ruim. Suas retinas colavam nas pálpebras superiores, e ela olhava de baixo para cima, com um sorriso maléfico no rosto. Seus cabelos soltos e sua postura simiesca lhe davam um ar mais ameaçador. Pai Romualdo presenciou a morte de Mãe Sandra e sabia que aquele era o mesmo Guia. Mas agora Vanessa não parecia confusa ou limitada. Respirava com desenvoltura, fungando com força, e olhava para Ramiro com ódio.

— NÃO! — gritou o inspetor, angustiado.

— Sssssim... — Ramiro não via mais sua amada, apenas Akèdjè. — Finalmente, apósh tantosh sséculoss, esstou de volta!

O ègun ainda falava com dificuldade, e o corpo de Vanessa ainda dava sacudidas aleatórias, mas era uma questão de tempo para perceber que a possessão se completaria logo. Vanessa não tinha forças para repelir um espírito tão forte — logo ela, que nunca havia recebido guia nenhum.

— Deixe ela, Akèdjè! — gritou Ramiro.

— Por quê? Ela é a mulher que você ama? Você é um tolo! Servindo de boneco para esses deuses malignos!

— Eles querem apenas o bem...

— De quem? DE QUÊ?! — e pisou forte no chão, fazendo a areia subir. — Servi aos deuses por tanto tempo, e o que eu recebi? Fui trazido pra morrer nesta terra estranha, onde os deuses brancos sufocaram os deuses dos moradores originais! Agora eles manipulam você, MINHA SEMENTE, para continuarem em seu pedestal, inatingíveis. VOCÊS NÃO SÃO INATINGÍVEIS! APAREÇAM!

Neste momento, os véus da realidade se esgarçaram, e ninguém ali via mais Vanessa. D. Maria Inês correu para cima do ègun e foi repelida para longe com apenas um movimento de seu braço, caindo na areia da praia de Piratininga.

Enquanto isso, na cabeça de Ramiro ecoavam as palavras de Akèdjè. "Minha semente?" — a cabeça de Ramiro girou. Que relação ele poderia ter com aquela aberração?

— Acabe com ele, agora. Use o punhal que te dei.

Ramiro virou para a direita, de onde vinha a voz. Ogum. Vestido de armadura de batalha, o orixá tinha pelo menos dois metros de altura. Imediatamente, Ramiro compreendeu que todos também o podiam ver. Ogum havia se materializado ao seu lado.

— Mas se eu fizer isso ela morre!

— Você tem que fazê-lo. Isso tem que acabar aqui! Se você não o fizer, eu o farei. — Ogum levantou sua espada, que faiscava em sua mão direita.

— Não, não faça isso!

— É a única chance, Ramiro. O espírito de Vanessa é forte o suficiente para subir para o Orun e levar Akèdjè com ela. — à sua esquerda, Iansã também havia se mostrado, com seu corpete e saias vermelhas. Empunhava o alfanje curvado, e de seus olhos os raios escapavam em direção ao vazio.

— Ah, então aí estão vocês! Muito conveniente aparecerem agora, para defenderem seu protegido! — falou amargamente Akèdjè. — E onde vocês estavam quando mais precisei de vocês? Quando eu me deitava adoecido entre cadáveres, a cruzar o oceano em direção a uma terra hostil?

— Cale a boca, impertinente! — gritou Ogum.

— Nunca mais calarei a boca! Essa história termina aqui! — e seu corpo caiu ao chão. Vanessa ainda lutava, mas Akèdjè era mais forte. Apoiou-se sobre os braços. — Todos saberão a farsa que são os orixás! Deuses caprichosos e invejosos, porém fracos, FRACOS!

O pulso de energia enviado pelo ègun atingiu os encarnados, que correram catando cavaco pela areia. Não era uma visão simples. Ramiro, parado, encarava um feiticeiro africano poderoso, incorporado totalmente no cavalo, e a seu lado orixás gigantes e ameaçadores se posicionavam para um ataque.

— Akèdjè, meu filho, acalme-se. Ou você acha que isso não faz parte do plano de Olorun? — Iemanjá saía da água como Ramiro a vira da última vez: era sua mãe, mas não era apenas a sua mãe. Era a Mãe de tudo o que existe, a dona da calunga grande, que gerava e recebia de volta todos os seus filhos.

— Plano? Você fala em plano? Você esconderam a minha própria semente de mim!

Mais uma vez, Ramiro ficou desconcertado com a informação. A Mãe então se aproximou, seu cheiro doce de maresia, e passou a mão em seus cabelos.

— Você não me perguntou por que você havia sido escolhido? Você carrega em suas veias o sangue do maior Baba que esse mundo já viu.

— E por que não me contaram isso antes?

— Senão ele saberia, e você não teria chance.

— E quais chances tenho agora? — disse Ramiro, com voz de quase desespero.

— A chance de evitar o pior. — disse o Rei de Oyó ao seu lado. Xangô se materializava em todo o seu esplendor, ainda mais imponente do que havia aparecido para Ramiro anteriormente.

Akèdjè começava a demonstrar impaciência.

— Ah, então chegou o Rei! Vida longa ao Rei! Seu reinado está no fim, Majestade. — disse com ironia. — O seu e de todos os seus irmãos!

— Akèdjè, você não está considerando todos os fatos. É egoísta em pensar que sua vida é mais importante que a vida de milhares de irmãos seus que vieram contigo.

— Todos os fatos? Vocês me abandonaram, me deixaram para MORRER! — gritou o ègun, com fogo saindo dos olhos.

— Como disse a Mãe, tudo era parte do plano. Nós escolhemos você, Akèdjè, para perpetuar nosso culto nesta terra. Somos maioria ainda hoje, e a nossa religião deveria suplantar a dos brancos. Escolhemos o maior feiticeiro de nossa terra pra pregar a nossa religião aqui, onde a natureza sempre foi tão prodigiosa com seus filhos, e criar um novo mundo mais justo, onde todos pudessem viver em paz. — falou com calma Xangô.

— Mas alguém me perguntou se eu queria? E a minha liberdade de escolha?! — O rosto de Akèdjè se contorcia e deixava entrever expressões de dor enquanto Vanessa lutava pelo controle.

— Use o punhal que te dei, rapaz! É a nossa única chance! — gritou Ogum para Ramiro.

— Eu não posso! Eu não posso!

— Mate-o agora, ou eu o farei. — o Caçador também chegara, com sua única flecha apontada para o peito de Akèdjè.

Junto com Oxossi, apareceu Omolu, com suas palhas e seu xaxará, silencioso como Ramiro o conhecera. Ao lado de Iemanjá estava Oxum, que chorava. Agora estavam quase todos ali, e Ramiro se sentia pequeno — tanto fisicamente quanto espiritualmente — para aquela luta.

— Akèdjè — disse Ramiro, buscando em seu âmago um último fio de coragem — deixe Vanessa ir. Eu não sou sua cria? Então, venha e me possua.

— Você não vê, meu filho? Mais uma vez os orixás estão usando os humanos para seus caprichos! De que adianta? Nossas vidas não valem nada para eles, NADA!

— Agora, Oxóssi! — gritou Ogum.

— NÃO! — a voz de Ramiro se sobrepôs.

— Caçador, no momento em que essa flecha sair do arco, eu subo e mato a menina. Passei muito anos me fortalecendo para esse momento, e tenha certeza de que não falharei.

— Ele está blefando — trovejou a voz de Xangô. — Dispare sua flecha, Caçador!

— Calma, irmão. — disse Oxum, segurando o braço de Oxóssi. — E o que você quer, ègun?

— Eu quero que todos saibam quem vocês realmente são! Deuses insanos e caprichosos, que usam a humanidade como gado para seus favores!

— E pra isso você vai usar uma humana? E depois vai fundar um culto em seu nome? Você não é diferente de nenhum de nós, querido. — mesmo com raiva, a sedução era pulsante na voz da deusa menina.

— Não ouse usar seus feitiços contra mim, mulher! Eu tenho que cumprir o meu destino! — disse, sem olhar para Oxum.

— Você fugiu do seu destino ao se matar, Akèdjè. Abriu mão do grande dom que Olorun lhe concedeu e frustrou nosso planos. — a voz de Iemanjá era confortante. Como um colo macio de mãe.

Akèdjè pareceu sentir o golpe. A imagem saía do foco e dava lugar a uma Vanessa torturada, lutando para sair.

— Não! Vocês mentem, todos vocês! Eu vou destruir esse cavalo e todos os que tentarem estabelecer contato com o Orun! Eu vou acabar com vocês! — e, dizendo isso, caiu novamente de joelhos sobre a areia da praia, em nítida luta com o espírito de Vanessa.

— Vá agora, Ramiro, enfie o punhal, ou ele irá consumir a alma de Vanessa! — gritou Iansã.

Ramiro deu dois passos à frente, a visão turva pelas lágrimas, e viu o Feiticeiro se levantar, rindo. Ele tinha pouco tempo, mas pra quê? E se ele estivesse do lado errado?

Ele então enfiou o punhal de Ogum no peito musculoso de Akèdjè e sentiu a carne macia de Vanessa ceder para abrigar a lâmina, sob o olhar incrédulo do ègun.

Akèdjè sentiu primeiro a dor humana, o frio aço rasgando sua carne, atravessando o vão entre as costelas e atingindo o seu coração. Depois, a força do punhal a desestabilizar seu espírito, como se fosse uma pedra jogada no meio de um lago em paz. Ele tentou subir e abandonar o cavalo, mas estava preso. O axé concentrado na arma era insuportável, e ele ainda pôde entender que o dono do punhal não era o humano que o atingira, e sim o Guerreiro. Subitamente, começou a se sentir puxado pela fenda que se abrira na carne da mulher que possuíra, tal qual o vórtice que puxava as almas desencarnadas para o Orun. Sua cela final seria aquela lâmina, aquele patuá preparado para aprisioná-lo até o fim dos tempos.

Com os olhos embaçados da médium onde habitava, ainda viu os orixás por detrás dos ombros daquele que lhe desferira o golpe final. Parados em posição de batalha, aguardavam apenas o seu fim. Os seus deuses reinariam ainda por muitos séculos, e ele, o filho rebelde que não aceitara seu jugo, pereceria pelas mãos de sua própria semente. Olhou nos olhos de Ramiro e deixou cair uma lágrima antes de ser totalmente sugado para o punhal.

A faca nas mãos de Ramiro tremia, como se ele estivesse tentando segurar um carro em primeira marcha. A imagem de Vanessa piscou em sua frente, com uma expressão de dor. Novamente, a figura de Akèdjè voltou, e o rapaz pôde ver em seus olhos a tristeza. Era o fim, e o ègun agora se esvaía para dentro do punhal dado por Ogum, enquanto o sangue de Vanessa queimava seu punho.

Dos olhos de Akèdjè rolou uma lágrima, e ele sumiu. Ramiro sentiu o axé contido no punhal, que agora pesava na sua mão direita, então puxou-o para si. Os olhos de Vanessa rolaram nas órbitas e ela caiu, a mancha escarlate crescendo em seu vestido de algodão cru.

— Está feito. — a voz de Ogum vinha de longe, como um apito de navio sob nevoeiro. Ramiro deu dois passos para trás, a mão esquerda subindo à boca para conter um soluço, e teria deixado o punhal cair na areia se a mão do orixá não o amparasse.

Sentiu a mão de Iemanjá em seus ombros, e sua energia amorosa e reconfortante.

— Filho... Terminou.

A visão de Vanessa caída na areia, o sangue no vestido, seus olhos fechados, seu peito imóvel. Tudo isso era mais do que Ramiro podia suportar, e, por mais que explodisse por dentro, as lágrimas não vinham. Sua garganta se fechava com os violentos soluços mudos, mas não conseguia chorar. Jogou então o punhal na areia da praia. Não fazia parte de nada daquilo ali até há pouco, e agora sentia ruir sob seus pés todo um mundo que o acolhera e a mulher que amava.

Enquanto a Mãe o abraçava pelos ombros, sentiu que Iansã o olhava, com raiva nos olhos. O Rei exibia um meio sorriso orgulhoso, Oxóssi se acocorava na areia e olhava para baixo. Por um breve momento, Ramiro compreendeu Akèdjè.

Então, de repente, fez-se dia, e um silêncio respeitoso caiu sobre tudo. Os orixás olharam para trás e quedaram-se, ajoelhados. Os humanos ali presentes cessaram imediatamente a compreensão, e mais tarde relatariam desmaios súbitos ou insanidade temporária. Menos Ramiro.

Ramiro viu tudo. Primeiro, chegou Exu, trazendo seu galo amarrado na corda e um charuto entre os dedos. Sua boca se contorcia em uma risada debochada e deixava escapar pelos cantos a fumaça do charuto.

— Deu ruim aí, não foi, moleque?

Antes que Ramiro pudesse responder, a fumaça branca do charuto das mãos de Exu crescera e virara uma pequena nuvem, e Ele apareceu.

Vinha envolto em panos de imaculada brancura, que se confundiam com sua barba cheia. Com a cabeça envolta em um turbante — tabém branco — e segurando um cajado, Oxalá se materializava no mundo dos vivos.

"Epá, Babá!" — sussurravam os orixás, em clara reverência ao irmão maior em sua hierarquia. Caminhava com uma certa dificuldade, apoiado em seu cajado chamado opaxorô, como se o peso da idade lhe fosse quase insuportável. Era Oxalufã, representação mais velha do orixá mais poderoso da criação. Sua presença transmitia paz, e foi como se as fumaças dos incensários tomassem todo o mundo de uma vez só.

Ele se adiantou para a frente, na direção de Ramiro. Iemanjá se afastou em reverência ao Pai de Todos, e Oxalá colocou as duas mãos nos ombros do rapaz, furando sua alma com um olhar tão bondoso quanto santo. Ramiro então caiu de joelhos e começou a chorar. As lágrimas desciam em profusão, e os soluços agora eram gemidos dolorosos. O Velho nada falou, apenas se inclinou e beijou a sua testa. Depois, olhou diretamente para Omolu.

O Homem de Palha se aproximou do corpo estendido de Vanessa, se agachou na areia, apoiado em seu xaxará, e tocou o peito da moça, no centro da mancha escarlate. Ela deu um espasmo e tossiu, contorcendo todo o seu corpo. Omolu então levantou, virou para Oxalá, e o Pai apenas sorriu.

Um silêncio ensurdecedor se fez, e os orixás começaram a se desmaterializar. Exu se foi rindo, Iansã subiu em um raio que cortou o céu limpo de nuvens. Xangô caminhou altivo em direção às pedras que ladeavam a praia. Oxóssi desconfiado, Oxum piscou pra Ramiro, Omolu saiu andando em direção à mata. Iemanjá ainda murmurou um "adeus, meu filho" antes de entrar nas águas da prainha. Ogum veio até o inspetor, colocou uma das mãos em seu ombro e lhe estendeu a outra. Nela, Ramiro viu o punhal, que brilhava e pulsava na palma da mão do orixá, lentamente se transformar

em uma folha verde, grande e fina, chamada popularmente de "Espada de São Jorge".
— Plante e veja-a gerar descendentes, mas nunca negligencie a sua matriz. — disse, e desapareceu.
Então, o dia voltou a virar noite novamente.
Ramiro correu para o corpo de Vanessa, caído, e a visão de seus cabelos espalhados sobre a areia o deixou angustiado. A mancha de sangue ainda estava molhada em seu vestido e sob seu corpo, mas parara de crescer.
— Vanessa... Vanessa... — ele disse baixo, perto de seu ouvido, com medo de que seu desespero não valesse de nada. Seus olhos ardiam de chorar, juntamente com o lugar em sua testa que havia sido tocado pelos lábios de Oxalá. "Vanessa, fala comigo!", ele pedia. Eternidades se comprimiram naquele instante, e, sem avisar, ela abriu lentamente os olhos. Tossiu, e nas costas da mão com que ela tampara a boca Ramiro ainda viu traços de sangue.
— Oi, Preto... E aí, o que aconteceu?
Ramiro chorou.
— Acabou, Vanessa, acabou... — sussurrou, entre lágrimas, cabelos e areia.
Ela tocou o local sobre o vestido onde o punhal entrara.
— Você... Foi preciso... — parecia confusa, como se acordasse de um sono de ressaca em uma manhã de domingo.
— Mas eu não estou ferida...
— Depois te conto tudo, meu amor. O importante é que acabou.
— O Akèdjè foi embora?
— Pra sempre...
— Nunca diga pra sempre, nunca diga nunca. — e levantou o canto direito da boca.
— E se eu disser que ficaremos juntos pra sempre, que nunca nos separaremos?
— Bom, aí eu vi vantagem... — e beijou Ramiro, entre risos e lágrimas que não eram suas.

[DEPOIS] O contato dos dedos de Ramiro com a terra molhada fez subir o cheiro de chuva e de calmaria, trazendo uma sensação de esperança para os dias vindouros.

— Mas Espada de São Jorge pega assim, na muda? — perguntou D. Maria Inês.

— Essa vai pegar. — sorriu Pai Romualdo. — Que orgulho ter uma em meu terreiro, entregue diretamente pelo orixá que lhe dá nome.

Estavam os quatro acocorados ao redor do pequeno buraco cavado no quintal da frente da casa do pai de santo, enquanto Ramiro afofava a terra preta em torno da espada enfiada no chão.

Sentado na areia da praia, com a cabeça de Vanessa em seu colo, Ramiro se lembrou de ligar para o delegado.

"Farias, acabou."

"Acabou como?"

"O espírito foi neutralizado, não haverá mais mortes em centros."

"Posso liberar o trânsito então? Não tem dez minutos que o Secretário me ligou cobrando..."

"Pode, pode sim. Dê apenas mais um tempinho para sairmos daqui. Na segunda-feira eu te faço um relatório sobre o que aconteceu aqui."

"Não será necessário, o relatório já está pronto", disse Farias do outro lado da linha. "Ou você acha que vou arquivar um caso falando de espírito e macumba na praia? Ferreira reclamou pra cacete, mas fez uma descrição padrão de emboscada que não deu certo, e acabou. Segunda-feira você descansa com a sua namorada aí, só quero ver tua cara de crente na terça. E isso é uma ordem, Inspetor Ramiro".

Ao desligar o telefone, ouviu a voz de Pai Romualdo.

— Ramiro... Vá e leve Vanessa para casa. Deixa que eu cuido da desmontagem de tudo aqui.

— Pai Romualdo, o que aconteceu aqui foi...

O pai de santo levantou a mão e interrompeu.

— Depois a gente conversa sobre o assunto. Domingo de manhã, lá no terreiro, pode ser? Estamos todos exaustos e precisamos de algumas boas horas de sono.

— Ok, domingo de manhã então. — e deu um abraço no pai de santo.

— E Ramiro... — disse ainda Romualdo. — Parabéns. Não sei se eu teria a sua coragem.

Vanessa só desgrudou de Ramiro quando entraram no carro, quando foi deitada no colo de sua tia, no banco de trás. No silêncio da viagem, Ramiro se sentiu envergonhado. "Não mereço parabéns por nada. Eu matei a mulher que eu amava, sem sequer acreditar que estava fazendo a coisa certa."

No banho, antes de se deitar, percebeu que a marca de Xangô começava a esvanecer em sua pele. O local onde o punhal entrara em Vanessa não.

Dormiram um sono sem sonhos o dia inteiro. Quando acordaram, já estava escuro lá fora, e D. Maria Inês havia preparado o jantar.

— Tia, você não dormiu? — disse Vanessa, ainda grogue de sono e cansaço.

— Dormi, mas alguém tem que fazer comida nessa casa, né? Vocês devem estar morrendo de fome, crianças.

E estavam mesmo, todos. Jantaram quase em silêncio, mastigando os acontecimentos da noite anterior com a comida. Quando voltaram para a cama, Ramiro contou com detalhes para Vanessa tudo o que tinha acontecido.

— Eu não me lembro de nada, apenas de estar firmando o ponto na roda e, de repente, me sentir mal. Depois, só o seu rosto me acalmando, e o sangue no vestido.

— Que bom, Vanessa. Não foi algo bonito de se ver.

— Mas os orixás estavam lá?
— Estavam, todos. E o espírito do Feiticeiro também. Ele era mau. Eu já vi muita gente ruim, mas nada como aquilo.
— E como você o venceu?
— Eu o aprisionei no próprio punhal que Ogum me deu. — e parou, envergonhado. — Eu... Eu... usei o punhal.. em você.
— E o que aconteceu depois?
— Oxalá apareceu... O velho... Não falou nada, apenas me deu um beijo na testa. E Omolu a trouxe de volta à vida.
— Epá Babá! Mas o que foi, Preto? — falou Vanessa, ao ver que Ramiro chorava.
— E se você não tivesse sobrevivido, Vanessa? Como eu ia lidar com isso? Eu matei você!
— Você fez o que tinha que ser feito, meu amor... Não foi o que os orixás disseram para você fazer? A bondade e a sabedoria de Oxalá são infinitas, Preto. Mesmo se eu não sobrevivesse, pelo menos teríamos cumprido o nosso destino, eu e você.
— Pai Romualdo me deu os parabéns... E eu ainda não sei o motivo. De que valeria a sua morte? Por que cumprir um destino que não foi traçado por nós?
— Ramiro, escuta: você está falando igual ao Akèdjè. Essa confusão toda foi porque ele se rebelou contra o que estava escrito para ele. Você confiou no que diziam os orixás, e agora estamos aqui, não estamos? Veja, acho que nem cicatriz vai ficar — ela levantou a blusa e acariciou a pele fina onde estivera a lâmina. — Foi aqui que você enfiou o punhal?
— Sim, foi... Direto no coração.
— Atotô... E agora, onde está o punhal?
— Ele virou uma Espada de São Jorge, e Ogum pediu para que eu a plantasse. Como eu moro em apartamento, vou plantá-la lá no terreiro do Pai Romualdo, que tal?
— Ótima ideia, ele vai ficar todo feliz. Mas e o ègun?
— Está na planta. Ogum pediu para que eu a plantasse

e a observasse gerar descendentes, mas que nunca negligenciasse a matriz. Pelo menos lá no terreiro a gente vai poder acompanhar.

— Hmmmm... E por falar em descendentes, esse beijo de Oxalá aí, hein?

— Foi na testa... No momento em que seus lábios tocaram minha pele, senti... sei lá, a própria Paz. Mas o que tem ele?

— Sei não... Oxalá é muitas coisas, mas também é o orixá da criação e da geração. Deixa eu sair de perto de você senão não demora eu estou de barriga. — e deu um sorriso que não combinou com a ironia de suas palavras. Um sorriso amoroso, terno, e eles se beijaram.

— Eu te amo, Preto. Aquilo que você falou é sério, a gente vai ficar junto pra sempre e você nunca vai me deixar?

— Sim... Eu também amo você, Nessa. E até que a ideia de uma criança não é tão ruim...

— Ih, sai fora, menino! A gente ainda tem muito que se curtir ainda! Gravidez não é doença, mas atrapalha pra caramba. E se você mudar de ideia? E se aparecer outra preta bonita que nem eu numa dessas suas investigações? Olha, sou filha de Iansã mas meu ciúme é de Obá, hein?

Ramiro riu.

— Obá? Essa eu não conheço...

— Ah, depois eu te explico. Agora vamos dormir, abraçadinhos... Mas só dormir, hein? Nada desse papo de criança não.

— Ah, a gente podia chamar de Luís, se fosse menino...

— Xê, menino, sai pra lá com esse papo. Agora vem cá.

— Pronto. Obrigado, Pai Romualdo, por tudo. — Ramiro havia terminado de pôr a última pedra redonda que marcava o canteiro da Espada de São Jorge recém plantada.

— Eu é que agradeço, Ramiro. Minha casa sempre será a sua casa.

— Romualdo, e se essa Espada de São Jorge morrer?

— Não vai acontecer, Vanessa. É só seguirmos as orientações de Ogum e não negligenciarmos a matriz. O que, aliás, serve para tudo na vida, não é? Inclusive para a nossa religião.

Passaram a manhã inteira na varanda, conversando sobre os acontecimentos da noite de sexta-feira. Ramiro preencheu os detalhes que eles não puderam ver, e Vanessa fazia bico quando D. Maria Inês e Romualdo descreviam os orixás.

— Ai, èggun desgraçado... Até nisso ele me sacaneou. Não vi nenhum orixá! Nem unzinho! — e todos riram.

— Minha filha, você morreu e foi trazida de volta... Não tá bom não? — brincou sua tia.

— Ah, mas pelo menos eu queria ver minha mãe Iansã... Aliás, esse negócio que a gente vai plantar aí, vocês sabiam que também é chamado de Espada de Santa Bárbara?

— É Espada de São Jorge, Vanessa. Nem vem.

— Pai Romualdo, você sabe que também é de Iansã!

— A Espada de Santa Bárbara é a que tem as pontas amarelas, essa aqui é de São Jorge! Ogun yê!

Ramiro sentiu-se feliz por estar ali. Parecia que conhecia aquelas pessoas desde sempre, e seu coração estava em paz.

— Mudando de assunto... — cortou — Tia Inês, quando é que a gente come aquela peixada?

— Ih, você ainda não comeu a peixada da Inês? Não sabe o que está perdendo... — Romualdo já salivava.

— Ué, a gente pode fazer um peixinho frito hoje. A peixada não, demora mais, tenho que deixar marinar... Tem segredo, menino, tem segredo. E epa, peraí! Pela primeira vez você me chamou de Tia! Então agora posso te chamar de Miro!

— Tia, olha o abuso! — Vanessa bateu sem força na mão da tia, como se repreendesse uma criança pequena.

Ramiro então olhou para a pequena muda no jardim, em seu canteiro, e viu-a pulsar no seu axé. "Não negligenciar a matriz", ele pensou, "será que Ogum falava apenas da planta?"

E, na sua mente, brotou o sorriso de Akèdjè.

1ª edição	outubro 2019
reimpressão	junho 2024
impressão	eskenazi
papel miolo	pólen natural 80g/m²
papel capa	triplex 300g/m²
tipografia	acta e marujo